KLÖPFER&MEYER BARRIQUE

Ein Bildungslügenbericht

Ein Lügenbildungsbericht

»I have read, for example, of the old sucking the blood
of the young in order to retain their youth.«

Arthur Conan Doyle, *The Adventure of the Sussex Vampire*

»It was she – she beyond all question – who had drunk
the poor baby's blood.«

Arthur Conan Doyle, *The Adventure of the Sussex Vampire*

»Whoso eateth my flesh, and drinketh my blood, hath
eternal life; and I will raise him up at the last day.
For my flesh is meat indeed, and my blood is drink indeed.
He that eateth my flesh, and drinketh my blood,
dwelleth in me, and I in him.«

St. John, 6:54-56

[C-60 Kassette]

»Die Wahrheit ist schön«, sprach unser Lehrer und schaute von seinem Kreuzworträtsel auf, an dessen Lösung er stundenlang gearbeitet hatte, während wir Schüler im Schulzimmer des Schullandheims versammelt saßen, ihm zuschauten, oder uns anschauten, oder in die Nacht starrten ... Denn die ganze Nacht hielt man uns an diesem Ort fest, nachdem sich tags zuvor herausgestellt hatte, dass in der Speisekammer des Landschulheims eingebrochen worden war, wo eine riesige Wurstdose stand, eine regentonnengroße Wurstdose mit viererlei Arten Würsten, und dass einige dieser Würste nun fehlten. Die Köchin, die dies dem Lehrer gemeldet hatte, konnte es beschwören. Während des Abendessens wurden wir dazu befragt. Der Lehrer betonte immer wieder: Es gehe nicht um die Wurst, sondern ums Prinzip. Um welches Prinzip? Um das Prinzip der Aufrichtigkeit, mehr noch, um das Prinzip der Wahrheit. Wahrhaftigkeit war ein weiteres Wort des Lehrers: Wahrheit und Wahrhaftigkeit. Nur darum gehe es, und um das Prinzip. Der Schuldige solle endlich aufstehen und die Wahrheit sagen. Auch wenn es sich um eine unangenehme Wahrheit handle – der Betroffene solle den Mut aufbringen, uns die Wahrheit ins Gesicht zu sagen. Er fixierte uns und hielt Ausschau nach verschämten oder verdächtigen Blicken. Wir alle blickten verschämt und verdächtig. »Ich verlange Aufklärung«, rief der Lehrer. Der Betroffene könne straflos sprechen ... Es werde keine Strafe geben. Die Wahrheit sei die Strafe, so wie umgekehrt jede Strafe ein Weg der Wahrheit sei.

Wir konnten seinen rasenden Ausführungen kaum folgen. Wahrheit sei die Übereinstimmung von Wort und Sache, von Sprache und Mensch, von Mensch zu Mensch ... Wir schauten ihn mit vollen Mündern an ... Plötzlich erklärte er das Essen für beendet und ließ abtragen. Jeder von uns sollte sein eigenes Essen mitten im Essen abtragen und in die Küche bringen, wo die Köchin wartete und immer wieder bei ihrem guten Ruf als gute Köchin schwor, dass einige Würste fehlten.

Wir hatten uns im Schulzimmer zu sammeln. »Setzen!« Dort wurden wir die Nacht festgehalten: »Ich warte auf eine Meldung.« Und er wartete. Und wir warteten. Wir warteten bis zum Einbruch der Dunkelheit. »Ihr kommt nicht eher ins Bett, als bis ich die Wahrheit höre.« Er wollte die Wahrheit hören, vor Zeugen, vor der ganzen Klasse. Eine schriftliche Mitteilung war ihm nicht genug. Heute wollte er die Wahrheit hören, in aller Öffentlichkeit. Und er zitierte einen englischen Dichter, der gesagt haben soll: *Die Wahrheit ist schön.* Er schritt auf und ab und verlangte nach Aufklärung. Niemand meldete sich. Und er wartete. Und wir warteten. »Ihr kommt nicht eher ins Bett, als bis die Wahrheit raus ist.« Er beobachtete uns. Wir beobachteten uns. Hin und wieder blätterte er in einem Buch. Dann wieder seine Stimme: Die Wahrheit sei im Zentrum von allem, in der Wissenschaft, in der Bildung, in jeder menschlichen Gemeinschaft, selbst in der Kunst. Sie sei unentbehrlich, unvermeidlich, unabwendbar … Es war nach Mitternacht; wir konnten uns kaum mehr auf den Stühlen halten; schlaftrunken starrten wir im grellen Neonlicht in die Gesichter starrsinniger Lügner … Es öde ihn an, mit einer Lüge, mit einem Lügner unter einem Dach zu leben. Der Betroffene solle endlich den Mut aufbringen und die Hand heben und die Wahrheit sagen, für sich selbst, für die anderen, für die Wahrheit … Dann pflügte sein Rotstift wieder durch die Reihen seines Kreuzworträtsels …

Die Wahrheit ist gut. Die Wahrheit ist schön. Die Wahrheit ist wahrlich wahr. Warum sagt sie dann niemand? Wozu diese Zurückhaltung und Bescheidenheit? Warum überbieten wir uns dann nicht mit vorlauten Wortmeldungen: Ich, nein ich, ich kenne und sage die Wahrheit. Schamlos und straflos bekenne ich mich zur Wahrheit. Mehr noch: Ich bin die Wahrheit, denn ich bin's, der die Wurst aß, heimlich, nicht nur eine, sondern zwei Dutzend, Leberwurst, Bockwurst, Blutwurst, Schwartenmagen, nicht nur aus dieser Dose, sondern aus anderen Dosen, aus Riesendosen, größer als Regentonnen – die Köchin kann's beschwören. Ich bin die Wahrheit, und ihr alle seid Lügner, denn *ich* aß die Wurst, nicht ihr, *ich* habe es getan, und ich tat es für euch, und für die Wahrheit, damit ihr endlich ins Bett kommt … Ich aß all diese Würste für euch, obgleich ich Wurst verabscheue, denn eigentlich bin ich Vegetarier.

Ich aß sie gegen meinen Willen, gegen meinen Geschmack, nur für die Wahrheit. Ja, die Wahrheit ist schön, und ich wollte diese Schönheit nun endlich sehen, am eigenen Leib erleben.

Behutsam suchte ich den Blick des Lehrers.

Als er mich bemerkte, hob ich meine Hand.

Er lächelte: »Ja?!«

Ich hörte mich sagen: »Ich war es.«

Er lächelte. Es dämmerte. Zum Morgengrauen schließlich der Sieg der Wahrheit. Die anderen blickten zu mir. Sie schauten verächtlich. Doch sie gähnten auch erleichtert. Als mich der Lehrer fragte, warum ich die Wurst heimlich gegessen hätte, wenn es doch so reichlich von ihr zu den Mahlzeiten gebe, wusste ich zunächst keine Antwort. Er ließ nicht von mir ab und fragte immer wieder nach dem Warum.

»Warum?«

Ich wusste es nicht.

»Warum?«

Schließlich hörte ich mich sagen: »Ich tat es für die Wahrheit.«

[*Pause*]

Die Wahrheit ist schön. Schön und gut. Doch hier beginnt ein Problem. Die Wahrheit zerstört sich selbst. Denn mit der Behauptung, dass alles wahr sei, behaupten wir auch die Wahrheit der entgegengesetzten Behauptung, dass alles falsch sei, und behaupten damit die Falschheit unserer eigenen Behauptung. Wer das behauptet? Aristoteles. Doch ich selbst habe mir dieses Problem *vor* Aristoteles ausgedacht, während die anderen schliefen …

Die Wahrheit ist schön, schön und gut. Zum Beispiel die Frau des Lehrers: Sie war eine Wahrheit, eine unumstößliche, lärmende und wuchtige Wahrheit, unüberhörbar und unübersehbar. Doch war sie deshalb schön? Meine Zensuren, sie waren eine unbestreitbare Wahrheit, doch waren sie deshalb gut? Und wenn ich dennoch daheim von guten Zensuren berichten konnte, waren sie deshalb wahr? Meine Kopfschmerzen, eine gesicherte Wahrheit, warum sollte mich mein Kopf belügen!? Aber wo war der Nutzen dieser bohrenden Wahrheit!? Wo? Oder: Mein geliebter Hund, der eines Morgens tot neben meinem Bett lag. Auch dies ist eine Wahrheit, eine unvergessbare Wahrheit. Warum sollte mich mein Hund belügen!? Gott, meinetwegen eine Wahrheit … Ist er deshalb gut? Der Dreißigjährige Krieg, wieder eine Wahrheit, im Namen der Wahrheit geführt … So lernte ich's in der Schule. War dieser Krieg deshalb schön oder gut? Im Namen der Lüge wurde noch kein Krieg erklärt. Im Namen der Lüge wurde noch kein Mensch verfolgt, gefoltert, gequält, getötet …

Warum also immer Wahrheit? Warum? Warum nicht lieber Unwahrheit!? Warum nicht lieber die Lüge? *Lügen ist bewusstes, absichtliches Erregen von Schein.* Was daran so schlecht sein soll? Ich weiß es nicht. Andere glauben es zu wissen. Die Falschheit einer Vorstellung war mir noch nie ein Einwand gegen eine Vorstellung. Die Frage ist, ob sie dem Leben hilft, das Leben fördert, unser Leben steigert. *Lebenssteigernd* ist das Wort. Ich kenne Menschen, die wurden erst durch Lügen alt, sehr alt, wenn nicht unsterblich. Ja, es gibt einen Menschen, der von meinen Lügen lebt und lebt, und immer weiterlebt … Und ich hörte von Menschen, die an einer einzigen Wahrheit, etwa einer tödlichen Diagnose eines Arztes, starben. Die Wahrheit umgibt meist etwas Tödliches, Hartes, Verletzendes und Unerbittliches. Sie kommt daher mit großen Absichten, aber ohne Rücksichten. *Ich sage dir jetzt die Wahrheit, jetzt, für immer und ewig, ganz und gar, schonungslos und rücksichtslos …* Derlei Vorreden verheißen meist nichts Gutes. Anders der Lügner, der viel behutsamer spricht und auch Rücksicht nimmt, auf das Wohlbefinden der anderen sowie auf das eigene Leben. Keine Lüge auf der Welt käme auf die Idee, zu behaupten, deine Eltern sind soeben gestorben, wenn sie in Wahrheit noch leben. Die Wahrheit überbringt derartige Nachrichten, täglich. Mit welcher Inbrunst sie vom Tod spricht, selbst dort, wo noch Leben ist. Ich weiß wovon ich spreche. Man sagt, der Glaube versetzt Berge, so auch die Lüge. Die Wahrheit schafft Berge oder zerstört sie. »Nicht, dass er uns belog«, sagten Nachbarn über mich, »sondern dass wir ihm nicht mehr glauben können, hat uns erschüttert.« Ich weiß wovon ich spreche. Ohne die beständige *Fälschung* und *Zurechtdichtung* der Welt wären die Menschen, die mir etwas wert sind, denen selbst das Leben etwas wert ist, längst tot. Erst das *Umschleiertsein durch den Schein und die Illusion* gewann ihnen ein Lächeln ab. Ohne das Netz schöner Illusionen, ohne dieses Illusionsnetz, das ich mit ihnen und auch für sie spann, wären diese lieben Menschen längst unerkannt verendet. Je weiter ich sie von der Wahrheit wegführte, umso beglückender, schöner und besser wurde ihr Dasein. *Verzichtleisten auf Lügen wäre Verzichtleisten auf Leben* – wäre das Ende des Lebens. Das einzige Problem der Lüge ist, dass sie *zu viel* Sinn macht. Die Wirklichkeit macht selten Sinn, auch nicht die Wahrheit. Wahrheit!? Pah!? Was ist schon Wahrheit? Die zweckmäßigste und die am meisten geglaubte Lüge. *Die Wahrheit ist die Erfindung eines Lügners.* Ich habe sie erfunden. Nichts lügt besser als die Wahrheit. Und niemand lässt sich leichter belügen als der Realist.

Wer das alles behauptet? Ich behaupte es. Ich weiß es. Ich wusste es von Anfang an, und nach mir einige wenige große Denker des 19. Jahrhunderts, die ich gerne höre und zitiere – die ich hier bereits zitiert habe, für die Lüge zitiert, ohne Namen zu nennen. Lügend zitiert oder gestohlen. So wie ich einige Seiten von Heidegger gestohlen habe. Doch ich wusste all dies schon vor ihnen, noch bevor ich von Nietzsche, Vaihinger und anderen Verbündeten meines Wissens hörte, bevor sie mir nachts zusprachen, noch bevor ich Martin Heidegger traf. Sie waren nur Bestätigungen, verspätete Sprachrohre meines stummen Wissens, das schon da war, bevor ich richtig sprechen konnte. Von Anbeginn meines Daseins und Denkens waren diese Ideen in mir. Sie mussten nicht in Fleisch und Blut übergehen. Sie waren von Anfang an Fleisch und Blut – Herz und Verstand folgten später. Man könnte sagen: Mit der Muttermilch eingesogen, wenn es nicht umgekehrt gewesen wäre, wenn ich diese fleischgewordenen Ideen nicht vom ersten Tag meines Lebens ausgestoßen und andere sie gierig aufgesogen hätten, besonders meine Mutter, meine große Mutter …

[*Stop*]

Erstes Band

[*Start*]

Meine erste Erinnerung ist eine Hand, die zurückgezogen wurde. Sie lag in der Dunkelheit neben mir und dann auf mir. Plötzlich Licht und laute Stimmen, und die Hand wurde zurückgezogen. Sie kam nie mehr wieder. Später weckte mich Licht.

Es geschah immer das Gegenteil. Wenn ich Hunger hatte und meinen Mund zu laut öffnete, dann blieb ich alleine. Wenn ich dagegen lächelnd bedeutete, dass ich gar nicht hungrig war, obwohl ich großen Hunger hatte, dann wurde ich satt. Ich tat immer das Gegenteil. Wenn ich müde war, dann blieb ich wach. Wenn ich unruhig war, dann lag ich lieber ruhig. Wenn ich nicht schlafen konnte, dann schlief ich trotzdem. Im Gegenteil wurde vieles immer besser.

Ich sah ein gewaltiges Gestirn, ein stirnrunzelndes Runzelgestirn, plötzlich über mir. Dies war der erste und größte Planet, die Farbe gelblich-vergilbt. Er starrte mich an. Dann wieder Nacht. Der Planet kehrte wieder. Er ging über mir auf, schaute auf mich herab, und ging wieder unter. Und wieder Nacht. Ich hörte brummende Laute, mürrische Brummlaute. Sie kamen von weit her, aus dem Licht, das hinter der Dunkelheit lag. Mein Planet hasste laute Laute, wurde selbst laut, wenn ich zu laut wurde. Wenn ich ihn ruhig anschaute, dann blieb er über mir. Wenn ich wegschaute, dann ging er lautlos unter. Ich konnte einiges bewirken. Je ruhiger ich wurde, umso weicher wurde die ledrige Haut des Planeten, wenn er mich berührte und später sogar streichelte. Manchmal kreisten um den Planeten kleinere Gestirne, ihre Farben grünlich oder bläulich. Sie waren mondartige Trabanten und hielten sich im Hintergrund. Der größte Planet schüttelte sie grollend ab. Sie wurden verscheucht, wie Fliegen. Dann wieder mein alter Planet, eine Ewigkeit über mir …

Einmal ging der Planet auf, und ich mit ihm. In seinen Armen flog ich durch das Zimmer, als wäre ich selbst ein kleiner Planet. Als ich aufhörte zu fliegen, bewegte ich mich aus eigener Kraft, zuerst auf allen vieren, später aufrecht stehend. Ich stand. Ich machte einen Schritt. Viele Gestirne sammelten sich am Himmel und riefen und fuchtelten mir zu. Plötzlich stürzte sich mein Planet auf mich. Er umarmte mich. Er hob mich. Er stellte mich auf einen Tisch und sprach. Er sprach über mich. Die anderen nickten. Ich sollte auf der Tischplatte laufen. Also fing ich an zu laufen. Ich sah in einen furchtbaren Abgrund. Der Tisch war aus Glas. Ich lief weiter. Ich lief im Kreis. In der Mitte des Tisches stand eine Vase mit Blumen. An dieser Vase konnte ich mich zur Not festhalten. An dieser Vase wollte ich mich auch festhalten … Ich hörte einen lauten Schrei und tat es lieber nicht. Also lief ich freihändig auf Glas hoch über dem Boden, wie ein Artist. Als ich wieder stand, gab es Applaus. Mein erster Applaus! Viele Nachmittage war ich auf dem gläsernen Tisch und machte dort meine Rundgänge. Um den Tisch herum saß mein Publikum. Ich machte Verbeugungen. Auch dafür gab es Applaus. Einmal rutschte ich auf einer Serviette aus und flog auf den Boden. Instinktiv schrie ich lieber nicht.

Mein erstes Wort: *gro*, *groo…*, ja, *grooo…*, weiter, *groooss*, ja, *groooss…* Ich erstickte fast an diesem Wort, so sehr wurde ich umarmt. Ich sagte es noch mal: *GROOOSS*. Groß war mein erstes Wort. Groß war ein großes Wort, und groß war die Zustimmung der anderen Stimmen. Groß waren die Wörter über mir. Groß waren die Hände auf meinem Kopf. Groß waren die lachenden Münder vor meinem Großwort. *GROOOSS*. Noch mal. *GROOOSS*. Noch mal. Das Wort war noch nicht zu Ende. Es ging weiter: *GROOOSSMA…* Weiter! *GROOOSSMAMA*. Plötzlich rollte eine Schokoladenkugel in meinem Mund. Ich weiß nicht, wie diese Kugel in meinen Mund kam. Vielleicht durch einen Kuss? Ich wurde oft geküsst. Für jedes neue Wort, das ich sprechen konnte, bekam ich einen Kuss, und jedem Kuss folgte eine Schokoladenkugel. Die großen Wörter in den Großmündern über mir wurden buchstäblich in meinen Mund gedrückt, mit großen Mundbewegungen, zungeschnalzend und zungeleckend …, bis die Wörter in meinem Mund rollten. Ich verstand kein Wort, doch dafür fanden und verstanden die Wörter mich. Und sie schmeckten gut, klangen laut und deutlich aus meinem Mund, der immer größer wurde. Für jedes neue Wort, das ich sprach, rollte eine Kugel. Manchmal wurden mir die Kugeln wieder aus dem

Mund genommen, wenn ich zu sehr nuschelte. Ich sollte nicht nuscheln. Dann sagte ich es noch mal und noch mal und noch mal, und die Kugeln waren wieder im Mund. Ich dachte zunächst alle Wörter würden Schokolade bedeuten, besonders das Wort *Großmama*: die erste und größte Schokoladenkugel. Wenn ich Hunger hatte, dann rief ich *Großmama*. Als es für dieses Wort keine Schokolade mehr gab, hörte ich mich nach neuen Wörtern um.

Ich wurde auf ein Podest gestellt (ein riesiger Radioapparat, wie ich später merkte) und sollte dort vor vielen Menschen sprechen. Nach jedem Wort machte ich eine Verbeugung und bekam Applaus. Einmal gab es keinen Applaus, obwohl ich laut und deutlich sprach und ich mich mehrere Male verbeugte. Schweigen. Derartige Vorfälle häuften sich. Für ein Wort gab es noch Applaus; beim nächsten Wort plötzlich Stille. Es gab sogar Auftritte, die hastig abgebrochen wurden. Ich sagte ein Wort. Ich sagte es noch mal und noch mal. Sie stürzten auf das Podest und drehten an einem Knopf, als wollten sie mich leiser stellen. Plötzlich hörte ich tiefe Stimmen. Sie kamen aus dem Podest, auf dem ich stand. Das ganze Podest dröhnte und zitterte. Jemand hatte den Radioapparat eingeschaltet, um mich zu übertönen. Ich versuchte lauter zu sprechen. Aus meinem Mund kamen aber nur Schreie. Man nahm mich herunter und brachte mich ins Bett. Was sollte ich im Bett!? Ich hatte noch nicht fertiggesprochen. Die Stimmen im Radioapparat, sie hatten gut reden. Sie sprachen aus einem sicheren Versteck. Ich dagegen musste mich meinem Publikum zeigen und frei sprechen und dabei mein Gleichgewicht halten. Doch es gab auch Erfolge. Je mehr ich die Bedeutung der Wörter entdeckte, umso erfolgreicher wurde ich. Wenn es etwas gibt, das ich gelernt habe, dann ist es das Sprechen …

[*Pause*]

Als ich fast fließend sprechen konnte, schickte mich meine Großmama zum Einkaufen. Den Weg zum Geschäft war sie mit mir mehrere Male abgelaufen. Nun reichte sie mir eine Tasche und einen Zettel und einen schweren Geldbeutel. Sie gab mir auch genaue Anweisungen auf den Weg: nicht trödeln; mich von niemandem ansprechen oder abbringen lassen; wenn nötig freundlich grüßen, jedoch nicht jeden. Keinesfalls dürfe ich den Geldbeutel offen herumtragen oder mit irgendjemandem über unser Geld sprechen. Ich durfte auch nicht zu schnell laufen oder gar hüpfen – die Münzen im Geldbeutel könnten sonst zu laut klimpern. Sollte mir jemand nachlaufen, dann müsse ich mich umdrehen und rufen: *Ich habe kein Geld!* Im Geschäft angekommen, sollte ich resolut auftreten, mich erst einmal vorstellen. Nein, nicht mit meinem Vornamen, sondern mit dem Nachnamen.

Ich hatte damals keine wirkliche Ahnung von diesem Nachnamen. Er bestand aus sehr vielen Wörtern und glich eher einem Satz als einem Namen. Es begann mit dem Wort *von*. Ich wusste nicht, wovon meine Großmama überhaupt sprach.

Sie sprach von einem *von.*

»Wie bitte?«

»Von einem *von*!«

Ich war ratlos.

»*Von!*«

»Ach so.«

Damit nicht genug. Dem *von* folgte plötzlich ein *und.*

»*Von und …*«

Von und?

»*Von und zu …*«

Von und zu? Ich bin von und zu? Das machte keinen Sinn. Oder meinte sie *ab und zu.* Es regnet ab und zu.

Dann sprach sie plötzlich von einem Witz: »*von Witz …*«

Was für ein Witz?

»*Witz… leben!*«

Ein Witzleben? Welches Witzleben?

»*Von und zu Witzleben!*«

Ich verstand nicht. Kaum hatte ich den Namen ausgesprochen, da hatte ich ihn wieder vergessen. Der Name war, für mich, viel zu lang. *Von und zu,* nicht *ab und zu,* sondern *von und zu … Witzleben,* kein Witz, sondern *Witzleben.* Ich bin Herr *von und zu Witzleben.*

Mein erster Einkauf war trotz allem ein Erfolg: Ich trödelte nicht. Ich grüßte nicht jeden, aber ich grüßte freundlich. Ich trug den Geldbeutel nicht offen herum, sprach mit niemandem über das Geld, hüpfte nicht. Im Geschäft versuchte ich resolut aufzutreten. Ich wollte mich vorstellen, aber ich brachte meine Wörter durcheinander: »Ich bin zu und von … Witz, kein Witz, sondern Leben …«

Sie schauten verwundert auf mich herab.

Also sagte ich: »Ich bin von … zu Hause.«

Wer wollte das bestreiten.

Daraufhin sagte ich meinen Vornamen.

Ich legte den Einkaufszettel auf die Theke. Man nahm mir die Einkaufstasche aus der Hand und legte hinein, was auf dem Zettel geschrieben stand. Währenddessen versteckte ich mich hinter einem Regal und zog den Geldbeutel aus meiner Unterhose. Ich übergab ihnen den Geldbeutel. Sie öffneten den Geldbeutel und holten Geld heraus und legten neues Geld hinein. Alles verlief nach Plan. Dann nahm ich den Geldbeutel und ging wieder hinter das Regal. Auf meinem Weg nach Hause wurde ich verfolgt. Ich war nicht gehüpft. Das Geld in meiner Unterhose war völlig ruhig. Die Schritte hinter mir kamen immer näher. Mit einem Ruck drehte ich mich um und rief: »Ich habe kein Geld!« Die Frau, die nun neben mir stand, lächelte mitleidig und rief: »Du Armer.« Sie gab mir ein Geldstück und ging.

Als ich zu Hause ankam, war meine Großmama zunächst sehr zufrieden: Alles bestens. An nichts fehlte es. Selbst der Geldbeutel war noch da. Sehr gut; sehr tüchtig; äußerst selbständig … Dann fragte sie mich, ob man im Geschäft nach ihr gefragt habe. Ich sagte nein. Daraufhin sagte sie lange nichts. Während des Essens fragte sie mich plötzlich: Warum man denn im Geschäft nicht nach ihr gefragt habe? Hier gehe es doch nicht mit rechten Dingen zu! Ob ich mich denn nicht vorgestellt hätte? Doch, doch, antwortete ich, aber eben eher mit dem Vor- als mit dem Nachnamen. Von da an war mein Einkauf ein Misserfolg. Das Fleisch, das ich gebracht hatte, war zäh, die Brötchen hart, die Milch sauer, der Senf viel zu süß, der ganze Einkauf ein Fehlschlag, eine einzige Geldverschwendung. Man hätte das Geld ebenso auf den Kompost werfen können, so wie die Lebensmittel, welche meine Großmama eigenhändig genau dorthin trug. Man hätte mich über den Tisch gezogen. Man hätte mich ausgenommen wie eine Weihnachtsgans. Einen Haufen Müll hätte ich nach Hause gebracht. Die kostbare Einkaufstasche aus Krokodilleder war jetzt nur noch ein Müllbeutel. Sie wusch ihn sogar mit einem nassen Lappen aus. Und all das nur, weil ich den Nachnamen nicht gesagt hatte. Was machte dieser Name für einen Unterschied? »Den ganzen Unterschied der Welt«, sagte meine Großmutter. Ich wollte sie beschwichtigen und zeigte ihr stolz die Münze, die mir die Frau auf der Straße gegeben hatte. Dies kränkte sie noch mehr. »Auch noch Bettelei«, murmelte sie. Ich musste das Geld augenblicklich in den Mülleimer werfen und mir dann die Hände waschen. Als ich wieder zurück war, hatte sie Kopfschmerzen.

Noch am selben Tag durfte ich einen neuen Versuch des Einkaufens unternehmen. Sie sprach von einem Fallschirmspringer, dessen Fallschirm sich nicht öffnet und der überlebt. Er müsse noch am selben Tag einen neuen Sprung wagen, sonst bleibe immer etwas zurück. Bevor ich losging, übte sie mit mir den Namen:

»Von und zu … Witzleben.«

»Noch mal!«

»*Von und zu Witzleben.*«

»Noch mal!«

Ich übte stundenlang. Ich fragte meine Großmutter, warum sie den Namen nicht auf den Einkaufszettel schreibe, damit die Leute im Geschäft ihn lesen könnten.

Sie antwortete: »*Don't be absurd!*«

Als ich den Namen endlich konnte, schickte sie mich los. Im Geschäft standen viele Leute. Ich öffnete die Tür und rief: »Guten Tag, ich bin Herr von und zu Witzleben.« Es gab keinen Applaus. Doch dafür hörte ich eine Frau kichern. Für eine Weile wurde ich beäugt. Dann drehten sich die Erwachsenen wieder um. Als ich an die Reihe kam, stellte ich mich zur Sicherheit noch einmal vor: »Ich bin Herr von und zu Witzleben.« Die Frau, die den Einkaufszettel nahm, kicherte wieder. Später schnäuzte sie sich. Ich hörte auch eine Bemerkung über meine Krawatte. Dann ging ich. Als ich wieder zu Hause war, bestürmte mich meine Großmutter mit Fragen:

Ob ich mich diesmal richtig vorgestellt hätte?

»Ja. Sogar zweimal.«

Ich machte es ihr vor.

»Sehr gut«, rief meine Großmutter und lächelte.

Ich schwieg.

Ob man diesmal nach ihr gefragt habe?

Ich überlegte und nickte.

Was genau sie denn gefragt hätten?

Ich antwortete: »Wie es dir geht?«

»Mir?«

Ich nickte: »Ja, dir.«

Diesmal war mein Einkauf ein großer Erfolg. Das Fleisch, das wir an diesem Abend aßen, war zart und saftig. Auch die Kartoffeln schmeckten ausgezeichnet, eine ganz andere Klasse und Rasse als die modrigen Bollen, die man mir beim ersten Mal aufgeladen hatte. Der Käse war himmlisch, dazu noch aus Frankreich. Alles war nun gut. Auch die knusprigen Brötchen, die noch Tage später so frisch schmeckten wie am ersten Tag, als ob sie direkt aus der Backstube kämen, *delicious, appetizing, tasty*. Und all das nur wegen eines Namens.

Als ich die nächsten Male einkaufen ging, stellte ich mich noch mit dem Namen meiner Großmutter vor. Ich wurde kaum mehr beachtet. Man behandelte mich völlig gleichgültig. Die Frau, die am ersten Tag noch gekichert hatte, blickte, wenn sie mich sah, fast mürrisch. Wenn andere Kinder mit Einkaufstaschen kamen, dann wurden sie freundlich begrüßt. Ich wurde nicht begrüßt, so sehr ich auch grüßte, resolut auftrat und mich vorstellte. Als ob die anderen Kinder besser einkaufen könnten als ich. Den anderen gab man eine Wurst mit auf den Weg. Mir nicht. Mit den anderen sprach man ausgiebig. Mit mir nicht. Als ob ich nicht sprechen könnte. Dabei konnte ich sogar Englisch sprechen: *One, two, three. A tree. Good day. Bad day. Bye-bye.* Wenn ich den schweren Geldbeutel auf die Theke legte, dann hatte ich den Eindruck, man füllte unsere Einkaufstasche nur wegen des Geldes. Ohne diesen Geldbeutel hätten sie mir nichts gegeben. Sie hätten uns verhungern lassen.

Meine Großmutter wartete immer ungeduldig auf meine Rückkehr. Ich sollte ihr ausführlich berichten: Ob ich mich richtig vorgestellt hätte?

»Ja.«

Ob ich beim Fleisch noch einmal unseren Namen betont hätte?

»Ja.«

Was man dazu gesagt habe?

»Nichts.«

»Nichts?«

»Sie haben freundlich genickt.«

»Und dann?«

»Dann haben sie mir das beste Stück Fleisch gegeben. *Fleisch für Herrn von und zu Witzleben.*«

Das Fleisch schmeckte dann immer ganz ausgezeichnet. Je besser meine Erzählungen, umso besser schmeckte das Essen, zumindest meiner Großmutter. Später erzählte ich ihr:

»Ich habe mich vorgestellt. Sie haben mir die Tür aufgehalten. Dann boten sie mir einen Stuhl an …«

»Wie rührend«, rief meine Großmutter.

»Sie gaben mir eine Wurst. An der Fleischtheke suchten sie nach gutem Fleisch. Sie versprachen mir das beste Fleisch in der Stadt. Sie suchten das ganze Geschäft ab. Die Frau zeigte mir das Fleisch. Ihr Mann aber sagte: ›Nicht doch, nicht doch.‹ Er hatte Angst, das Fleisch könnte nicht gut genug sein. Er fragte eine Dame: ›Können Sie nicht Ihr Fleisch dem jungen Herrn da geben. Es ist für von und zu Witzleben.‹ Da hat die Dame ihr Fleisch sofort mir gegeben …«

»Ach wie rührend«, rief meine Großmutter. Wann immer andere Leute etwas ihrem großen Namen zu Füßen legten, sagte sie: *Ach wie rührend. Das ist ja rührend.*

Ein anderes Mal erzählte ich ihr: »Ich habe mich wie immer vorgestellt. Sie hielten die Tür so lange auf, bis das ganze Geschäft voller Laub war …«

»Ach wie rührend …«

»Sie brachten mir einen Sessel und eine Schüssel Wurstsalat. Ein junges Mädchen putzte mir die Schuhe. Die anderen rannten hin und her und suchten nach dem besten Fleisch. Das gute Fleisch war aber schon verkauft. Da ging die Frau in ihre eigene Küche und holte aus ihrer Pfanne ihr eigenes Fleisch. Dann haben sie mich mit ihrem eigenen Auto nach Hause gefahren.«

»Wo ist das Auto?«, fragte meine Großmutter gespannt.

Ich zeigte aus dem Fenster: »Da unten.«

»Wo?«

Doch das Auto war leider schon weg.

Einige Wochen später erzählte ich ihr: »Aus dem Wohnzimmer holten sie ihr bestes Sofa. Darauf sollte ich mich setzen. Das junge Mädchen hat mir die Schuhe ausgezogen und mich zugedeckt …«

»Die ist wohl in dich verliebt«, bemerkte meine Großmutter.

»Sie hatten keine Milch mehr. Da sind sie in den Garten gegangen und haben ihre Kuh gemolken und die Milch in diese Tüte geschüttet. Sie hatten auch kein Fleisch mehr. Da sind sie nach hinten gegangen und haben ein Lamm geschlachtet und mir dieses Stück Fleisch mitgegeben …«

»Nun ist es aber genug«, rief meine Großmutter ein wenig wütend. Doch als wir das Steak aßen, war es das beste Steak der Welt …

[*Pause*]

Oft litt meine Großmutter unter dem Wetter. Die Sommer waren ihr nicht heiß genug, und die Winter waren ihr nicht kalt genug. Am meisten missfiel ihr das Frühjahr. Weder warm noch kalt, nichts Halbes und nichts Ganzes, war ihr der Frühling ein erbärmlicher Verschnitt der anderen Jahreszeiten: eine schmierige Verwässerung des Winters und eine ewige Vertagung des Sommers, der einfach nicht beginnen wollte, bis schließlich der Herbst kam. Sie hasste den Frühling. Sie verfluchte ihn als lauwarmes Gemansche und Gepansche; ein seichtes Gebräu; nichts als leere Versprechungen und windige Ausflüchte. Und dann der Sommer. Wenn er überhaupt kam, dann kam er viel zu spät. Drei, vier heiße Tage, und er kippte um, wie ein Stuhl oder Invalide. »Das soll es gewesen sein«, rief meine Großmutter, und der Wetterbericht im Radioapparat antwortete: *Ja!* Den Herbst durchlitt sie schweigend. Der Anfang des Winters fiel auf ihren Geburtstag, der kürzeste Tag im Jahr. Wir saßen lautlos am Kaffeetisch und aßen Kuchen. Niemand sagte etwas, um sie nicht noch mehr zu verärgern. Sie schluckte Pillen und sprach von diesem oder jenem Verstorbenen, all den Glücklichen, die es endlich hinter sich hatten. Wenigstens waren diese Geburtstage so düster und kurz, dass man kaum etwas vom Wetter sah und wir bald ins Bett konnten. Einmal sagte sie seufzend: »Das Wetter hat mir noch nie etwas geschenkt, noch nie!«

Was meiner Großmutter so sehr an unserem Wetter missfiel? Es war ihr zu gemäßigt. Verächtlich sprach sie von unseren »gemäßigten Breiten.« Sie hasste das Gemäßigte, Mäßige oder gar Mittelmäßige. »Das Mittelmaß ist das Maß der Dinge«, legte meine Großmutter den Menschen, die sie nicht mochte, in den Mund, wenn sie ihr Haus endlich verlassen hatten. Gemäßigte Breiten. Sie liebte übermäßige Höhen oder wenigstens Tiefen. Sie wollte immer das Reine, das Extreme, das Hohe, das Hochkarätige, das Höchste. Fünfzig Grad im Schatten und ein Ritt durch die Wüste, statt den lauen Farcen eines Sommers in unseren Breiten; kalifornische Mammutbäume statt mitteleuropäische Mischwälder; tropische Regenwälder statt kurzlebige Regenbögen; polare Temperaturstürze, dramatische Hitzewellen, unglaubliche Dürrezeiten, statt dem ewigen Wort des Wetteramtes: *Die weiteren Aussichten sind wechselhaft.*

Wenn es im Sommer doch einmal heiß wurde, dann stöhnte sie vor Freude: »Diese Hitze! Was für eine Hitze!« Sie ließ die Jalousien herab. Aus einer alten Reisetruhe des kolonialen Dienstes holte sie einen bunten Fächer. Mit diesem Requisit aus besseren Zeiten legte sie sich auf den Diwan und kühlte wedelnd ihr

Gesicht. Der Fächer war das Geschenk einer englischen Dame aus allerbestem Hause, einer gewissen Lady Windermere, die meine Großmutter vor langer Zeit kennen gelernt hatte, bei einer Kutschfahrt durch Bad Homburg. »Diese furchtbare Hitze!«, rief meine Großmutter immer wieder. Sie schaute auf die Uhr. Erst neun Uhr in der Früh und eine solche Hitze. Sie schickte mich in den Garten. Dort sollte ich die Hitze genau erforschen und ihr dann berichten. Ich sollte auch durchaus auf die Straße gehen und mich umhören, was die Menschen draußen über die Hitze erzählten. Als ich zurückkam, wälzte sie sich fiebrig auf dem Diwan und fragte mich aus: »Wie war die Hitze?«

Es war sehr heiß.

Ob ich Wolken gesehen hätte?

Nicht eine Wolke am Himmel.

Sie seufzte erleichtert.

Was ich sonst gesehen hätte?

»Zwei verdorrte Blumen.«

»Kinder, Kinder, die reinste Dürre.«

Was denn die Leute auf der Straße erzählt hätten?

Ich erzählte ihr, in den Schulen sei hitzefrei.

»Hitzefrei!?« Darüber freute sie sich mehr als jeder Schüler. Sie ging zum Schrank und kramte nach einer Sonnenmilch. Sie schmierte ihre Arme ein. Dann hob sie ihr luftiges Kleid und verteilte die Milch auf ihren Beinen. Ihr Gesicht. Fast hätte sie ihr Gesicht vergessen, das sie hastig eincremte. Ich selbst rieb ihr den Rest der Milch auf den Rücken. Dann lag sie wieder auf dem Diwan. Den Kühlschrank sollte ich auf die höchste

Stufe stellen und ihr dann Eiswürfel bringen. Die Eiswürfel tat ich in einen Waschlappen, den sie auf ihr Gesicht legte. Sie konnte kaum mehr sprechen, so ausgedörrt klebte ihre Zunge in ihrem aufgequollenen Mund. »Wie ein aufgedunsener, klebriger Fahrradschlauch in einem Backofen leidet meine Zunge«, stöhnte sie hinter ihrem Fächer. Ich brachte ihr eine gläserne Karaffe mit eiskaltem Zitronensaft. Das Klimpern der Eiswürfel gefiel ihr. Ich sollte ihr ein Buch holen. Das Buch war über Lawrence von Arabien. »Diese Hitze«, murmelte sie, »schlimmer noch als in Arabien«, und sie klappte das Buch wieder zu. Ein Windstoß streifte ihr verklebtes Haar. Ich rollte mich unbefangen auf dem Boden. »Beweg dich nicht so hastig«, rief meine Großmutter, »sonst bekommst du einen Hitzschlag.« Den ganzen Vormittag beobachtete sie das Thermometer aus Messing auf ihrem Sekretär: 22 Grad, 23 Grad, 24 Grad … »Kinder, Kinder, was für eine unendliche Hitze.« Dann hörte das Thermometer auf zu steigen. Sie blickte irritiert. Wir warteten. Mit meinem Finger sollte ich vorsichtig das Thermometer antippen. Nichts. Sie rutschte unruhig auf dem Diwan. Ich sollte die Jalousien ein wenig öffnen, ein bisschen mehr, noch mehr. Schließlich waren die Jalousien ganz oben. Daraufhin wurde es wieder wärmer: 25 Grad, 26 Grad, 27 Grad. »Diese Hitze!« Eine solche Hitze könne bei einem alten Menschen tödlich sein. Sie fuchtelte mit ihrem Fächer. »30 Grad! Das ist ja Wahnsinn!«, und ihr Fächer sank zu Boden.

Am nächsten Tag schien die Sonne immer noch,

doch es wehte ein frischer Wind. Meiner Großmutter erzählte ich davon nichts. Sie hatte sich bereits auf die Hitze eingestellt und trug nun die Tropenuniform eines Großonkels, der Kolonialherr gewesen war und Afrika bereist hatte. Sie trug Reitstiefel, eine weiße Hose, eine weiße Bluse mit seltsamen Abzeichen und einen Tropenhelm. Um den Helm hing ein Netz, wegen der Moskitos. Meine Großmutter erklärte mir, dass man in den Tropen deshalb immer weiß trägt, um Insekten besser erkennen und erschlagen zu können. Sie wirkte sehr resolut und bestimmt. Nach dem Frühstück inspizierte sie das Haus, überprüfte unsere Vorräte und ließ Wasser in die Badewanne; sollte man uns das Wasser abstellen. Dann schickte sie mich auf einen Erkundungsgang nach draußen. Es gefiel ihr, dass eine Straße in unserer Nachbarschaft Kameruner Straße heißt. Dort sollte ich hingehen. Auch gefiel es ihr, dass in unserer Stadt eine Tropenklinik steht, die einzige Tropenklinik Deutschlands. Wir liefen oft im Park dieser Klinik spazieren. So vieles fügte sich nun in unsere Hitze. Ich entdeckte auf meinem Weg sogar eine Togostraße. Als ich zurückkam und ihr dies erzählen wollte, saß sie lustlos auf einem Stuhl und starrte auf das Thermometer. Es waren nicht einmal 20 Grad. Sie erklärte mir, dass dies nichts zu bedeuten habe, dass es auf dem Kilimandscharo noch viel kälter sein kann. Trotzdem war sie enttäuscht. Sie blätterte in einer Zeitschrift. Ich betrachtete das Thermometer, tippte es an, nahm es in die Hand, drückte und massierte es – da waren es 20 Grad. Ich meldete dies meiner Großmutter. Sie winkte gelangweilt ab. 20 Grad.

Im Vergleich zu Afrika sei das nichts. Im Vergleich zu dem Wetter ihrer Jugend sei das gar nichts. »In Bad Homburg hatten wir mehr als 30 Grad. Im Kurpark wuchsen Palmen. Keine Dame wagte sich ohne Fächer nach draußen.« Sie erzählte wieder von Lady Windermere, wie sehr auch sie von der Hitze in Bad Homburg beeindruckt gewesen war und dann meiner Großmutter den Fächer geschenkt hatte. Während meine Großmutter erzählte, legte ich das Thermometer unter mein Hemd und drückte es auf meinen Bauch – da waren es schon 25 Grad. Als sie das sah, setzte sie wieder ihren Tropenhelm auf und schritt auf und ab, wie ein General, der wieder Hoffnung schöpft, dass es doch noch zu einer lange erwarteten Schlacht kommt. Es war eine Hitzeschlacht. Breitbeinig stand sie mit ihren Reitstiefeln am Fenster und spähte nach draußen. Sie wollte mit eigenen Augen die Hitze sehen. Währenddessen steckte ich das Thermometer in meine linke Achselhöhle, wie wenn ich Fieber messen würde. Ich hatte nur 30 Grad, aber meine Großmutter war begeistert. Es war so, als wäre sie es, die Fieber hatte. Sie schaute auf die Uhr: »Elf Uhr und schon 30 Grad!« Sie war nun völlig entflammt. »Schnell, eine Berliner Weiße«, und sie eilte in die Küche und brachte uns eine Berliner Weiße. Das Thermometer war inzwischen wieder um ein Grad gefallen, also hauchte ich es an, da waren es 31 Grad. »Was für eine Hitze«, und sie sah das Wasser meines Atems auf dem Thermometer: »Und diese Schwüle. Wie in den Tropen.« Sie sank auf einen Sessel und erzählte von Afrika und dem Onkel, der dort leibhaftig gewesen war, mit eben jener Tropenuniform, in der meine Großmutter nun saß und schwitzte und erzählte, und sie erzählte von der Hitze Afrikas, eine ungeheuere, reine, endlose Hitze, und wie diese Hitze Löcher in den Tropenhelm gebrannt hatte, unter dem meine Großmutter erzählte und erzählte, und sie erzählte wie der Onkel bei einer Parade nicht mehr vom Fleck kam, weil die Gummisohlen der Stiefel auf dem Asphalt festklebten. Und sie erzählte von dem Onkel. »Nur die besten Leute aus den besten Häusern konnten dort überleben.« Und sie erzählte von dem Wasserkanister des Onkels. »Das Wasser war durch die Sonne kochend heiß. Wenn er trank, dann verbrühte er sich.« Sie griff nach ihrer Berliner Weiße und trank in hastigen Zügen. »Selbst an Weihnachten ist es in Afrika heiß. Weihnachten feierte der Onkel in einem Kühlhaus, so heiß ist es dort. Sogar an meinem Geburtstag ist es heiß ...«

Am Nachmittag war es so heiß, dass meine Großmutter benommen (aber zufrieden) auf dem Diwan lag und döste. Ich brachte ihr das Thermometer, das ich zuvor im Backofen aufgeheizt hatte. »40 Grad!« Es war fast ein Aufschrei. Ich hatte sämtliche Heizkörper im Haus aufgedreht. »Vierzig Grad! Das ist ja Wahnsinn!« Sie verlangte nach Eiswürfeln, mit denen sie ihre Arme kühlte. Dann öffnete sie die Knöpfe ihrer Bluse. Ich glaube, sie hatte Fieber. Mit dem Fächer, später dann mit einer Zeitung, machte ich ihr Wind, der durch die Öffnungen ihrer Kleider blies. Das erfrischte sie. Sie wälzte sich in meinem Wind: »Mehr, mehr ..., mehr.« Sie sah nun nicht mehr wie meine Großmutter aus, sondern jünger. Auch sprach sie seltsame Dinge, die ich nicht verstand. Mit einem Zug leerte sie eine ganze Flasche Berliner Weiße. Die leere Flasche rollte sie auf ihrer Stirn. Sie betrachtete das Thermometer, das merklich gefallen war, doch sie sprach von einer optischen Täuschung: »Eine Fata Morgana! Falscher Alarm!« Ich stimmte ihr zu. Später klagte sie über einen Sonnenbrand, trotz der Tropenuniform. Mir schien es eher so, als habe sie einen Sonnenstich. Meine Großmutter stimmte mir zu. Für einige Zeit blätterte sie wieder in dem Buch über Lawrence von Arabien. Sie tastete nach dem Thermometer. Es war verschwunden. Auf der Stelle wollte sie das Thermometer sehen. Also holte ich es aus dem Backofen und trug es auf einem Tablett ins Wohnzimmer: »50 Grad!« Sie verbrannte sich, als sie nach dem Thermometer greifen wollte. »Das ist ja Wahnsinn!« Das Messing des Thermometers war schwarz. Ich wollte es mit einem Eiswürfel kühlen, aber meine Großmutter rief: »Nein! Bitte nicht!« Den ganzen Nachmittag schwelgten wir in dieser gewaltigen atemberaubenden Hitze – der heißeste Tag im Leben meiner Großmutter. Sie badete ihre Füße in einem Eimer Wasser. Sie verlangte nach Wind. Sie lutschte Eiswürfel. Sie sprach über die Malaria wie über eine alte, adelige Freundin, die gute Malaria, die einzige Krankheit, gegen die sie nichts hatte, keine Schwäche, sondern eine besondere Krankheit, die Berufskrankheit des kolonialen Dienstes. Sie kratzte sich am Bein. Ein Insekt hatte sie gestochen. Deshalb das Netz am Tropenhelm. Es gefiel ihr, dass die Malaria plötzlich ausbrechen und dann wieder abbrechen kann. Ihr gefiel die Noblesse der Tropenklinik. Sie erzählte wieder von Afrika. Sie rief mich mit dem Namen des Onkels, der sie hierher gebracht hatte, in einen Außenposten der Kolonialgesellschaft, irgendwo in Afrika, in eine prächtige Villa mit Veranda, Schaukelstühlen und Moskitonetzen; dazu ein weißgekleideter Boy, der Verbeugungen machte, Limonade mit Chinin reichte und das Grammophon bediente. Der Boy war ich. Wir erlebten einen spektakulären Sonnenuntergang, den ich in leuchtenden Farben ausmalte. Als es dunkel war, lauschten wir den Geräuschen des Urwalds. Dann brachte ich sie ins Bett …

[*Pause*]

Trotz der Malaria war ihr alles Kranksein von Natur aus fremd. Sie hasste Krankheiten und sie verabscheute kranke Menschen. »Ich verkehre nicht mit Invaliden!«, sagte sie über einen hinkenden Nachbarn. Kranksein galt ihr als erbärmliche Schwäche, eine Charakterschwäche. Selbst ich durfte nur selten krank werden. Erkältungen und grippale Infekte wurden mir verboten. Sie untersagte mir auch die Kinderkrankheiten. Bei den geringsten Anzeichen einer Kinderkrankheit sagte sie: »Sei nicht kindisch!« Die einzige Krankheit, die ich haben durfte, waren meine Augengeschichten. Sie hatte eine Schwäche für Augengeschichten, vielleicht weil es gerade ich war, mit dem sie diese Geschichten erlebte, oder vielleicht wegen der prächtigen Sanatorien in den

Bergen, in denen so viele berühmte Schriftsteller wegen eines Augenleidens behandelt wurden. Außerdem trug sie eine Brille.

Gesundheit war ihr eine Pflicht. Für diese Pflicht lief sie an jedem Montag mit mir auf einen Berg: für den Kreislauf, für die Muskulatur, für den Willen. Der Berg war sehr steil und sehr hoch. Am Anfang des Weges stand ein ausgehöhlter Stein, in den einige Figuren gemeißelt waren. Meine Großmutter suchte oft den Schatten dieses Steins; nur eine kleine Rast, wie sie jedes Mal betonte. Den Stein selbst würdigte sie keines Blickes. »Geh von dem Stein weg«, ermahnte sie mich. Sie mochte den Stein nicht. Der nächste Stein war nicht besser: »Weiter, weiter …«, rief sie, um dann doch schnaufend stehen zu bleiben, nur ganz kurz: »Das ist ja lachhaft.« Sie meinte den Stein. Mit einer wegwerfenden Bewegung quälte sie sich weiter den Berg hinauf. Ich rannte voraus. »Nicht zu den Steinen«, rief sie mir nach. Ich ging nicht zu den Steinen, aber ich suchte mir kleine Steine, mit denen ich die großen Steine am Weg bewarf. Als ich meiner Großmutter dies berichtete, sagte sie nichts. Sie hatte furchtbaren Durst. Sie schickte mich vor, um zu sehen, wie weit wir noch zu laufen hatten.

Es war noch weit.

»Wie weit?«, fragte sie mich.

»Nicht mehr weit«, antwortete ich, und ich rannte um die nächste Krümmung des Weges. Minuten später sah ich die wütende Enttäuschung auf ihrem roten Gesicht um die Ecke kommen. Wir waren längst nicht oben. Wir waren eigentlich noch ganz unten. Die weiße Kapelle auf dem Gipfel des Berges schimmerte wie ein unerreichbares Trugbild …

Ich hatte Wasser gefunden. »Wo?«, fragte meine Großmutter. Ich zeigte auf eine Schale Wasser in einem der Steine. Nun wurde sie wütend. Niemals werde sie Wasser trinken, in dem Hunderte von Katholiken ihre Hände gehabt hatten. Die Steine, der Weg, der ganze Berg, all dies und vieles mehr seien Plagen des Katholizismus. Sie fluchte sich einige hundert Meter weiter. Sie verfluchte ihre Gesundheit, die unfähigen Ärzte, ihren eisernen Willen, den katholischen Berg, das ganze lächerliche Spektakel am Weg, die vielen Kreuze, Figuren und Bildchen und Inschriften: *Ave Maria, Mutter dreimal wunderbar.* Sie fragte sich, was man an diesem Weibsbild wunderbar finden könnte! *Jesus fällt zum Erstenmale.* Als ob sie noch nie gefallen wäre. *Simon hilft das Kreuz tragen.* Ihr half niemand tragen! Sie verfluchte auch die betenden Gestalten hinter uns, die ihr nachstellten, ihr in schwarzen Anzügen nachpilgerten, die immer näher kamen und dann grußlos vorbeizogen. »Lächerlich!« Wir schauten ihnen nach. Als sie nicht mehr zu sehen waren, liefen wir weiter.

Ich eilte hüpfend meiner wankenden Großmutter voraus. Hinter der nächsten Biegung stand ein Eisverkäufer. Über seinem Karren war ein bunter Schirm aufgespannt. Im kühlen Schatten dieses Schirmes leuchteten die verschiedensten Eissorten. Ich erzählte dies meiner Großmutter, die an einen Baum gelehnt stand und mich sofort wieder losschickte. Ich sollte eine

Flasche Mineralwasser bestellen. »Sonst gehe ich keinen Schritt mehr weiter!« Ich rannte wieder vor und bestellte eine Flasche Mineralwasser. Der Eisverkäufer, den ich mir ausgedacht hatte, wollte jedoch Geld sehen. Also rannte ich wieder zurück und fragte meine Großmutter nach Geld.

»Wie viel?«

Ich wusste nicht so recht und sagte irgendeine Zahl.

»Das ist ja Wucher!«

Dafür war das Wasser eisgekühlt. Und es gab eine Scheibe Zitrone und einen Strohhalm dazu.

Sie quälte sich um die nächste Biegung: »Wo ist er denn?«

Er stand weiter oben, nicht mehr weit, nur noch fünfzig Meter. Nach fünfzig Metern waren es noch einmal dreißig Meter, dann nur noch vierzig Meter, die flatternden Fransen des Schirms konnte man bereits hören, dann zwanzig Meter, der kühle Schatten des Eiswagens zum Greifen nahe, dann zehn Meter, fünf Meter …, dann war der Eisverkäufer plötzlich verschwunden …

Ich sollte ihn rufen.

Also rief ich ihn.

»Lauter!«

Also rief ich lauter: »Herr Eisverkäufer!« – am ganzen Berg hallten die Echos meiner Rufe. Ich sollte ihm nachlaufen. Er stand nun weiter oben, weil dort mehr Kundschaft war, die Pilger und auch ein Pfarrer. Sie tranken schwatzend ein kühles Bier und prosteten einer Heiligenfigur zu. Ich erzählte ihr, dass der Eisverkäufer ein Trinker sei, schon dreimal laut gerülpst habe, und nun

Spaghetti koche, extra für sie. »Ich will keine Spaghetti, sondern nur ein Wasser«, herrschte sie mich an. Ich malte ihr in leuchtenden Farben die saftigen Spaghetti aus, dass sie in einer blutroten Soße schwimmen und dass sie so lang seien wie das Haar eines Gammlers. Die Spaghetti würden nur 20 Mark kosten … Auf der Stelle musste ich loslaufen, um dies zu verhindern. Ich verhinderte es und richtete ihr Grüße vom Eisverkäufer aus: »Grüße vom Herrn Eisverkäufer.« Er freue sich auf ihre Bekanntschaft, aber er könne nicht mehr lange warten, höchstens noch fünf Minuten. Sie hastete den Berg hoch, immer eine Biegung des Weges hinter mir, bis ich mich umdrehte und ihr zurief: »Zu spät!« Der Eisverkäufer war weitergezogen. Er fütterte jetzt seinen Hund.

»Seinen Hund!?«, rief meine Großmutter. »Er lässt mich verdursten und füttert seinen Hund!«

Ich rannte wieder ein Stück voraus und bellte.

»Was war das?«

Es war der Hund. Er freute sich schwanzwedelnd auf die Spaghetti, die sie nicht gewollt hatte. Sie gab mir ein Geldstück, ein Trinkgeld für den Eisverkäufer, das ich ihm bringen sollte. »Er soll auf mich warten!« Ich rannte los und brachte ihm das Trinkgeld. Auf dem Weg zurück bellte ich noch mal, wieder der Hund, den ich gestreichelt hatte, obwohl er mich beißen wollte. Nun winselte er ganz zahm, was meine Großmutter nicht interessierte. Sie wollte Wasser. Also erzählte ich ihr von dem Wasser: »Der Eisverkäufer hat die Flasche bereits geöffnet. Es sprudelt zischend aus ihr heraus wie aus einem Springbrunnen. Eine bittere Zitronenscheibe schwimmt auf dem Wasser.« Sie lief immer schneller, während ich ihr vom Eisverkäufer erzählte: Wie sehr er sich über das Trinkgeld gefreut hat. Dass er wegen des Trinkgeldes wieder trinkt, auf ihre Gesundheit, eine ganze Flasche Wein; dass er aus Italien kommt und Papagallo heißt, weil auf seinem Schirm ein Papagei sitzt; dass er auch Fisch verkauft und in Italien ein großes Fischerboot hat …

Was interessierte meine Großmutter sein Fischerboot. Sie wollte endlich ihr Wasser. Ich sollte ihn rufen. Also rief ich ihn. Er reagierte nicht. Da fiel mir ein, dass der Eisverkäufer uns gar nicht hören konnte, weil er unter einem Baum lag und dort seinen Rausch ausschlief. Er schnarchte. Meine Großmutter konnte es hören. Sie war empört. Ich sollte diesen Faulpelz wecken, auf der Stelle!

Also rief ich laut seinen Namen: »Papagallo!«

»Lauter!«

»Papagallo!«

Nichts. Er schlief tatsächlich. Ich sollte zu ihm laufen und ihn wachrütteln. Also rannte ich den Weg hinauf. Er lag unter einem Baum, und ich schüttelte ihn wach: »Aufwachen! Du Faulpelz!« Der Eisverkäufer gähnte und lächelte. Ich streichelte seinen Hund, den er mir schenken wollte. Schnell rannte ich zurück, um ihr dies zu erzählen. Sie winkte entschieden ab: »Ich dulde keine Hunde!« Später versteckte ich mich hinter einem Busch und bellte sie an. Sie rief um Hilfe, und ich kam ihr zu Hilfe. Sie konnte kaum mehr klar denken. Der Italiener solle sich auf der Stelle zeigen, sonst könne er etwas erleben. Ich rannte schnell wieder vor und rief: »Sonst kannst du was erleben!« Wieder bei meiner Großmutter, zeigte ich auf einige Schatten in den Bäumen: »Da, dort läuft er!« Ja, dort lief er. Er wollte sich davonstehlen, mit dem Trinkgeld, das er bereits vertrunken hatte. Ich sollte ihn aufhalten, aber freundlich tun. Also rannte ich ihm demütigst nach, entschuldigte mich, betete und bettelte im Namen meiner Großmutter: er möge doch warten; er möge Mitleid haben mit meiner alten Mutter und ihrem schrecklichen Durst. Schließlich blieb er stehen und wartete. Dann riefen wir gemeinsam ihren Namen: »Witzleben! Witzleben!«

Sie hatte es gehört und keuchte mit neuer Kraft um die nächste Biegung: »Wo ist er?«

Nicht mehr weit, nur noch dieses Stück, nur noch zwei Bäume, dann sieht man ihn, und ich rannte wieder vor und rief abwechselnd ihren Namen und Wasser, *Wasser* und *Witzleben*, *Wasser für Witzleben*, und rannte wieder zurück und schrie *Papagallo, bitte warte doch*, und rannte wieder vor und machte zischende und gurgelnde Geräusche, und rannte wieder zu meiner Großmutter und fragte sie, ob sie es gehört hat, das sprudelnde Mineralwasser, das hinter der nächsten Biegung auf sie wartete, und rannte wieder vor und rief ins Tal herunter: *Wasser* und *Witzleben*, *Wasser für Witzleben*, und zerrte wieder die Hand meiner Großmutter … Sie fragte immer wieder, nach Luft schnappend: »Wo ist er? Wo ist er denn?« Er war uns immer ein Stück voraus.

Als wir auf den Gipfel des Berges kamen, war er verschwunden …

[*Pause*]

Auf eben jenem Berg, in jener weißen Kapelle, die ich nicht betreten durfte … Eines Tages ging ich doch durch die Tür. Meine Großmutter wollte mich hinauszerren. Doch ich war kräftiger und zog sie immer weiter hinein. In der Kapelle knieten einige Menschen. Sie schauten auf. Ich rief laut und deutlich: »Der Liebe Gott ist heute nicht da. Morgen kommt er.« Die Betenden standen auf und gingen. Noch Jahre später erzählte meine Großmutter von diesem Auftritt …

[*Pause*]

Einmal kam ich mit einem gebrochenen Arm nach Hause. Es ließ sich nicht leugnen, so sehr ich den Arm auch versteckte. Ich wollte es lange abstreiten, doch der Arzt und seine Röntgenbilder überführten mich. Fortan steckte mein Missgeschick gut sichtbar in einem schweren Gips. Beim Essen lag dieser Gips wie ein schlechtes Schulzeugnis neben meinem Teller. Der Bruch war nun eine unbestreitbare Tatsache, die sich nicht mehr überspielen oder herunterspielen ließ. Die Angelegenheit lag offen zutage, wie eine zerbrochene Vase. Wir aßen schweigend. Nur der Gips machte hin und wieder harte Geräusche, wenn er die Tischplatte streifte. Deshalb musste ich den Gips auf eine Serviette legen, um nicht auch noch den Tisch zu zerkratzen. Ich wollte ihr den Bruch erklären … Sie wollte es nicht hören. Ich erzählte ihr von meinem spektakulären Sprung aus dem zweiten Stockwerk eines Nachbarhauses, als ich ein Mädchen rettete, das ebenfalls springen wollte, aber dann doch nicht gesprungen ist … Sie schwieg. Andere würden sich schon den Arm brechen, wenn sie aus dem ersten Stock fielen. Sie reagierte nicht. Ich konnte sogar meine Finger wieder bewegen. Das interessierte sie nicht. Ich hätte wohl spröde Knochen.

Die nächsten Tage suchte ich auf den Straßen nach Kindern, die ebenfalls einen Gips hatten. Ich fand keine. Ich beobachtete sie beim Spielen und wartete, ob sich vielleicht jemand den Arm brechen würde. Es brach sich niemand den Arm. Später lockte ich einen Jungen auf einen Baum und drängte den Feigling, endlich zu springen. Er sprang, aber er brach sich nichts. Ich erzählte meiner Großmutter: Wie dieser Junge wie ein blindes Huhn um den Baum lief, über eine Wurzel stolperte und sich den Arm brach. Vielleicht waren meine Knochen ein wenig spröde, aber ich flog immerhin aus dem zweiten Stock, während dieser Junge nur stolperte, und mit einem Knacks war sein Arm entzwei. Sie winkte ab, doch allmählich zeigte sie sich interessiert. In welchem Haus denn der Junge wohnen würde? Ich zeigte auf irgendein Haus. Sie schaute einige Zeit auf dieses Haus, um zu sehen, was sich dort nun tat. Es tat sich nichts. Sie schickte mich wieder auf die Straße.

Dort fing ich an zu heulen, erst leise, dann immer lauter. Ich stellte mich in eine leere Garage, von wo aus mein Geheul noch zerquälter durch die Gegend hallte. Unser Küchenfenster wurde aufgerissen, und meine Großmutter rief wütend auf die Straße: Was denn das für ein furchtbares Geplärr sei?

Es war der Junge, der Nachbarjunge.

»Welcher Junge?«

»Der sich den Arm brach.«

»Er soll zum Arzt gehen!«

»Er war schon beim Arzt. Er hat einen großen Gips. Er hat Schmerzen. Er heult, weil er Schmerzen hat, obwohl ihm der Arzt das verboten hat.«

»Er soll endlich ruhig sein!«

Also war er einige Zeit ruhig.

Dann heulte er wieder los. Er heulte stampfend.

Durch die Zweige sah ich wieder den Kopf meiner Großmutter: »Ruhe!«

Also heulte er ein wenig leiser. Später winselte er, bis seine Schmerzen stechend wurden und seine Schreie wieder in der ganzen Nachbarschaft zu hören waren. Er wimmerte und schrie abwechselnd, so sehr ich auch seine Hand hielt. Seine Tränen klebten an meinem Hals. Er lag auf einem Autoreifen und zitterte. Ich deckte ihn mit einem leeren Sack zu. Ich versuchte ihn abzulenken. Ich erzählte ihm Geschichten. Ich zeigte auf meinen eigenen Gips. Ich sprach von meinen eigenen Schmerzen. Ich streichelte sein Gesicht, doch es brach immer wieder aus ihm heraus. Den ganzen Nachmittag hallten seine Schmerzen aus der Garage auf die Straße, bis es dunkel wurde und ich (sehr heiser) mit meiner Großmutter beim Abendessen saß und sie sich über diesen unmöglichen Jungen in Rage redete: Nicht eine Zeile ihrer Zeitschrift hatte sie lesen können. Mit Ohropax in den Ohren hatte sie versucht ihren Tee zu trinken und ihn dann in den Abguss geschüttet. Und all das wegen eines wehleidigen Jammerlappens, einer plärrenden Heulsuse, einer debilen Memme: sprödknöchriger Schwächling, ein Muttersöhnchen, ein Schwachmatikus.

Am nächsten Tag hatte sich der Bruder des Jungen das Bein gebrochen. Er war nur einmal zu fest aufgetreten, da machte es knacks, so spröde waren die Knochen dieser Familie. Nein, der Junge war nicht mehr zu sehen. Er war im Krankenhaus, so laut hatte er geheult. Ich hatte keine Lust mehr, meiner Großmutter etwas vorzuheulen. Also steckte ich ihn ins Krankenhaus, damit wir endlich Ruhe hatten. Dort besuchte ich ihn und erzählte dann meiner Großmutter von einem riesigen Gips auf einem blutigen Kissen. Der Junge hatte furchtbare Schmerzen und er weinte noch schlimmer als sein Bruder. Die Ärzte haben gesagt: *So ein schwacher Knochen* … Ich durfte ihm nicht die Hand schütteln, sonst wäre auch sie gebrochen … Da war schon das nächste Kind krank – eine Blinddarmentzündung. »Das ist ja Wahnsinn.« Und so ging es weiter: Dieser Junge bekam die Masern, ein anderer hatte Hautkrebs, einem dritten fielen die Zähne aus, wieder ein anderer hatte keine Finger mehr, ein weiterer wurde blind …

Ich holte einen Verbandskasten und lief mit ihm auf den Spielplatz. Der Verbandskasten war eine große Attraktion. Die vielen Binden leuchteten und dufteten wie beim Arzt. Es gab auch gewaltige Pflaster. Eines dieser Pflaster klebte ich einem Jungen aufs Ohr. »Aua!« Doch er fand schnell Gefallen an seiner Verletzung und stolzierte hinkend auf und ab. Schon klebte das nächste Pflaster auf der Stirn eines Mädchens. Ein anderer umwickelte seinen Arm mit einer Binde und wälzte sich schluchzend im Sandkasten. Nun wollten auch die anderen Kinder etwas von den Zeichen allerschlimmster Verletzungen abhaben. »Um Himmelswillen«, rief eine Frau am Rande des Spielplatzes. Vor ihr schnaufte ein mit Mull umwickeltes Gesicht. Der Sandkasten wirkte wie ein Lazarett. Überall lagen verbundene Arme und Beine; turbanhohe Verbände türmten sich auf; zwei hinkende Kinder stritten sich um eine Armschlinge. Später brachte ein Junge einen Spazierstock, ein anderer zwei Krücken …

Ich eilte voraus zu meiner Großmutter und kündigte es an:

»Sie kommen!«

»Wer?«

»Die kranken Kinder!«

Nur noch wenige Augenblicke, dann würde sie es mit eigenen Augen sehen. Tagelang hatte ich davon gesprochen. Nun kamen sie: die kranken Kinder der Stadt, eines kränker als das andere. Es war alles arrangiert. Sie würden bald an unserem Haus vorbeikommen. Nur noch eine Minute. Meine Großmutter stellte sich zu mir ans Fenster und wartete. Und dann kamen sie: am Stock, auf Krücken, hinkend, mit verbundenen Armen, Beinen und Augen, vor Schmerzen gekrümmt, wimmernd und kichernd, aufeinander gestützt, mit verpflasterten Gesichtern. Im Vergleich dazu war mein gebrochener Arm eine Kleinigkeit, nicht mehr als ein Mückenstich. »Kinder, Kinder …«, rief meine Großmutter, und in der Tat: Da waren sie, all die Kinder, die viel kränker waren als ich. Ein Junge trug sogar eine Rotkreuzfahne. »Das ist ja Wahnsinn«, murmelte sie immer wieder, während die Prozession leuchtender Verletzungen an ihr lahmend vorbeizog, wie heimkehrende Soldaten. Sie winkten ihr zu, und meine Großmutter winkte zurück. Sie stand wie ein General am Fenster und musterte den Augenschein meiner vielen Krankengeschichten … Auf einem quietschenden Leiterwagen lag ein Mädchen. Nein, nein, beruhigte ich meine Großmutter, das Mädchen war nicht tot, sondern nur bewusstlos. »Wie furchtbar!« Als das letzte Kind um die Ecke gehinkt war, seufzte sie: »Was für eine kranke Welt!«

[*Pause*]

Später ertappte mich meine Großmutter mit einigen Blumen, die ich aus ihrem Garten gepflückt hatte. Sie fing an zu schimpfen, bis ich ihr erzählte, dass ich nun auf den Friedhof müsse, um dort ein Kind zu besuchen. »Was für ein Kind?« Eines der vielen kranken Kinder aus der Stadt. Nun war sie tot. Ich war schon oft an ihrem Grab gewesen. Auf einem Grasstück unter einem Baum war ich immer wieder träumend gelegen. Der Friedhofsgärtner hatte nichts dagegen. Eines Morgens war an dieser Stelle ein tiefes Loch. Dort legte ich mich hinein und starrte in den Himmel. Am nächsten Tag war das Loch mit frischer Erde gefüllt. Auf der Erde lagen Blumen. Ich sah auch ein kleines Kreuz aus Holz und das Foto eines Mädchens. Nun lag sie tot an meiner Stelle. Sie schaute mich freundlich an. Ich erzählte ihr Geschichten, und sie hörte mir aufmerksam zu, doch sie glaubte mir nicht. Sie glaubte mir kein Wort und trotzdem lächelte sie mich an. Und sie sagte: *Gib dir keine Mühe. Ich bin jetzt tot. Wenn du mich küssen willst, dann küss mich doch.*

Und ich küsste sie.

Und sie küsste mich.

Dann wollte ich nach Hause und erzählte ihr von einem gefährlichen Mann, der mir auf meinem Weg auflauern wird, wenn ich mich jetzt nicht beeile. Und sie sagte: *Gib dir keine Mühe. Wenn du gehen willst, dann geh doch einfach.* Also ging ich und versprach ihr Blumen. Ich wollte ihr die Blumen wirklich bringen, doch meine Großmutter ertappte mich und hielt mich lange auf …

[*Pause*]

Wenn meine Großmutter eines nicht ausstehen konnte, dann war es die Lüge und das Lügen. Sie verabscheute das Lügen als widerwärtige Bosheit und Charakterlosigkeit, als die große Geißel der Menschheit, denn Tiere seien von Natur aus unfähig zur Lüge. (Trotzdem duldete sie keine Tiere in ihrem Haus.) Sie verachtete die Lüge. »Eine krankhafte Charakterschwäche!« Und Lügner nannte sie feige Schwächlinge. In dieser Hinsicht stimmte sie mit der Welt überein. Wenn in einer Zeitschrift eine prominente Persönlichkeit vorgestellt wurde, dann suchte sie zuerst nach der Rubrik: *Was er oder sie nicht leiden kann*, und die erste und häufigste Antwort war fast immer: *Unehrlichkeit, Unaufrichtigkeit und Lügen*, und meine Großmutter stimmte ihnen vehement zu. »Ach wie schön«, hörte ich sie oft hinter ihrer Zeitschrift sagen, »auch er hasst die Lüge.« Ob Bergsteiger, Fußballstars oder Schlagersänger, ob Mann oder Frau, jung oder alt, groß oder klein, dick oder dünn, sie alle sorgten sich um ihre Gesundheit und verabscheuten die Lüge.

Sie war nicht sonderlich religiös, aber bei diesem Thema zitierte sie die Bibel: *Du sollst nicht lügen.* Sie meinte nicht mich, sondern einen dickköpfigen Onkel sowie die Verwandtschaft ganz allgemein und die Welt überhaupt. Und sie las mir aus einer Zeitschrift einige Sätze des Augustinus vor: *Der Teufel ist der Vater der Sünde. Er ist es, der als erster gelogen hat, und die Sünde hat bei dem begonnen, bei dem die Lüge zu sein begann.* Sie hätte auch Montaigne zitieren können, wenn sie ihn gekannt und mehr für Philosophen übrig gehabt hätte: *Das Lügen ist tatsächlich ein verfluchtes Laster; nur durch das Wort werden wir zum Menschen, nur durch das Wort stehen wir miteinander in Verbindung. Den Hang zum Lügen halte ich für die einzige Anlage, die man energisch bekämpfen muss, schon wenn sie sich zuerst zeigt und dann wenn sie überhand nimmt.* Meine Großmutter sagte es in einfacheren Worten. Sie drohte mit der Hölle: »Wer lügt, der kommt in die Hölle.« Ich dachte mir: Wenn das stimmt, dann kommt die ganze Welt in die Hölle, dann ist die ganze Welt bereits die Hölle, denn die Welt ist, wie meine Großmutter immer wieder sagte, »ein durch und durch verlogener Ort.« Fast täglich schimpfte sie über die Verlogenheit der Deutschen, der Amerikaner, der Briefträger, der Abendnachrichten, des Dienstpersonals, des Getreidehandels, des Wetters, der Wettervorhersagen, der Aktienkurse, der Schauspieler, der Zugfahrpläne, der Ärzte, der Philosophen, der Kinder, der Nachbarn, der Öl- und Nobelpreise, der Politiker, der Pfarrer, der Lehrer, der ganzen verlogenen Welt. Auch unsere Putzfrau: Sie war eine Lügnerin – dazu eine Diebin. Meine Großmutter verdächtigte sie, eine Goldkette aus dem Schlafzimmer entwendet zu haben: »Natürlich. Wer denn sonst.« Sie war sich ganz sicher. Die ganze Sippschaft der Putzfrau sei undurchsichtig durchtrieben. Ihre Brüder: vorbestrafte Gauner. Das war gar nicht möglich. Die Brüder waren alle im Krieg gefallen. Ich sagte dies meiner Großmutter. Sie wusste es auch. Sie antwortete mit der größten Selbstverständlichkeit: »Um eine gute Ausrede war unsere Putzfrau noch nie verlegen.«

Was meine Großmutter an mir so schätzte, war meine Ehrlichkeit und Aufrichtigkeit. Ich hörte sie oft sagen: »Man sieht es bereits an seinen Augen.« Man sah es auch an meinem Gang und an meinen Händen. Fast alles, was ich sagen und tun würde, sei gut und richtig, wohl überlegt und wohlgemeint, vernünftig und anregend. Natürlich war ich ein Kind voller Phantasie und neigte zur Übertreibung, und sie hatte ein offenes Ohr für Übertreibungen. Alle schönen und großen Dinge der Welt seien letztendlich Übertreibungen: der Eiffelturm, die Liebe, der Mount Everest, der schiefe Turm von Pisa, Richard Wagners Opern, Amerika und vieles mehr. Sie schätzte auch meinen Realismus. Wenn sie mir ein Märchen vorlas, glaubte ich kein Wort und erzählte dann ihr ein Märchen. Wenn sie den Sandmann ankündigte, der nachts kommen und Schokolade auf meine sauber gefalteten Kleider legen würde, dann blinzelte ich durch die Bettdecke und sah den Rücken meiner Großmutter und wartete, bis sie weg war, um dann die Schokolade zu essen, weil ich nicht schlafen konnte. (Ich schlief selten gut.) Wenn wir im Marionettentheater waren, dann zählte ich die Fäden der Puppen und achtete auf die Finger der Puppenspieler. Wenn wir im großen Theater saßen, dann sah ich die Füße der Schauspieler hinter den Kulissen. Wenn der Heilige Martin mit seinem Schwert seinen Mantel teilte, dann sah ich, dass er in Wahrheit nur einen Reißverschluss öffnete. Wenn Ostern war, dann sah ich, wie und wo die Väter und Mütter anderer Kinder in den Nachbargärten Ostereier versteckten – dann kroch ich hinüber und holte sie mir. Wenn die Bewunderer und Neider unseres Hauses an unserem Garten vorbeikamen, dann hörte ich ihr Gelächter. Wenn meine Großmutter sehr gut gelaunt war, dann sah ich ihr leeres Pillendöschen.

Du sollst nicht lügen. Jahre später ließ ich einen Freund nach diesem Gebot in der Bibel fahnden. Er fand es nirgends. Er fand nur den Satz: *Du sollst nicht falsch Zeugnis reden wider deinen Nächsten.* Ich war beruhigt. Es hieß nicht: Du sollst nicht falsch Zeugnis reden *für* deinen Nächsten. Und es hieß auch nicht: Du sollst nicht falsch Zeugnis reden *für dich selbst* …

[*Pause*]

Unser Haus war einmal das schönste und größte in der ganzen Stadt. Wenn wir aus dem Fenster schauten und Spaziergänger auf der Straße sahen, dann waren dies keine gewöhnlichen Spaziergänger, sondern Neugierige, die von weit her pilgerten, um das Haus meiner Großmutter zu betrachten. »Nur zu, nur zu«, rief sie ihnen durch das geschlossene Fenster nach. Unser Haus, es stand nicht nur in bester Lage, sondern auch in der Zeitung. Es war stadtbekannt, eine Sehenswürdigkeit. Es hatte Charakter, wie meine Großmutter meinte. Sie selbst hatte das Haus entworfen, mit Ratschlägen eines berühmten Architekten. Die Entwürfe des Architekten hatte sie wie Schmierpapier behandelt. Mit deutlichen Strichen malte sie über seine Pläne hinweg ihr eigenes Haus. Sie wollte alles größer haben, strich die Zimmer, die sich der Architekt ausgedacht hatte, zusammen und machte daraus großflächige Räume. Das Wohnzimmer sollte so groß sein, mit Zwischentreppen, Seitenflügeln, erkerartigen Ein- und Ausbuchtungen, dass man sich darin müde laufen würde, dass man ein Wort, das man am einen Ende sprechen würde, am anderen Ende nicht mehr verstehen, vielleicht nicht einmal hören konnte.

Andererseits sollten die Schritte der Besucher darin hallen wie in einer Kirche. Am Ende war das Wohnzimmer so groß, dass für weitere Zimmer kaum mehr Platz blieb. Also wurde der Grundriss mehrmals vergrößert, um Raum für ihr Schlaf- und Badezimmer zu schaffen. Die übrigen Zimmer verlegte sie in den Keller und in die Garage. Sie brauchte ohnehin keine Garage. Sie mochte keine Autos. Sie reiste mit dem Zug oder mit dem Schiff. Also wurde aus dem Garagentor eine riesige Haustür, ein Haustor, wie sie es nannte, und aus der Garage selbst eine Vorhalle für die Garderobe. Wenn sie gewollt hätte, dann hätte sie darin die Mäntel einiger hundert Gäste verwahren können und deren Schuhe (denn alle Besucher mussten ihre Schuhe ausziehen), wenn sie es gewollt hätte. Die Vorhalle führt zu einer geschwungenen Marmortreppe, auf der meine Großmutter in Filzpantoffeln auf- und abwandelte. Man kann dort kaum etwas sehen, trotz eines riesigen Kronleuchters, der an der Decke klirrt. Doch den durfte man nicht einschalten, um Strom zu sparen, oder nur dann, wenn hoher Besuch kam, was sehr selten war. Am Ende des Aufgangs dann eine Tür. Wenn man sie öffnet, ist es, als würde man wieder draußen stehen, so grell stößt einem von allen Seiten Licht in die Augen. Denn das Wohnzimmer besteht fast nur aus Glas: aus endlosen Fenstern, unzähligen Spiegeln und Spiegeleffekten. Auch der glänzend gebohnerte Steinboden, auf dem man leicht ausrutscht, wirkt gläsern, als könnte er bei einem falschen Schritt zerspringen. Selbst die Tische sind aus Glas. Auf diesen Tischen standen gläserne

Aschenbecher, die aber niemand benutzen durfte. Rauchen war in ihrem Haus streng verboten!

Am größten Glastisch nippten wir nachmittags aus gläsernen Tassen Tee und aßen aus gläsernen Schalen Teegebäck. War die übrige Familie dabei, dann gab es Baumkuchen. Sie kauten mit langen Gesichtern Baumkuchen. Jeder schämte sich für sich. Jeder beäugte die gepressten Lippen des anderen, Lippen so schmalbrüstig wie … Sie aßen lautlos. Auf Zehenspitzen schlich der teure Baumkuchen durch ihre Münder, wie die Schleichfahrt eines U-Bootes. Hin und wieder kam diese Schleichfahrt an eine gefährliche Schleuse. Es war der Schluckmuskel. Schluck! Schluck für Schluck brüskierte dieser Muskel die schweigende Glastischrunde. Sie senkten dann ihre Blicke und betupften mit Servietten ihre Münder. Was für eine Kränkung, der Mund. Welche Kränkung, dass man uns, ausgerechnet uns, diesen Mund, diese essende und sprechende Wunde geschnitten hat, schienen die Erwachsenen am Tisch zu denken – glaube ich. Doch sie schwiegen. Der Mund ist wund. Die Wund ist der Mund. Die strafende Chirurgie Gottes, der mit dem Skalpell diesen Riss sezierte, quer über das Gesicht, schlimmer noch als die deutsche Teilung, hätte meine Großmutter gesagt, doch sie sagte es nicht. Sie waren alle so schweigsam und pressten ihre Lippen so fest zusammen, als könnte der Mund dadurch wieder zusammenwachsen. In dieser Glastischrunde war ich die große Ausnahme. Ich durfte herzhaft essen, ein Stück, noch ein Stück und noch ein Stück, und ich durfte auch herzhaft sprechen und erzählen.

Ich sollte es sogar. Es war der ausdrückliche Wunsch meiner Großmutter, die mit vehementen Gesten der Zustimmung und Begeisterung mir zugeneigt zusah und zuhörte. »Genau!«, und sie nickte heftig. »So ist es! Hat er nicht Recht!« Natürlich hatte ich Recht! Sie hing geradezu an meinen Lippen, während die Erwachsenen lautlos kauten und ihre Kinder im Garten warten mussten ... Wenn Krümel auf den Glastisch fielen, dann beäugte meine Großmutter dies missmutig. Sie konnte es dann nicht erwarten, bis der letzte Gast endlich gegangen war, um alle Spuren zu beseitigen. Die Krümel waren die Kehrseite ihres Glaspalastes. Jeder Krümel, jeder Fussel, jeder Fußabdruck war in ihrem Haus deutlich zu sehen. Meine Großmutter und ich waren deshalb oft mit umfassenden Reinigungsarbeiten beschäftigt. Am nächsten Tag erstrahlte dann das Wohnzimmer wieder im Glanz der endlosen Spiegelungen ewiger Sauberkeit. Ein Gast verglich einmal ihr Haus mit einem Museum. Sie hatte nichts dagegen einzuwenden. Ein anderer verglich es mit einem Krankenhaus. Sie hatte nichts dagegen einzuwenden.

Wollte ein Gast auf die Toilette, so gelangte er früher oder später zu den kostbaren Teppichen aus Persien. Sie waren tabu. Man durfte sie anschauen, jedoch keinesfalls berühren oder gar betreten. Man hatte sie vorsichtig und in gebührendem Abstand zu umlaufen, wie Minenfelder – ein falscher Schritt und ... An einer Stelle waren die Teppiche so dicht gelegt, dass man balancieren musste, für alle unerfahrenen Gäste ein nervenzerreißender Drahtseilakt. Einmal stolperte eine

Tante und fiel mit einem ganzen Kuchen auf einen Teppich … – sie war danach nie mehr gesehen. In der Toilette angelangt, erstrahlte man in den Spiegelungen des saubersten Klos der Welt. »Mein Klo ist so sauber, man könnte daraus essen«, sagte meine Großmutter. Sie hatte Recht. Ich selbst habe es ausprobiert und einmal einen Salat in der Kloschüssel angemacht und ihn dann gegessen. Als ich ihr dies erzählte, wurde sie jedoch sehr wütend.

Sie wollte von ihrem Haus aus die ganze Stadt und einiges mehr überblicken. Also sollte das Haus deutlich höher als andere Häuser sein. Andererseits duldete sie keine zusätzlichen Stockwerke. Sie wollte kein Hochhaus, sondern nur ein hohes Haus. Als das Haus endlich fertig war und sie das Wohnzimmer erstmals betrat, merkte sie, dass das Haus nicht hoch genug war. Der Blick war miserabel. Wie sie sich auch stellte und reckte, der große Blick war ihr verbaut. Er blieb an den Dächern und Schornsteinen der Nachbarhäuser hängen. Sie, ausgerechnet sie, eine Frau großer Visionen, und dann nicht einmal ein richtiger Blick. Also ließ sie ihr Dach wieder abbauen und machte daraus ein Flachdach. Darauf setzte sie eine gläserne Laube, eine Aussichtslaube. Von draußen wirkt diese Laube wie die Kuppel einer Wetterstation. Die Aussichtslaube ist über eine Wendeltreppe im Wohnzimmer zu erreichen. Es ist diese Glaskuppel auf dem Dach, die den Charakter, wie sie es nennt, den besonderen Charakter des Hauses abrundet. Die Kuppel ist von weitem zu sehen, und in ihr, wie in einem Einmachglas, meine Großmutter, für alle

Welt sichtbar an einem Glastisch sitzend, Tee nippend, ihre langen Tage in den Blick nehmend, in die Ferne schauend. Nachts leuchtet das Glas wie eine riesige Glühbirne, darin meine Großmutter, von überall zu sehen, wie ein Insekt, das in die Nacht starrt. Die Nachbarn waren von Anfang an irritiert. Die tolle Aussicht meiner Großmutter war für sie ein lächerlicher und zugleich bedrückender Anblick. Sie fühlten sich nicht nur beobachtet, wenn meine Großmutter in ihre Gärten herabschaute, sondern verächtlich beäugt, von oben herab. Sie sprachen mit gesenkten Köpfen über den Aussichtspunkt meiner Großmutter wie von einem gewaltigen Auge, das überall hingafft, nicht so sehr neugierig als vielmehr gelangweilt und geringschätzig, um sich dann wieder von den Niederungen der Welt abzuwenden und in die Ferne zu schauen. Sie hatten Recht. Der Blick meiner Großmutter war uns allen im Rücken. Wenn ich mich beim Fahrradfahren umschaute, oder beim Spielen aufschaute, dann war sie sofort und von jedem Punkt der Nachbarschaft aus zu sehen, und ich sah dann, dass sie mich sah …

Sie blickte nicht immer unfreundlich herab … Vielmehr spürte ich über die Jahre eine Lockerung, eine Entspannung, eine allgemeine Besserung und Verbesserung. Ja, es ging ihr langsam besser, so wie vieles um sie herum mit der Zeit besser wurde (oder besser wirkte): ihr Haus, ihr Name, ihr Alter, ihre Bekanntschaften, ihre Unternehmungen, ihre Zukunft, ihre Gegenwart und ihre Vergangenheit, ja, selbst das Wetter. Sie schien ganz allmählich an sich, an mir und (über mich) an der Welt so etwas wie Gefallen zu finden, auch wenn ihr noch vieles missfiel. Doch fiel ihr vieles immer leichter oder gefiel ihr gar immer besser.

Denn bis zu meiner Geburt (oder Entdeckung) war das Leben meiner Großmutter eine einzige große Enttäuschung. Wille und Vorstellung waren über alle Maßen da, doch das Leben fügte sich dem nur selten. Der Vater meiner Großmutter: Er war letztendlich eine Enttäuschung. Und auch ihre Mutter: von Anfang an eine Enttäuschung. Die Geschwister meiner Großmutter: ein Fehlschlag nach dem anderen. Ihre Onkel und Tanten: leere Versprechungen. Der Weihnachtsmann: ein Dilettant. (Nüsse flogen ihr durch das geöffnete Fenster an den Kopf, und sie eilte zum Fenster und schaute hinaus, und wen sah sie da: den eigenen Vater, der sich auf quietschenden Sohlen davonmachte). Das erste und einzige Fahrrad meiner Großmutter: Es war gar kein Fahrrad, sondern eher ein Roller. Ihr Geburtstag: viel zu kurz; der kürzeste Tag im Jahr, der 21. Dezember, ein Hohn. Das Pferd des Vaters – ein bockiges Maultier. Die Winter – grau und matschig. Die Sommertage lau und regnerisch. Ihre Schulfreunde – nicht der Rede wert. Die Schule – was wollte sie in dieser Schule?! Sie wollte aufs Gymnasium. Der erste Weltkrieg – eine Niederlage. Ihr Spiegelbild – ein Hoffnungsschimmer, erblickte sie darin bestimmte Möglichkeiten … Die Aufforderung zum Tanz – ein Wunder, das sie sogleich heiratete … Was von der Ehe blieb, war der Name. Auf ihrem gesamten Hab und Gut wurde dieser Name in großen, geschwungenen Lettern vermerkt. Er prägt das gesamte Silbergesteck. Er wurde auf jedes Handtuch gestickt. Die Kopfkissen sind mit dem großen Namen überzogen. In die Unterwäsche ist der geliebte Name genäht. Ihre Kinder mussten den Namen laut aufsagen. Ihre Kinder – manche von ihnen zeigten Ansätze, doch auch sie waren letztendlich Enttäuschungen. Und dann die Ehepartner dieser Kinder – eine durchgehende Kette von Enttäuschungen. Und schließlich die Enkel meiner Großmutter: Enttäuschungen, Enttäuschungen, Enttäuschungen …

[*Pause*]

Nur wenige Häuser von uns wohnte ein gewisser Martin Heidegger. Sie zeigte oft auf ein dunkles Haus hinter ungeschnittenen Hecken: »Da wohnt er, der Herr Philosoph.« Manchmal hörten wir das Tippen seiner Schreibmaschine. Das ungewaschene Haus selbst erinnerte meine Großmutter an eine Schreibmaschine. Sie schimpfte oft in derartigen Vergleichen über andere Häuser. Dieses Haus sah aus wie ein Schuhkarton, jenes wie ein schlechtes Buch, doch Heideggers Haus war das schlimmste, eine Schande für einen Professor: der Balkon eine Geschmacklosigkeit, die Fenster viel zu klein, »womöglich alles Klofenster«, die Vorhänge geradezu spießig, der Gartenzaun viel zu spitz … »Und so was nennt sich Philosoph.« Ich fragte sie, was ein Philosoph ist und was ein Philosoph macht. Sie antwortete: »Nichts! Er ist ein Nichtstuer.« Während andere Menschen arbeiteten, lief Heidegger auf unserer Straße spazieren und grüßte nicht einmal, was meine Großmutter sehr kränkte. Wusste er denn nicht, wer sie war? Professor Husserl, der leider schon tot war, er war anders gewesen. Er hatte meine Großmutter oft gegrüßt, seinen Hut gezogen und ihren Namen gerufen. Er war ein wahrer Gentleman, eine beeindruckende Erscheinung, ein Phänomen, ein Mann von Welt, weit gereist, tadellos gekleidet und sehr belesen, und er fuhr die besten und schönsten Autos der Stadt. Manchmal rauschte ein offener Mercedes Cabriolet an uns vorbei. Es war die Witwe Husserls, ihr geschminktes Gesicht in einem flatternden Kopftuch – wir winkten ihr dann lange nach.

Heidegger dagegen war immer zu Fuß unterwegs. Wenn er uns sah, dann wechselte er die Straßenseite. »Wahrscheinlich hat er nicht einmal den Führerschein«, meinte meine Großmutter, die stundenlang über ihn schimpfen konnte: Für einen großen Philosophen war der Mann viel zu klein und untersetzt, ein unscheinbares Männchen, dazu schlecht gekleidet. Er trug einen lächerlichen Anzug, wie ein Bauer, der auf eine Beerdigung in die Stadt geht. Er grüßte nicht. Er arbeitete nicht. Während andere arbeiteten, räkelte sich Heidegger in seinem Garten auf einer Liege und döste in den Tag hinein. Oder er trieb sich im Wald herum und suchte dort dubiose Wirtschaften auf, wo er mit Bauern und anderen Leuten seinesgleichen herumzechte. »Dass dieser Mann überhaupt nicht arbeiten muss«, empörte sich meine Großmutter kopfschüttelnd. »Dass er so gut wie nie an der Universität ist.« Kein Wunder, denn selbst seinen Unterricht hielt er in Wirtschaften ab, im Feldberger Hof, sicherlich nicht wegen des Feldberges, sondern wegen des Schnapses. Allein die raue und kehlige Stimme dieses Mannes sprach Bände. Er trieb sich auf einsamen Lichtungen herum, nein, nicht wegen des Lichtes, nicht um dort zu lesen, sondern um in einer Wiese zu schlafen. Und sein Aufzug: Mit einer Zipfelmütze auf dem Kopf stapfte er durch die Wälder, wie ein Wurzelsepp, und erschreckte ahnungslose Wanderer. Im Sommer hauste er in einer Schwarzwaldhütte und vertrödelte dort die Tage auf einer Bank. »Vielleicht um dort nachzudenken«, sagte ich meiner Großmutter. »Nein«, antwortete sie, »der Mann ist einfach nur faul!«

In einem Buch über Heidegger heißt es: *Die Schüler lernten die Anstrengung seines Denkens kennen.* »Papperlapapp«, entgegnete meine Großmutter, »der Mann kennt keine Anstrengungen. Er ist einfach nur faul!« In dem Buch steht auch: *Er kümmerte sich intensiv um seine Studenten.* »Er kümmerte sich intensiv um seine Student*innen*«, rief meine Großmutter. *Unvergessen ist auch so manches Fest im Hause Heidegger, mit Lampionumzug durch den Garten und mit Volksliedergesang, aber auch mit tiefdringenden Diskussionen*, heißt es in dem Buch, was meine Großmutter noch mehr empörte. »Lampionumzug! Volksliedergesang! Tiefdringende Diskussionen!« Sie hatte diese Diskussionen mit eigenen Ohren gehört: Nichts als dummes Geschwätz, Lärm um nichts, ein furchtbarer Lärm bis spät in die Nacht, das Gegröle von Betrunkenen, die in die Büsche pinkelten. Sie hatte die ganze Nacht kein Auge zubekommen. Man hätte sie wenigstens einladen können.

Manchmal blätterte sie in einem Buch von Heidegger. Sie hatte sich das Buch selbst kaufen müssen, zu einem Wucherpreis. In dem Buch ging es um *Sein und Zeit*. Sie las mir daraus vor:

Was ist der Sinn von Sein?

»Da bin ich mal gespannt«, rief meine Großmutter und las die Antwort, und ich verstand kein Wort:

Dasjenige Sein selbst, zu dem als seinem eigenen das Dasein sich so oder so verhalten kann und immer irgendwie verhält, nennen wir Existenz.

»Wie interessant«, murmelte sie.

Die Grundverfassung des Daseins ist das In-der-Welt-sein.

»Wer hätte das gedacht. Wo sollten wir sonst sein?«

Und sie las weiter:

… damit im Lichte des Seins das Seiende als das Seiende, das es ist, erscheine …

»Endlich sagt es jemand!«

Und sie blätterte weiter:

Doch das Sein – was ist das Sein?

»Nun bin ich aber neugierig«, und sie las Heideggers Antwort:

Es ist Es selbst.

»Es ist Es selbst? Nichts sonst?«

Und sie klappte das Buch zu.

Und sie klappte das Buch wieder auf.

Man muss den Unterschied zwischen dem Sein und dem Seienden bedenken.

»Hast du gehört: Wir sollen den Unterschied zwischen dem Sein und dem Seienden bedenken. Jawohl Herr Heidegger, wir werden es bedenken.« Und sie las weiter:

… die ursprüngliche Offenbarkeit des Seienden als eines solchen: dass es Seiendes ist – und nicht nichts.

»Und nicht nichts. Das Seiende ist nicht Nichts!? Endlich sagt es jemand!«

Und sie las weiter:

Das Nichts nichtet.

»Das ist ja furchtbar.«

Und sie klappte das Buch wieder zu.

Und sie klappte das Buch wieder auf.

Den ganzen Abend nahm sie sich Herrn Heidegger Satz für Satz vor und setzte diesen Sätzen ihre wütenden Fragen und Antworten entgegen. Sie war sehr aufgebracht. »Wenn das Philosophie sein soll, dann bin ich ein Pinguin.« Wie wahllos sich die Menschheit diesem oder jenem zu Füßen werfe, wenn durch eine Laune der Welt das Los hinter irgendeinem Hintern liegen bleibe, ganz gleich, was ein solcher Arsch mache, sage oder könne. Und wenn er nur gut furzen könne, so würde man selbst dies zu seinem Vorteil auslegen, wenn die Welt es einmal entschieden habe. Sie nahm eine Halstablette, dann gingen wir ins Bett.

Einmal schlich ich mich in den Garten Heideggers. Ich wollte den Faulpelz genauer beobachten. Er saß im Freien unter einem Baum an einem Tisch. Vor ihm stand eine riesige Schreibmaschine. Er tippte bedächtig auf die Tasten. Hin und wieder starrte er in die Luft.

Seine Hand lag schützend auf einem Haufen Blätter, die neben der Schreibmaschine ausgebreitet waren. Es kamen immer neue Blätter dazu. Er zog sie aus der Schreibmaschine heraus, las sie, schmunzelte ab und zu, und legte sie zu den anderen Blättern. Und so ging es den ganzen Nachmittag. Mir war dies zu langweilig, er trug nicht einmal seine Zipfelmütze, also machte ich in meinem Versteck unanständige Geräusche. Er reagierte nicht. Dann warf ich mit Kirschsteinen nach ihm. Er bemerkte sie nicht. Ein Kern traf ihn am Ohr. Er kratzte sich kurz, dann schrieb er weiter. Ich fing an zu bellen. Das machte ihm gar nichts aus. Er tippte emsig weiter. Dann hörte ich das Klingeln eines Telefons. Er stand auf und ging ins Haus. Ich kroch zu dem Tisch und holte mir eine Handvoll dieser Blätter. Dann rannte ich davon. Die Blätter waren mit seltsamen Zeichen bedeckt. Ich legte sie in einen Schuhkarton. Ich tat es für meine Großmutter. Ich wollte ihr die Blätter zum Geburtstag schenken …

[*Pause*]

Einige Tage später klingelte es an unserer Tür. Meine Großmutter schaute mürrisch aus dem Fenster. Plötzlich rannte sie aufgeregt die Treppe hinunter und schaltete den Kronleuchter an. Sie flüsterte mir mit großen Mundbewegungen zu: »Es ist Herr Heidegger!« Sie schickte mich ins Bad, schnell, schnell, um mir die Hände zu waschen. Sollte Heidegger ins Wohnzimmer kommen, dann müsse ich ihm die Tür aufhalten und einen Diener machen.

Sie öffnete das Haustor: »Herr Heidegger! Das ist aber eine Überraschung!«

»Ja, ja, eine Überraschung«, hörte ich ihn murmeln.

»Legen Sie doch ab!«, hallte es durch das Haus.

Er hatte nichts abzulegen.

»Treten Sie ein!«

Er war schon drin.

Sie führte ihn überschwänglich durch die Garage ins Treppenhaus.

Ja, der Kronleuchter leuchtete schön.

Ich hörte unseren Namen …

»Angenehm, angenehm«, murmelte er.

Sie kamen an die Treppe.

Ja, der Marmor war angenehm kühl.

Sie kamen allmählich die Treppe hinauf. Heidegger war der erste Mensch, der keine Filzpantoffeln trug. Ich hielt die Tür zum Wohnzimmer auf. Ich machte einen Diener. Er blieb auf einem der Perser Teppiche stehen und schaute mich an. Ich schaute weg. Meine Großmutter schob ihn schnell ins Wohnzimmer.

Er interessierte sich nicht so sehr für das gläserne Mobiliar, durch das meine Großmutter ihn mit ausholenden Bewegungen lotste, als vielmehr für das Bücherregal in einer dunklen Ecke, wo er stehen blieb. Meine Großmutter machte dies nervös. Immer wenn akademischer Besuch angemeldet war, bedeckte sie vorher das ganze Regal mit einem großen Tuch und erzählte etwas von gefährlichem Staub, der die kostbaren Bände angreifen würde. Kein gebildeter Mensch sollte ihr Bücherregal sehen. Sie schämte sich nicht so sehr für die Bücher, die sie hatte, alles gute und gebildete Bücher, sondern vielmehr für die Bücher, die sie nicht hatte. Wo war James Joyce? Und Jacob Burckhardt? Oder Shakespeare? Sicher, man könnte antworten: *verlegt oder verliehen.* Doch wenn die Fragen immer ausschweifender und drängender werden:

»Haben sie Leopold von Ranke? Oder die Essays von Montaigne? Oder irgendetwas zu Napoleons Russlandfeldzug?«

»Im Schlafzimmer oder im Keller«, könnte man antworten, doch die Fragen könnten weitergehen: »Was ist mit der *Geburt der Tragödie*?«

»Welche Geburt? Welche Tragödie?«

»Oder mit den Russen?«

»Was für Russen?«

»Tolstoi? Gorki? Oder, wenn schon nicht Thomas Mann, dann vielleicht Golo Mann? Oder Meister Eckhart?«

All das und vieles mehr hätte man fragen können. »Zeige einem Gebildeten dein Bücherregal«, sagte meine Großmutter, »und er weiß, was du nicht weißt, und er wird dich stundenlang quälen.« Man könnte genauso gut nackt auf die Straße gehen oder seine Bankschulden veröffentlichen. Und nun stand kein Geringerer als der Philosoph Martin Heidegger vor diesem Regal und musterte stirnrunzelnd die Bildungslücken meiner Großmutter. Sie versuchte ihn abzulenken. Sie sprach von ihrer gläsernen Aussichtslaube auf dem Dach. Heidegger reagierte nicht. Sie erzählte ihm von den vielen tausend Bänden, die im Krieg verbrannt seien oder in ihrem Schlafzimmer stünden. Ich nickte. Nicht ein Buch befand sich im Schlafzimmer meiner Großmutter. Jede Nacht las sie in ihrem Bett ein anderes Buch, pflichtete ich ihr bei. Heidegger interessierte dies nicht. Er interessierte sich gar nicht für die Bücher, sondern für das Bücherregal. Er klopfte auf das Holz und sagte: »Nussbaum.« Und in der Tat: Das Regal war, wie mir später auffiel, der einzige Gegenstand von fester Substanz im Wohnzimmer meiner Großmutter.

Nach einiger Zeit drehte er sich um und fragte, ob er rauchen dürfe. »Aber natürlich«, rief meine Großmutter und zeigte auf die vielen gläsernen Aschenbecher. Er setzte sich zu einem dieser Schälchen, zündete eine Zigarre an und saß bald in einer großen Rauchwolke, die langsam zu meiner Großmutter zog. Sie wollte sich ablenken und fragte ihn: »Was macht die Philosophie?« Die Philosophie, antwortete Heidegger langsam und bedächtig, machte sich recht ordentlich, den Umständen entsprechend, ohne große Sprünge oder Seitensprünge, aber stetig und fortschreitend, durch einige interessante Wendungen und Redewendungen hindurch, mit gelegentlichen Spaziergängen …, dann eine Kehre und wieder zurück in den Garten zum Rasenmähen und wieder an die neue Schreibmaschine, an das neue Buch, »ja, ich schreibe wieder ein Buch«, Satz für Satz, Seite für Seite …

Ich wollte gehen, doch meine Großmutter hielt mich zurück: »Mein Enkel!«

»Ja, ja, der Enkel«, und er zog an seiner Zigarre und schaute mich an und räusperte sich, und die Höflichkeiten würden nun ein Ende haben, denn er war nur gekommen, um sich die Seiten zu holen, die ich mir genommen hatte. Ich würde diese Seiten einfach leugnen. Der Wind hat sie weggeblasen! Ich war nie in seinem Garten gewesen! Er hat diese Seiten nie geschrieben! Aber Heidegger sprach kein Wort von meinen Seiten. Er schien sie gar nicht zu vermissen – selbst als das Buch Jahre später fertig war und veröffentlicht wurde, fragte kein Mensch nach diesen Seiten, die heute noch in meinem Schuhkarton liegen.

Heidegger war gekommen, um mit meiner Großmutter eine Grundstücksangelegenheit zu besprechen. Eine Grundstücksangelegenheit?! Ich spürte die Enttäuschung meiner Großmutter. Vielleicht hatte sie mit einer Einladung zu einem jener Lampionumzüge gerechnet? Oder mit einer vertraulichen Befragung zu einem philosophischen Problem? Doch nichts von dem. Nur eine Grundstücksangelegenheit. Andererseits entwickelte sich diese Grundstücksangelegenheit im Verlauf des Gesprächs sehr zum Vorteil meiner Großmutter. Sie war bald recht ausgelassen: »Und Sie fühlen sich wirklich nicht benachteiligt, Herr Professor?« Nein, er fühlte sich nicht benachteiligt, »nicht unbedingt.« Heidegger sprach langsam und bedächtig, meine Großmutter schnell und ohne Umschweife, so dass bald ein Teil seines Gartens einem entlegenen Zipfel unseres Gartens versprochen war. »Ach wie rührend!« Sie bot ihm Kirschwasser an, was er ablehnte. Dafür trank sie einige Gläser auf die gute Nachbarschaft, dann auf Herrn Heidegger und sein neues Buch und auf die

Freundschaft, später dann auf mich, auf mein nettes Wesen, meine Klugheit, meine große Begabung. Bereits mit einem Jahr konnte ich laufen. »Wie interessant«, murmelte Heidegger. Und sprechen! »Er spricht wie ein Buch, druckreif!« Sie hob ihr Glas und wollte, dass ich etwas vorspreche. Also sprach ich etwas vor …

Meine Großmutter lachte: »Ich bin praktisch seine Mutter.«

»Wie interessant«, murmelte Heidegger.

Dann sollte ich etwas auf Englisch sagen, also sagte ich: »one, two, three, a tree.«

»Er ist praktisch zweisprachig.«

Mit drei Jahren konnte ich bereits ganze Geschichten erzählen. Ich hatte eine große Phantasie. Ich hatte Manieren. Ich konnte zählen, auf Deutsch und auf Englisch. Ich war sensibel. Ich war wissbegierig. Ich hatte es im Blut. Ich kannte Shakespeare. Shakespeare war kein Bier, sondern Shakespeare. Meine Großmutter war praktisch meine Mutter. Ich war ihr eigen Fleisch und Blut. Ich ging für sie einkaufen. Ich konnte mich in ihrer Küche nützlich machen. Ich hatte ehrliche Augen und eine weiche Haut. Ich war anregend. Ich war tollkühn und liebenswert dreist. Ob Herr Heidegger vielleicht bereit wäre, mich zu unterrichten?

»Ich?«

Seine Stimme klang ein wenig schrill.

»Ihn unterrichten? Worin?«

Er sei nur ein einfacher Philosoph, aber meine Großmutter meinte, er könnte mir vielleicht in einer freien Stunde das Philosophieren lehren. Sicher, er sei Hochschulprofessor und kein Grundschullehrer, doch ich sei kein normales Kind. Er schaute mich an. Er war nicht völlig dagegen, im Prinzip, nach einigem Zögern … Er sagte lange nichts und trank ein Kirschwasser: Er war nicht völlig dagegen. Er sei sehr beschäftigt; sein Buch; seine vielen Verpflichtungen; doch man könnte es immerhin versuchen; vielleicht zusammen mit einigen Studenten; in seinem Wohnzimmer; im nächsten Winter; wenn ich mich ganz ruhig verhalten würde. Ob ich denn schon Lesen und Schreiben könnte? Ich wusste nicht einmal genau was Lesen und Schreiben eigentlich war, doch ich konnte es, ab jetzt, und ich stimmte den Behauptungen meiner Großmutter eifrig zu …

[*Pause*]

Lesenlernen war viel schwieriger und langwieriger und auch langweiliger als Sprechenlernen. Wenn ich sprach, dann sprach ich, was ich wollte. Wenn ich dagegen las, dann las ich, was andere wollten. Ich verstand (damals) nicht, was man von mir wollte. »Lies!«, sagte meine Großmutter und reichte mir ein Buch, und ich schwieg. Sie wurde ungeduldig, also fing ich an zu sprechen und erzählte ihr eine Geschichte. Sie nickte zufrieden und sagte: »Na also.« Aber dann wurde sie plötzlich wütend: Ich würde ja gar nicht lesen, sondern nur fabulieren. Ich solle nicht in die Luft, sondern auf die Seiten schauen. Also schaute ich auf die Seiten und erzählte weiter. »Na also.« Ich konnte lesen – dachte ich. Es war ganz einfach. Statt wie sonst beim Sprechen in die Luft zu schauen, sprach ich nun über ein Buch gebeugt und schaute auf die Seiten. Ob ich nicht bald umblättern müsse, fragte mich meine Großmutter. Umblättern? Ich blätterte um und sprach weiter. So einfach ging das Lesen. Ich sprach und schaute auf das Buch und blätterte um. Ich versuchte mein Lesen zu verbessern, indem ich immer öfter blätterte, vor und wieder zurück, zunächst einzelne Seiten, dann mehrere Seiten, später ganze Bündel von Seiten auf einen Schlag, und all das während ich sprach, ohne dabei in die Luft zu schauen. »Hier geht es doch nicht mit rechten Dingen zu«, rief meine Großmutter plötzlich. Ich würde gar nicht wirklich lesen. Ich würde nur fabulieren.

Sie nahm mir das Buch aus der Hand. »Kein Wunder«, rief sie. Ich hatte das Buch verkehrt herum gehalten. Ich wusste gar nicht, dass man ein Buch verkehrt herum halten kann. Nun wusste ich's. Trotzdem machte ich es immer wieder falsch. Woher sollte ich wissen, wie man ein Buch richtig hält. Es war der reinste Zufall. Mal nickte meine Großmutter zufrieden, dann wurde sie wieder böse. Wenn ein Bild auf dem Buch war, dann war es einfach, dann hielt ich das Buch automatisch richtig, aber die meisten Bücher waren ohne Bilder, voller seltsamer Schnörkel und Zacken und Striche und Punkte. Man hätte mich ebenso gut heißen können, eine Wiese oder ein Erdbeerbeet zu lesen. Ja, wie die stacheligen Beete im Garten meiner Großmutter sah das Gestrüpp der wirren Striche in ihren Büchern aus. Die Beete nahmen kein Ende – es waren endlose Felder … Das war also Lesen. Ich wusste gar nicht, wo hinschauen oder anfangen – als würde man mich heißen, nicht nur mein Zimmer, sondern einen ganzen Acker aufzuräumen. Ich hatte nicht geahnt, dass es in den Büchern meiner Großmutter so zuging. Dass sie ein solches Durcheinander bei ihrer Ordnungsliebe duldete. Wenn mein Zimmer je so unaufgeräumt gewesen wäre, sie hätte mir große Vorwürfe gemacht. Das war also Lesen.

Um wie viel schlimmer musste dann Schreiben sein? Oder vielleicht gar nicht so schlimm, dachte ich, sondern viel einfacher, denn ein Durcheinander zu hinterlassen ist immer einfacher als ein Durcheinander aufzuräumen. Meine Großmutter zeigte mürrisch auf eine bestimmte Stelle am Ende eines riesigen Feldes: »Was ist das?« Ich hatte keine Ahnung. Das Ende einer Seite? Nein, es war eine Kuh. »Hier steht *Kuh.*« Ich konnte keine Kuh sehen. Wenn dort eine Kuh stehen sollte, warum malte man dann keine Kuh hin? Das war also Lesen!

Ich brauchte dringend eine Brille, glaubte meine Großmutter, die nun wieder besser gelaunt wurde, da sie sich einiges erklären konnte, denn ich war alles andere als dumm, sondern brauchte nur eine Brille, die meinem Gesicht sicher gut stehen würde. Sie brachte mich zu einem Optiker, der in meine Augen schaute und meinte, ich bräuchte eigentlich keine Brille. Meine Großmutter bestand aber darauf, suchte für mich eine besonders große Brille aus und setzte sie mir aufs Gesicht. »Sieht er nicht klug aus?«, fragte sie den Optiker. Er lächelte und nickte. Dann erzählte sie ihm, dass ich die Brille dringend bräuchte, da ich ein Schüler von Professor Heidegger sei. Der Optiker drehte sich um. In einem Spiegel sah ich sein lachendes Gesicht.

Sie schickte mich auf die Straße. Es war hoffnungslos, trotz der Brille. Durch die Brille schien das Chaos in den Büchern noch greller, noch spitzer und stechender – dann wurde allmählich alles verschwommen, so als ob es nun auch noch regnen würde im diesigen Dickicht verworrener Äste und Zweige. »Geradesitzen!« Ich setzte mich gerade hin. Auch dies machte keinen Unterschied. Sie wurde immer ungeduldiger. Ich sollte mich konzentrieren! Also konzentrierte ich mich. Mit einem Schlag würde sich alles lichten, meinte meine Großmutter, wie ein Bild, in dem ein Gesicht verborgen ist, das man erst nicht sieht und dann plötzlich mit einem Aufschrei entdeckt. Ich starrte auf die Seite, da glaubte ich ein Zelt zu entdecken und rief Zelt! »Wo?«, fragte sie, und ich zeigte auf eine bestimmte Stelle. Da war kein Zelt. Sie klappte das Buch zu und schickte mich auf die Straße.

[*Pause*]

Ich wollte nicht eher nach Hause gehen, als bis ich endlich lesen konnte. Ich setzte mich in eine leere Garage. Dort hing ein gelbes Schild. Die Striche und Schnörkel auf diesem Schild (Buchstaben wie ich später hörte) schienen mir geordneter und übersichtlicher als das Wirrwarr in den Büchern meiner Großmutter. Ich starrte das Schild lange an. Ich konzentrierte mich.

Nichts. Ich setzte mich gerade hin. Nichts. Ich setzte meine Brille auf. Nichts. Ich schrie das Schild an. Das Schild schwieg. Also klingelte ich an dem Haus neben der Garage und führte die Frau, die mir öffnete, in die Garage und fragte sie, ob sie mir bitte das gelbe Schild da an der Wand vorlesen würde …

Sie lächelte verdutzt und las es mir vor: »Rauchen polizeilich verboten.«

Ich wiederholte langsam: »Rauchen plötzlich verboten.«

»Nein, nein«, sagte die Frau: »Rauchen polizeilich verboten.«

Ich dankte ihr und prägte mir diesen Satz fest ein, klingelte an einer anderen Tür: Man möge mir bitte die Garage öffnen. Dort sei ein gelbes Schild, das ich gerne lesen würde.

Ob ich denn zu Hause keine Bücher hätte?

Doch, doch, antwortete ich, aber die hätte ich bereits alle gelesen.

Also öffnete der Mann mir die Garage und ich suchte nach dem gelben Schild. Ich entdeckte es über einem Stapel Reifen und las: »Rauchen polizierlich verboten.« Ich drehte mich um und fragte, ob ich richtig gelesen hatte.

Er nickte. »Ja, fast richtig: Rauchen polizeilich verboten.«

Ich suchte andere Garagen auf, und es ging jedes Mal besser. Manchmal wurde ich noch korrigiert: *Rauchen verboten* war schon sehr richtig, doch ganz richtig hieß es: *Rauchen polizeilich verboten*, nicht plötzlich verboten, nicht polizierlich verboten, auch nicht verzeihlich verboten, sondern *polizeilich verboten*, wie Polizei: Die Polizei hat es verboten! Ich konnte lesen. Es war so einfach. *Rauchen polizeilich verboten.* Nicht nur bei meiner Großmutter, sondern in der ganzen Stadt war das Rauchen polizeilich verboten. Da, ein Gartenzaun, und wieder das gelbe Schild: *Rauchen polizeilich verboten.* Ich sah einen Briefträger mit einer Zigarette im Mund, und ich zeigte auf das Schild und rief: »Rauchen polizeilich verboten.« Er beschimpfte mich. Niemand könne ihm das Rauchen verbieten, schon gar nicht ein Brillengesicht wie ich. Von wegen *Rauchen polizeilich verboten.* Auf dem Schild stand: *Einfahrt freihalten.*

Nicht alle Schilder waren also gleich. Es gab Unterschiede. In den Garagen war das *Rauchen polizeilich verboten*, aber an den Gartenzäunen sollte man die *Einfahrt freihalten.* Aber nicht an jedem Gartenzaun, wie ich bald merkte. Es gab auch Schilder, auf denen stand: *Parken verboten* oder *Warnung vor dem Hunde.* Zur Sicherheit bellte ich an jedem Schild. Wenn ein Hund zurückbellte, dann konnte es sein, dass auf den Schildern vor Hunden gewarnt wurde. Je weiter ich lief, und je mehr Menschen ich befragte, umso vielfältiger und komplizierter wurden die Schilder. Auf manchen Schildern stand *Einfahrt freihalten*, auf anderen *Ausfahrt freihalten.* Diese kleinen Unterschiede musste ich mir merken. Ich suchte mir Erinnerungspunkte: Braunes Haus an der Ecke bedeutete *Bitte freihalten*; aber weißes Haus daneben *Privatparkplatz*; Hundegebell hieß *Warnung vor dem Hunde*; Laternenpfahl bedeutete *Linsenberg-*

straße; die gelbe Telefonzelle *Halteverbot*; das Haus daneben *Dr. Hornef Zahnarzt* … Einige Schilder waren sehr kompliziert: *Feuerwehrzufahrt. Halteverbot nach StVO*. Oder: *Privatparkplatz. Gegen widerrechtlich Parkende wird wegen Hausfriedensbruch vorgegangen.* Spaziergänger mussten mir diese langen Schilder immer wieder vorsagen, und ich sagte es dann nach, oder vor mich hin …

Viele Schilder konnte ich fast alleine lesen, denn sie beinhalteten meist etwas Verbotenes oder Privates, so dass ich mit gutem Gewissen sagen konnte: »Ist das nicht privat? Ist das nicht ein Verbot?« – und viele Menschen stimmten mir zu. Andere Schilder wiederum verkündeten Freiheiten, oft freie Wege, freie Einfahrten, freie Anlieger, oder freie Sonntage. Manche Schilder blieben mir unverständlich: *Alle Richtungen.* Was war damit gemeint? Die Straße führte nur in eine Richtung. Oder: *An Sonn- und Feiertagen frei.* Vielleicht meinten sie schulfrei, oder dass an Sonn- und Feiertagen Gefangene freigelassen werden.

Als ich spätabends nach Hause kam, konnte ich lesen, zumindest all die Straßen in unserer Nachbarschaft. Meiner schweigenden Großmutter sagte ich zunächst nichts. Am nächsten Tag aber überredete ich sie zu einem Spaziergang. Endlich, nach einigen hundert Metern, zeigte sie mit ihrem Spazierstock auf ein Schild und rief: »Lies!« Sie war schon dabei, sich abzuwenden, da sprach ich ihr hinterher: »*Omnibusse. Radfahrer. Botanischer Garten frei.*« Sie blieb stehen. Sie drehte sich um. Sie musterte das Schild. Ich sollte das Schild noch mal lesen. Also stellte ich mich mit ausholenden Bewegungen vor das Schild und sprach mit der Eindringlichkeit eines Schauspielers: »*Omnibusse. Radfahrer. Botanischer Garten frei.*« Ich verstand kaum, was ich sagte, aber jedes einzelne Wort, jede Silbe, kostete ich aus, dehnte ich aus, wie ein Gummiband: »*Om-ni-busse. Rad-fahr-er. Bo-ta-ni-sch-er Gar-ten fffrrrei!*«

Meine Großmutter, sie schwankte.

Sie flüsterte meinen Namen.

Sie flüsterte meinen Namen, als läge ich im Krankenhaus, am Leben.

Ich fasste ihre Hand und führte sie zum nächsten Schild, das ich lesen sollte: *Stellplatz WG Nr. 15 a.* Und ich hatte Recht. Sie stützte sich auf ihren Spazierstock. Ich drängte sie weiter. An der Hecke, wieder ein Schild, das ich schon von weitem lesen konnte, ohne Brille: *Anlieger frei.* Und ich hatte völlig Recht, und meine Großmutter öffnete ihren Geldbeutel und gab mir ein Markstück. Das nächste Schild, nichts leichter als das: *Ausfahrt freihalten.* Ich konnte lesen, so glaubten wir. Dies waren keine Zufallstreffer mehr. Dahinter steckte System. Es war ein Wunder, wie meine Großmutter, die mir kaum folgen konnte, immer wieder sagte. Später war es kein Wunder mehr, sondern Begabung, Intelligenz, Fleiß und eine Frage der Erziehung. *Vorsicht! Tür öffnet automatisch.* »Welche Tür?«, fragte sie ängstlich. Es war keine Tür, sondern ein Schild, und ich konnte es lesen, und ich hatte Recht, und meine Großmutter kramte erneut in ihrem Geldbeutel. An dem Briefkasten wieder ein Schild, das ich im Vorbeigehen, ohne einmal aufzuschauen, als wäre es kaum der Rede wert, ihr vorlas: *Bitte freihalten.* Es war ein Kinderspiel. Da – »wo?« – hinter dem Busch – »ach dort!« – ein Schild, auf dem stand: *Warnung vor dem Hunde.* Ich konnte es lesen, ohne zu bellen, und meine Großmutter gab mir ein Zweimarkstück. Immer mehr und größere Münzen klimperten in meiner Hosentasche. Ich fühlte mich wie ein Münzautomat, ein lesender Münzautomat, und ich las ihr die Straßen vor und wieder zurück, und sie hörte mir andächtig zu, als würde ich Gottes Wort verkünden, *Linsenbergstraße*, *Denzenbergstraße*, *Hausieren verboten*, und sie zeigte auf mich, wenn verdutzte Nachbarn hinter gestutzten Hecken auf uns zeigten, und rief ihnen zu: »Er kann lesen!«

Sie telefonierte an diesem Abend mit Verwandten und Bekannten: »Er kann lesen!« Sie hatte es mit eigenen Augen gesehen, mit eigenen Ohren gehört. Ich war noch keine fünf oder sechs Jahre alt. »Er wird ein ganz Großer!« Und sie kostete ihre Worte aus. Und sie genoss es, ihre sprichwörtlichen Lieblingsweisheiten anzubringen: »Alle Großen waren große Arbeiter!« Ich selbst war in einer entfernten Ecke, als hätte ich mit all dem nichts zu tun. »Bildung beginnt mit Gehorsam!« »Lernen ist Optimismus!« »Wo gearbeitet wird, da wird geklappert!« Ich lag in einem tiefen Sessel unter einer schweren Decke, die meine Großmutter über mich gelegt hatte, damit ich mich nicht unterkühle oder gar krank werde. »Nicht das Gehirn denkt, sondern wir denken das Gehirn!« »Das Leben ist ein Hundertmeterlauf!« »Wissen ist Macht!« Auf meinem Schoß lag ein großes

Buch, in dem ich gelangweilt blätterte, während sie telefonierte und telefonierte: »Er liest jetzt. Er liest Shakespeare.« Es war gut zu wissen, dass das Buch auf meinem Schoß Shakespeare hieß.

Plötzlich sah ich ihren Schatten auf dem Buch. Sie stand hinter mir. Sie beugte sich über meine Schulter, so als wollte sie mit mir lesen. Ich fürchtete sie könnte ..., aber sie legte nur ihr Kinn auf meine Schulter. Sie rollte ihr Kinn zur Seite und küsste meinen Hals. Mir schien es, als würden ihre Lippen saugen ...

[*Pause*]

»Er muss in die Schule, augenblicklich«, viel zu viel Zeit war bereits verstrichen, verloren, ja, verschleudert. Der Junge langweile sich sonst. Ich sollte nicht mehr mit den Kindern der Nachbarschaft spielen. Sie duldete nicht, dass ich mit Analphabeten verkehrte. Statt dessen lag ich die Tage mit schweren Büchern im Sessel, und meine Großmutter telefonierte weiter. Das häufigste und lauteste Wort, das durch das Wohnzimmer hallte, war *Begabung*. Meine *Begabung* erklang in den höchsten Tönen: *Begabung, Begabung, Begabung*. Sie hallte und schallte mir um die Ohren. Sie tönte stolzgeschwellt durch das Haus. Sie schmetterte und schepperte durch Fensterscheiben ins Freie. Sie torkelte beschwingt in den Garten. Sie schrillte lauter als das Telefon. Ihre Echos verbreiteten sich auf der Straße. Bald war meine Begabung stadtbekannt. Ein Herr Schulrat, den meine Großmutter mit immer neuen Beispielen meiner Begabung belehrte, er möge doch kommen und sich selbst überzeugen. Eine Frau Strom sollte kommen. Ihr würde ich eine Lektion erteilen. Andere Damen und Herren wurden eingeladen, um die nackte Wahrheit bei Kaffee und Kuchen zu erleben …

Eines Nachmittags standen sie alle um meinen Sessel, der Schulrat und einige Damen, und sie schauten auf mich und meine Bücher herab. Ich sollte mich nicht stören lassen und ruhig weiter lesen. Also blieb ich ruhig und schaute so fest es ging in das offene Buch auf meinem Schoß und las weiter. Ich zählte leise zehnmal bis zehn, dann blätterte ich um. Ich las, eine dunkle Stimme über mir sagte es, Spenglers *Untergang des Abendlandes*, eine spannende Geschichte, die ich später ausführlich erzählte, als der Schulrat mich danach fragte, während meine Großmutter uns alle zum Baumkuchen am runden Glastisch bat. Ob ich mich denn für Geschichte interessiere, fragte mich der Schulrat, und ich sagte ja und erzählte ihm eine weitere Geschichte. Er saß stumm und aß Baumkuchen …

Plötzlich fragte er mich nach dem Namen eines Vogels.

»Welcher Vogel?«

Er meinte einen Vogel, der draußen auf einem Baum saß.

Als wir alle hinschauten, war er zum Glück weggeflogen.

Dafür nannte ich ihm die Namen einiger Automobile …

Er stellte mir eine Rechenaufgabe, die ich lösen sollte,

ohne die Hilfe meiner Finger, die ich nicht bewegen durfte!

Ich erzählte ihm bewegungslos, dass ich nie mit meinen Fingern rechne, sondern immer mit meinem Kopf, und er nickte zustimmend, und ich zählte, ohne meine Finger zu benützen, bis zehn, auf Englisch: »one, two, three, four, five, six, seven, eight, ten …«

»Er ist praktisch zweisprachig«, sprach meine Großmutter.

Was denn die Hauptstadt von England sei, fragte mich der Schulrat, und ich erzählte ihm von einer gewaltigen Stadt mit riesigen Häusern und einem prächtigen Palast, in dem eine Königin lebt, die ich später heiraten würde, und meine Großmutter fügte schnell hinzu, dass ich das längste Wort der englischen Sprache kenne, das ich in einem einzigen Atemzug aussprechen könne.

Ich sprach es schnell aus: »Floccinaucinihilipilification.«

»Wie bitte?«

»Floccinaucinihilipilification.«

Der Herr Schulrat könne es jederzeit in einem Wörterbuch nachschlagen. Doch er fragte mich nun nach einigen Flüssen, die ich nicht kannte. Dafür kannte ich einen Bach hinter unserem Haus, und meine Großmutter reichte ihm schnell ein Stück Baumkuchen, und der Schulrat stellte mir weitere Fragen: »Was ist ein Hauptwort?«

Ein Hauptwort? Sicherlich ein schrecklich wichtiges Wort, dachte ich. Wahrscheinlich ein sehr langes Wort …

Der Schulrat aß schweigend Baumkuchen.

Dann fragte er mich: »Was ist ein Tuwort?«

Ich sprach laut und deutlich, aber der Schulrat wiederholte seine Frage. Meine Großmutter bot ihm ein Kirschwasser an. Er lehnte ab. Sie nahm die Flasche zu sich und füllte ihr Glas.

»Was ist ein Fragezeichen?«

Ich sprach laut und deutlich, aber der Schulrat wiederholte seine Frage. Meine Großmutter trank ein zweites Glas. Sie trank ein drittes Glas und sie trank ein viertes Glas, als er mich fragte, wo denn Amerika liege, und ich ihm antworte, es liege auf dem Boden. Er legte einen Bleistift und ein Stück Papier auf den Tisch und hieß mich, meinen Namen zu schreiben …

»Bitte nicht«, rief meine Großmutter: Der spitze Stift und der lange Name würden das teure Glas zerkratzen, und sie reichte ihm ein weiteres Stück Kuchen, woraufhin er mir ein Buch reichte, aus dem ich nun lesen sollte … Ich nahm das Buch, räusperte mich und sagte, dass ich viel lieber die Schilder auf der Straße lesen würde, was meine Großmutter gerne bestätigte: Wir hätten lange genug gesessen und gegessen. Ein Spaziergang würde uns allen gut tun, und sie hob mit schnellen Bewegungen die Runde auf, und eine allgemeine Erleichterung reckte und streckte sich vielstimmig durch das Wohnzimmer zur Garderobe hinaus, wo ich mich zwischen zwei Mänteln verbarg, während die verschiedensten Gespräche an mir vorbeizogen, die alle um mich kreisten. Zuerst streifte mich der Rock einer flüsternden Stimme, die von mir als einem *Er* sprach: »Was er kann, das kann mein Enkel auch.« Dann eine weitere Stimme und die Worte: *Blender, Bluffer, Schwätzer*; dann die tiefe Stimme des Schulrates, der sagte: »Man muss abwarten. Man darf gespannt sein«; dann, je stärker ich das Parfüm meiner Großmutter roch, laute und joviale Stimmen, die meine Gescheitheit, Gewandtheit und Gewitztheit lobten und die meiner Großmutter gratulierten. Ein buntes Kleid lobte mich am meisten: »Ein kluges Kind. Ein begnadetes Kind. Und ein so liebes Kind.« Ein anderes Kleid zitterte vor Freude. In diesem Kleid stand meine Großmutter. Zum ersten Mal sah ich ihre Beine nicht geschwollen. Wie ein Zirkusdirektor kündigte sie meine erste öffentliche Lesung an. Als sie zur Treppe kam, hörte ich sie sagen: »Wenn ich nachts nicht schlafen kann, dann denke ich nur an ihn.« Sie schlenderten fast mädchenhaft die Treppe hinab. Eine noch nie da gewesene Euphorie hallte lachend und schwatzend durch das Haus. Dann hörte ich, wie mein Name gerufen wurde: »Wo ist er denn? Wo bleibt er denn?« Ich trat langsam aus den Mänteln heraus, die Treppe hinab, der Kronleuchter strahlte, und die Leute in der Halle bemerkten mein Kommen unter großem Hallo, Ah und Oh. Und dann klatschten sie, als wäre ich ein Schauspieler, der endlich auf die Bühne tritt, und ich machte eine leichte Verbeugung. Insgeheim übte ich noch einmal meine Wörter und Sätze, sortierte in meinem Kopf die Farben, Formen, Positionen und äußeren Umstände der Schilder, die ich nun in aller Öffentlichkeit vortragen würde.

Langsam schritt ich auf die Straße. Sie folgten mir

andächtig. Ich sah Vorhänge, die sich in den Fenstern der Nachbarhäuser bewegten, dahinter gereckte oder lauernde Köpfe, die uns beäugten, die Prozession der Zeugen meiner Begabung, die mir zum ersten Schild folgte. Ein Mann, der in seiner Garage werkelte, wunderte sich über die vielen Menschen, die plötzlich in seiner Einfahrt standen, doch sie wollten nichts von ihm, sondern nur hören, wie ich sein Schild las: *Einfahrt freihalten.* Sie murmelten anerkennend. Der Schulrat zeigte auf das nächste Schild, und ich lächelte und las es ihm vor, und er musste mir Recht geben. Ob große oder kleine Schilder, ob kurze oder lange Schilder, ob in Garagen, Telefonzellen oder unter freiem Himmel, ich las fehlerlos und schneller als ein Erwachsener, wie aus der Pistole geschossen, und ich schoss kreuz und quer, in entfernte Hinterhöfe hinein, durch dichtes Buschwerk hindurch, wie ein Scharfschütze, links und rechts, aus dem Augenwinkel heraus, wie ein Revolverheld. Ich konnte alles lesen, selbst entfernte Ampeln, die auf Rot standen: »Steht dort nicht Rot«, und sie lachten, während ich schon dabei war, dem Schulrat zwei Mülleimer vorzulesen. Besonders die Damen waren begeistert: »Was der Junge für Augen hat. Wie schnell er seine Umwelt erfasst.« Alles ein Kinderspiel, das ich tänzelnd vollführte, auf der Suche nach mehr Lesestoff. Es war ein Triumphzug, der von Straße zu Straße zog, an immer neuen Schildern vorbei: *Anlieger frei … Mit Parkausweis … Vorsicht … Krankenpflegeschulen … Achtung … Kern-spin-tomo-graph …*

Doch dann wurde ich plötzlich korrigiert. In der allgemeinen Begeisterung hatte ich übersehen, dass ich die Schilder, die ich zuletzt gelesen hatte, gar nicht kannte, sie nie zuvor gesehen hatte. Wir kamen in ein völlig abwegiges Gebiet. Ich wollte umkehren, der Schulrat aber wollte weiter. Er zeigte nun auf Schilder, die mir sämtlich fremd waren. Ich stockte. Ich überlegte. Ich untersuchte die äußeren Umstände dieser Schilder. Die Einfahrt zu einem Hof würde sicher bedeuten: *Einfahrt freihalten.* Doch dies war falsch. Auf dem Schild stand angeblich: *Vorsicht Dachlawinen.* Wie hätte ich das ahnen können!? Außerdem war ich müde. Wir kamen zum nächsten Schild. Ich wollte umkehren, aber der Schulrat ging weiter. Ich hörte Hundegebell und sagte: »Vorsicht Hund!« Auf dem Schild stand etwas anderes. Der ganze Stadtteil war ein einziger Betrug, eine optische Täuschung. Nichts stimmte mit den Schildern überein. Und der Schulrat zeigte nun auf ein besonders kompliziertes Schild. Ich verlangte nach meiner Brille. Ich setzte die Brille auf. Ich setzte die Brille wieder ab. Ich putzte die Brille mit meiner Krawatte. Sie standen in einem Halbkreis um mich herum. Sie schwiegen. Ich suchte nach Worten. Ich machte eine Verbeugung und sagte: »Die Vorführung ist zu Ende.« Kein Applaus. Wir liefen weiter. Ich stolperte. Ich musste wieder aufstehen. Die Schilder wurden immer absonderlicher, als hätte man die Bücher meiner Großmutter auf sie genagelt. Selbst die einfachen Schilder, mit deutlichen Zeichen und Bildern bemalt, waren ein Betrug. Ich sah einen fetten Pfeil und sagte Pfeil. Auch das war ein Fehler. Ich sah Autos, spielende Kinder und Häuser, aber man leugnete dies. Meine Müdigkeit war keine Entschuldigung. Ich zeigte auf einen Briefkasten und sagte, er sei gelb. Auch das wurde nun gegen mich ausgelegt. Ich fiel zum zweiten Mal. Ich musste aufstehen und weiterlaufen. Ich lief immer schneller. Als ich mich umdrehte, stand ich alleine. Ich lief weiter, kreuz und quer, auf blutigen Beinen, bis spät in die Nacht …

[*Pause*]

Die ersten Tage in der Schule waren ein großer Erfolg. Meine Stimme klang laut und deutlich, als ich mich in der Klasse vorstellte, und ich stellte mich ausführlich vor: Ich hatte den längsten Namen aller Klassen, war der jüngste Schüler der Schule, konnte Englisch: *one, two, three* … Wohnte im schönsten Haus der Stadt, kannte Spenglers *Untergang des Abendlandes.* Und ich kannte Herrn Heidegger. Und wusste das längste Wort der Welt: *Floccinaucinihilipilification.* Meine Großmutter hatte die Malaria. Meine Großmutter war praktisch meine Mutter. Ich trug einen Anzug. Ich hätte auch gleich in die dritte Klasse gehen können, wäre dies nicht gegen die Bestimmungen gewesen. Ich würde die zweite Klasse einfach überspringen, wie einen rostigen Karren. Ich wusste die Hauptstadt Englands: London. Mein Berufsziel: Professor. In einem Schuhkarton liegt eine philosophische Abhandlung von mir …

Es sei genug, rief die Lehrerin, und ich sollte mich wieder setzen. Sie rief andere Schüler auf, die aber kaum etwas zu sagen wussten, also sagte ich es für sie.

Am Anfang hielt die Lehrerin die Dinge noch im Allgemeinen. Sie fragte uns, warum es notwendig sei, Lesen und Schreiben zu lernen. Ich fragte mich das auch, aber ich gab ihr einleuchtende Antworten, und sie stimmte mir zu. Meine erste und beste Note war ein *sehr gut*, für meine überragende Mitarbeit. Ich sprach und sprach … Hätte es eine Note für die Aussprache gegeben, auch dafür hätte ich ein *sehr gut* bekommen (müssen). Doch dann fing die Lehrerin an, einzelne Wörter, die ich sprach, an die Tafel zu schreiben. Und sie zerlegte meine Wörter in angebliche Buchstaben. Und sie schickte uns nach Hause, um diese Buchstaben zu lernen. Und sie befragte uns am nächsten Morgen … Ich antwortete ihr, dass ich keine Buchstaben, sondern lieber Bücher lese. Später legte sie mir ein Buch vor, ein Schulbuch, aus dem ich der Klasse vorlesen sollte, was ich gerne getan hätte, ergreifend und inbrünstig, wenn ich es nur gekonnt hätte. Die anderen Schüler konnten es. Sie hüpften lachend über den Schulhof, während ich mich in eine Kabine der Toilette zurückzog. Wir machten einen Klassenausflug, gingen alle zum Münster der Stadt, in Zweierketten hintereinander aufgereiht, händchenhaltend, immer Mädchen und Junge beieinander, und ich lief alleine vorneweg und las der Lehrerin und den anderen die Schilder am Weg vor, was ihnen zu denken geben sollte. Nicht alle hörten mir zu. Man lenkte von mir ab. Hupende Autos versuchten mich zu übertönen. Doch diejenigen, die mich hörten, denen gaben meine Lesungen zu denken. *Einfahrt freihalten*, und die Lehrerin rief, fast mürrisch, aber sehr deutlich:

»Ja, ja«, denn ich hatte Recht. Ich las fehlerfrei weiter, bis die Lehrerin meinte: Es sei genug! Ich solle lieber Schulbücher als Straßenschilder lesen. Am nächsten Tag saß ich wieder in der Klasse und musste schweigen, als sie mich hieß: »Lies!«

Wenn ich etwas lesen sollte, blätterte die Lehrerin die Seiten des Schulbuchs bündelweise nach vorne, in beängstigende Dickichte immer kleiner werdender Buchstaben …; bilderlose Vorstöße in stetig höhere Sphären der Schrift. Die Klasse schlug eifrig Trassen durch dieses Buchstabengestrüpp, lagerte hin und wieder mit zufriedenen Gesichtern an Lichtungen, während ich die Nachhut war, die den Vormarsch der anderen von hinten sicherte, Nachschub organisierte, den anderen den Rücken freihielt, Rückzugsmöglichkeiten erkundete. Bei jeder Expedition hätte man mir diese schwierige Rolle gedankt. Nicht in dieser Klasse. Während ich mich für die anderen, für den Fortschritt der Klasse verausgabte, auf einsamen Umwegen und Abwegen, sonnten sie sich auf den Höhen ihres Fortschritts und zeigten lachend herab. Die Wipfel, auf denen sie wie quietschende Affen saßen, schüttelten sich vor Lachen.

Dabei war ich ohne Brille, die ich regelmäßig vergaß. Ohne Brille war ich so gut wie blind. Einzelne, sehr kurze Wörter konnte ich zur Not noch erkennen, beispielsweise *der*, *die*, *das*, wenn dies mit deutlichen Strichen oder Klecksen vermerkt, aber die ganze geschriebene Sprache ist mir bis zum heutigen Tag ein stummes, kaltes Rätsel. Ich konnte in der Tat lesen, wenn man mir sagte, worum es ging, wenn mir jemand vorlas, und ich es dann nachlesen konnte. In meiner frühen Schulzeit tat dies der Gärtner des Friedhofs, mit dem ich gemeinsam Gräber aushob. Er las mir beim Vespern aus meinem Schulbuch vor, und ich zeichnete das Gelesene mit Buntstiften nach. Wenn es beispielsweise hieß: *Die Sonne geht auf*, dann malte ich mir diesen Vorgang auf: Bild einer Sonne und Pfeil nach oben. Ging dagegen in meinem Schulbuch die Sonne unter, dann malte ich über die Zeilen eine Sonne und einen Pfeil nach unten. *Das Telefon klingelt*, habe ich mir so vermerkt: Bild eines Telefons und eine Glocke. *Das Telefon klingelt dreimal*, wäre dann: Bild eines Telefons und drei Glocken. (Man muss sich diese Bilder farbig vorstellen.) Oder folgende Bildergeschichte: Uhr, trauriges Gesicht, Kleeblatt, Haus, Quadrat mit einem Loch. Was das bedeutet? *Es ist zehn Uhr und das traurige Mädchen im Haus hat ein Loch im Kopf.* Waren die Bilder unterstrichen, dann bezogen sie sich auf Geschehnisse der Vergangenheit. Waren die Bilder überstrichen, dann sprachen sie von der Zukunft. Unterbrochene Linien zeigten den Konjunktiv an.

Auf diese Weise malte ich mir seitenweise in meinem Schulbuch aus, wovon auf diesen Seiten die Rede sein könnte, sollte die Rede in der Klasse wieder auf mich kommen … Als es so weit war, konnte ich meine Bildergeschichten ohne die geringste Verzögerung vor der ganzen Klasse lesen, und dies in einem Tempo, dass selbst die Lehrerin mir kaum folgen konnte. Die anderen Schüler verstummten. Wenn sie lasen, dann stammelten sie nur schwarze Buchstaben. Ich dagegen verkündete farbige Bilder. Mit einem Wimpernschlag hatte ich eine lebendige Vorstellung von dem, was ich las. Ich konnte es mit eigenen Augen sehen … Ich konnte mit eigenen Augen sehen, wenn ein Mädchen traurig war, weil es ein Loch im Kopf hatte. Und ich konnte voraussehen, wenn weiter unten die Bilder der Mutter auftauchten, die händeringend den Arzt rief. Ich las flüssiger als die Stimme im Radio meiner Großmutter. Die Lehrerin war sprachlos. Sie gab mir ein *genügend*, vielleicht weil ich für heute genug gelesen hatte. Ich malte weiter. Und es gab neue Gelegenheiten, das Gemalte vorzulesen. Es waren Hunderte von Bildern, die ich gemalt hatte. Und ich schmückte meine Bilder immer weiter aus. Da kam nicht einfach nur ein Arzt, der die Wunde des Mädchens nähte, sondern ein weißgekleideter Arzt, der einen noch weißeren Arzt zur Hilfe rief. Das Mädchen hatte nicht nur ein Loch im Kopf, sondern zwei Löcher, ein großes und ein noch größeres. Sie musste sofort ins Krankenhaus. Dort wurde Juliane operiert. Als sie aufwachte, saß ihre Lehrerin am Bett und streichelte ihre Hand. Wenn es einen Menschen gab, dann war es die Lehrerin. Sie kam jeden Tag und saß stundenlang. Sie war wie eine Mutter. Sie war die Mutter … Eines Tages lag ein anderes Mädchen in dem Bett …

Ich konnte lesen, auf meine Art, und dies schneller, sicherer, bestimmter und vor allem interessanter als viele Erwachsene. Ich las sogar besser als das Gelesene in Wirklichkeit war. Die Lehrerin fragte mich, was ich später einmal werden wollte, und ich antwortete: »Maler.«

[*Pause*]

Wenn ich damals in die Zukunft hätte blicken können … Ich kann bis heute weder lesen noch schreiben. Doch heute ist vieles leichter. Ein erwachsener Analphabet fällt kaum auf. Niemand würde von ihm verlangen, etwas laut vorzulesen. Ich bin Analphabet, und kein Mensch glaubt mir. Ich kann sogar damit kokettieren. Wenn ich nun behaupten würde, dass ich Professor für Germanistik bin … Der Gedanke ist überhaupt nicht absurd. Man kann meine Vorlesungen im Radio hören. Als Professor der Germanistik muss man nicht unbedingt lesen oder schreiben können. Es genügt völlig, Deutsch zu sprechen, was ich sehr gut kann. Es genügt, ein offenes Ohr zu haben, und ich habe ein offenes Ohr. Es genügt, wenn die Studenten die Bücher lesen, über die ich in meinen Vorlesungen spreche. Meine Vorlesungen sind keine Vorlesungen im üblichen Sinne, da es ja nichts gibt, das ich vorlesen könnte, sondern eher Nachlesungen. Die Studenten sollen gefälligst in die Bibliothek gehen und nachlesen, was ich nicht vorlesen kann … Dazu später.

[*Pause*]

Meine Bildergeschichten wurden mit der Zeit immer düsterer. Eines Tages konnte die Lehrerin diese Geschichten nicht mehr länger hören und riss mir mein

Bilderbuch aus der Hand … Nun konnte ich nicht mehr lesen. Die vielen Bilder, die ich gemalt hatte, sind alle verloren. Die Lehrerin gab mir das Buch nicht mehr zurück. Sie hat es weggeworfen. Sie gab mir ein neues Buch, bilderlos und kahl. Von da an blieb ich stumm. »Lies«, rief die Lehrerin, und ich schwieg …

Ich hatte meine Brille vergessen. Ohne Brille war ich so gut wie blind. Ich sollte, meinte die Lehrerin, die Brille gefälligst in die Schule bringen, egal wie sehr die Schüler darüber lachten. Also brachte ich die Brille in die Schule, doch die Gläser waren viel zu schwach. Der Optiker weigerte sich, neue Gläser einzusetzen. Ich grüßte ihn von meiner Großmutter, doch er bediente andere Kunden, schickt mich dann nach Hause. In einer Kommode fand ich die Brille eines verstorbenen Onkels, eine Kriegsbrille, deren Gläser so dick und wuchtig wirkten wie gewaltige Lupen, die meine tränenden Augen grotesk vergrößerten, so dass jeder sehen konnte, dass ich fast nichts mehr sah. An Lesen war überhaupt nicht mehr zu denken. Meine Großmutter pflichtete mir bei. Ich hatte bereits Schwierigkeiten, den Weg in die Schule zu finden. Es dauerte jeden Tag länger. Ich kam immer später. Mein Weg zerfloss vor meinen brennenden Augen in verschwommene Konturen. Bald waren diese Konturen nur noch Ahnungen, über die ich stolperte. Später waren diese Ahnungen nicht mehr als Erinnerungen. Ich trippelte wankend nur noch an Erinnerungen vorbei, oder durch Erinnerungen hindurch, oft sehr schmerzhafte Erinnerungen. Ich lief mit dem Spazierstock meiner Großmutter, mit dem ich mir meine Wege ertastete. Um meinen Arm war eine gelbe Blindenbinde geschnürt, die ich in einem Schaufenster entdeckt hatte. Man denkt sich das Erblinden als Verdunkelung. Meine Erblindung war anders. Die Welt wurde nicht dunkel. Sie blieb hell. Sie blendete grell. Ich konnte sie nur nicht sehen, oder immer seltener.

(All dies mag sehr unwahr*scheinlich erscheinen*, doch es war ganz und gar unvermeidlich und notwendig.)

War die Lehrerin im Klassenzimmer, wurde mein Anblick übergangen. Ich war nun blind. Oder so gut wie blind. Attest war auf dem Weg. Eine schleichende Erkrankung. Man glaubte mir zuerst nicht, hielt mich für einen Simulanten. Sie lachten ausgiebig. Doch ich blieb starrsinnig, stolperte bereitwillig über Stühle, hielt an meiner schleichenden Erkrankung fest, und auch meine Großmutter, als sie angerufen und befragt wurde, stimmte meiner Krankheit im Großen und Ganzen zu: Ja, ich war ein wenig blind, natürlich nur vorübergehend. Eigentlich nichts Ernstes. Nichts Chronisches. Nichts Ansteckendes. Keine vererbte, sondern nur eine vorübergehende Entzündung des Augapfels … Nach den Ferien würde ich wieder sehen können, nach Aufenthalt in einem Sanatorium … Rat des Arztes … Ich sei in fachärztlicher Behandlung … Daheim konnte ich bereits wieder ein wenig sehen …

Ich wurde nicht mehr aufgerufen. Ich musste nicht mehr lesen, was gut war, aber ich durfte auch nicht mehr sprechen. Sogar in meinem Lieblingsfach, dem Rechnen, hielt man mich stumm. Ich durfte nicht laut in der Klasse rechnen, weil ich ja blind war. Dabei rechnete ich nie mit meinen Augen, sondern immer mit meinem Kopf. Ich war ein Kopfrechner. Die Lehrerin selbst hatte das Kopfrechnen als das einzig Wahre bezeichnet, und ich rechnete alle Aufgaben, die sie uns stellte, im Kopf aus, ohne Hände, ohne Augen. Ich brauchte nur die Hilfe meines Mundes, um die Lösungen zu sagen. Selbst dieses Hilfsmittel wurde mir nun untersagt.

Ich war wahrlich ein ausgezeichneter Rechner, und dies wegen des vielen Geldes, das sich in einem Karton unter meinem Bett anhäufte und das ich immer wieder gerne zählte. Das Geld kam von meiner Großmutter: der Lohn für die vielen Schilder, die ich ihr auf zahllosen Spaziergängen vorgelesen hatte; für die vielen Freuden, die ich ihr bereitet hatte; für mein gutes Englisch; für meine besten Auftritte; für meine Einkaufsgeschichten; für meine Geistesgegenwart bei schwierigem Besuch und für meine liebenswerte Gegenwart überhaupt. Und es kam ständig neues Geld dazu, selbst jetzt, trotz meiner Schulschwierigkeiten, trotz meiner Erblindung, wenn ich meiner Großmutter herzliche Grüße und Glückwünsche von meiner Lehrerin ausrichtete. Ich durfte das Geld nicht ausgeben. Ich durfte es nur haben und vermehren. Ich vermehrte es in der Schule. Immer mehr Schüler traten an mich heran, um sich Geld von mir zu leihen. Ich verlangte zehn Pfennig Zins für eine Mark und zwei Mark Zins für zehn Mark und fünf Mark Zins für zwanzig Mark. Es gab eine Zeit, da war die Bäckerei bei der Schule überfüllt mit Schülern, die sich mit meinem Geld Mohrenköpfe kauften und diese Köpfe dann mit großen Bissen verspeisten. Die Schüler waren zunächst sehr freundlich zu mir. Sie winkten mir kauend zu. Sie stellten sich geduldig an, als ich auf einer alten Schulbank im Schulhof sitzend meine erste Bank eröffnete, die *Witzleben Schulbank.* Sie gaben mir sogar einen Spitznamen: *Jude.* Ich wusste nicht recht, was dies bedeutet, doch war mir dieser Name lieber als *von und zu Witzleben.* »He, Jude, ich brauche Geld«, und es gab Geld. Ich machte mir keine Notizen. Ich hatte all meine Geldgeschäfte im Kopf – im Gegensatz zu meinen Kunden. Sie trugen diese Geldgeschäfte mit vollen Händen davon, ohne auch nur einen Pfennig davon in ihren Köpfen zu behalten. Im Unterschied zu ihnen, war ich ein ausgezeichneter Kopfrechner. Trotzdem wurde nun mein Kopf selbst in meinem Lieblingsfach, dem Rechnen, schweigend übergangen – wegen meiner Erblindung.

Im Schulhof dagegen, dort wurde ich nicht umgangen. Dort wurde ich geradezu umschwärmt. Ich lächelte, war ich doch mit meiner gewaltigen Brille, meinem Stock und meiner gelben Binde der am meisten gesehene Schüler der ganzen Schule. Ihre kreischenden Stimmen kamen von allen Richtungen. Sie hüpften Gesänge auf meine Brille. Sie zupften an meiner Krawatte. Sie legten mir Brote auf den Kopf. Sie umkreisten mich wie ein Schwarm Wespen. Sie setzten sich summend auf meine Arme. Sie bewarfen mich mit Äpfeln. Sie stellten sich vor mir auf und sprachen nun ganz offen:

Ich war blind.

Und ich war ein Blindgänger.
Ihre Hände griffen in meine Hosentaschen.
Ich war ein Brillenmonster!
Ich hatte viel zu große Ohren!
Ich hatte eine große Schnauze!
Ihre Hände ballten sich in meinen Hosentaschen zu Fäusten.
Ich war ein Lügner!
Ich konnte nicht einmal lesen!
Sie boxten in meiner Hose.
Ich war selber schuld!
Sie beschimpften meine Großmutter und mich als hochnäsiges Pack.
Ich sollte mein Maul halten!
Meine Unterhose stank.
Ich hatte Augen.
Ich war gar nicht blind.
Ich war nicht ganz richtig im Kopf. Ihre Eltern meinten das auch.
Ich stand ohne Hose.
Ich war ein Judenfurz!
Ich war ein Streber!
Ich war ein Schwätzer!
Ich war ein Simulant!
Ich war selber schuld!
Ich war an allem schuld!
Ich war alleine.
Ich wurde an meiner Krawatte im Kreis gezerrt.
Ich krabbelte auf allen vieren.
Ich war ein lahmes Maultier.

Ich konnte sehr wohl sehen.

Ich war ein Loch, ein Arschloch.

Ich war ohne Brille.

Ich sah ihre wutspeienden Gesichter direkt vor mir, doch ich musste all dies übersehen, denn ich war ja blind. Sie brachten mich auf die Mädchentoilette. Sie zogen mich aus. Die Mädchen mussten draußen bleiben. Sie mussten Eintritt bezahlen, wenn sie mich sehen wollten, und sie wollten mich sehen. Ich sah, wer mich sah. Ich sah, wer meine Unterhose die Toilette herunterspülte. Ich sah, wer an meinem Penis zupfte. Ich sah, wer sich abwandte. Ich sah, wer zweimal kam. Ich sah, wer nicht kam. Ich sah, wer das Eintrittsgeld einsammelte. Ich sah, wer zuerst die Lust verlor …

Ich sah ein Mädchen, das stumm an meiner Seite blieb, als wäre sie nicht mit den anderen, sondern mit mir, als würde sie weder sehen noch gesehen werden. Ich sah, wie sie meine Hand drückte. Ich sah ihre blauen Lippen, die meinen Namen flüsterten, nachdem die Letzten gegangen waren. Ich sah, wie sie die Tür verschloss. Ich sah ihre weißen Arme, die mich hielten. Ich sah, wie sie sich ihre Schuhe auszog und barfüßig vor mir stand, als ob sie den kalten Steinboden, auf dem ich frierend stand, mit mir teilen wollte. Ich sah ihre feuchten Augen, die mich anschauten. Ich sah ihren fragenden Mund, und ich musste all dies mit starrem Blick übersehen, weil ich blind war …

[*Pause*]

An einem Samstag hatte ich meinen ersten Schultag bei Herrn Professor Heidegger. Er war nicht unfreundlich zu mir, obgleich ich viel zu früh vor seiner Tür stand. Ich wollte von vornherein einen guten Eindruck machen und der Erste sein. Ich *war* der Erste. Die anderen Studenten kamen eine halbe Stunde nach mir. Herr Heidegger stand sprachlos vor mir. Ich roch die Reste eines ausgedehnten Frühstücks, das er mit meiner Ankunft beendet hatte. Ich glaube, er musterte mich ein wenig verwundert, als sei ich nur eine entfernte Erinnerung oder Irritation. Ich versuchte diese Erinnerung mit Leben zu erfüllen und machte einen Diener. Er verkannte diese Geste zunächst als die Darbietung eines Bettlers. Plötzlich lag eine Münze in meiner Hand. Er missverstand meinen Aufzug: meinen Stock, meine Blindenbinde, meine gewaltige Brille, meinen vergrößerungsglasigen Blick, starr und aufgequollen. Erst als ich meinen Namen sagte, bat er mich hinein.

Ich setzte mich auf ein langes Sofa. Ich hörte das Rascheln von Papieren. Er sprach recht unbeschwert über dieses und jenes: das schöne Wetter, den neuen Rasenmäher, die baldige Pilzsaison. Ich wusste nicht so recht, ob er dies zu mir oder zu seiner Frau sagte. Zur Sicherheit sagte ich: »Wie interessant.« Seine Frau war sehr freundlich zu mir. Sie sprach meine Erblindung offen an und rief immer wieder, je länger ich erzählte: »Der Ärmste.« »Was für ein Unglück.« »Wie furchtbar.« Sie war bald völlig von meiner Augengeschichte eingenommen und reichte mir ein Stück Schwarzwälder Kirschtorte. Nie wieder würde ich das Rot einer Kirsche sehen können, sagte ich, und Frau Heidegger reichte mir seufzend ein zweites Stück. Herr Heidegger dagegen hielt sich zurück. Ich glaube, ihm war meine Erblindung nicht unrecht. Wenn er mir schon Philosophie lehren musste, so sollte ich ihn dabei wenigstens nicht sehen können, dachte er – glaube ich. Erst als ich davon sprach, dass man sich eine Erblindung nicht als Verdunkelung vorstellen darf, sondern als einsame Lichtung, als grelles, blendendes Licht, das nichts Bestimmtes mehr belichtet, sondern nur noch Licht ist, ohne durch dieses Licht etwas von der Welt sehen zu können, schaltete sich Herr Heidegger in die Unterhaltung ein. Er murmelte etwas von den philosophischen Möglichkeiten meiner Beobachtung …

Es klingelte. Ich hörte viele Stimmen, die nach und nach in meine Nähe kamen und neben mir auf dem langen Sofa Platz nahmen. Ich hörte das Rascheln von Blättern. Ich roch Rasierwasser und Parfüm. Ich spürte ein warmes Bein neben meinem eigenen Bein. Die anderen Studenten waren viel älter als ich. Ich glaube sie wunderten sich nicht nur über meinen Stock, meine Blindenbinde, meine Brille, sondern sie wunderten sich über mich überhaupt. Ich weiß nicht, mit welchen Blicken Heidegger meine Anwesenheit ihnen erklärte. Der Unterricht begann. Heidegger sprach langsam und bedächtig. Ich fühlte mich sehr wohl. Seine ruhigen Worte rieselten wie Schnee. Ich konnte sogar ein wenig schlafen. Die Kirschtorten und die vielen Kirschschnapspralinen trugen zu dieser winterlichen Wärme und Schläfrigkeit bei. Es war wie ein Winterschlaf.

Ich lag völlig entspannt auf dem Sofa und die Worte Heideggers rieselten auf mein warmes Gesicht. Es ging nicht darum, wie Heidegger selbst sagte, diese Worte auf Anhieb zu verstehen. Man atmete seine Worte friedlich ein. Man entspannte sich in ihrem gemächlichen Klang und Gleichklang. Man suchte nicht nach ihrem Sinn, sondern nach einem Kissen. Man gleitet mit diesen Worten in den Schlaf. Je tiefer der Schlaf, umso tiefer können diese Worte sinken. Sie konnten bei mir sehr tief sinken. Selten schlief ich so gut und ruhig wie auf dem Sofa Heideggers. Ich fand, je länger ich schlief, immer größeren Gefallen an der Philosophie. Es gab keine Hausaufgaben. Man musste nicht vorlesen. Man wurde nicht abgefragt. Man wurde nicht aufgerufen. Es genügte dazusein, dazuzugehören, zuzuhören. Wir lernten die Philosophie im Schlaf. Hin und wieder wurde ich durch andere Stimmen geweckt. Die Stimmen sprachen von ihren Doktorarbeiten, und Heidegger stimmte ihnen zu. Dann verstummten diese Stimmen und gähnten sich in ihren verdienten Schlaf. Ich saß, wie ich später erfuhr, in einem Doktorandenkolloquium. Ich saß (oder vielmehr schlief) nicht mit gewöhnlichen Studenten, sondern mit Doktoranden. Als ich am späten Nachmittag ein wenig wach vor mich hindöste, hörte ich zu meiner Überraschung (und wohl auch zur Überraschung der anderen Stimmen) meine eigene Stimme, die davon sprach, dass man sich eine Erblindung nicht als Verdunkelung vorstellen darf, sondern als einsame Lichtung, als grelles, blendendes Licht, das nichts Bestimmtes mehr belichtet, sondern nur noch Licht ist, ohne durch dieses Licht etwas von der Welt sehen zu können. Heidegger stimmte mir im Prinzip zu und sagte, dass diese Beobachtung philosophische Möglichkeiten enthalte und man diesen Möglichkeiten durchaus in einer Doktorarbeit nachgehen könnte. Die anderen Stimmen nickten. Wer könnte eine solche Doktorarbeit besser schreiben als ein Mensch, der wirklich blind ist, und Heidegger stimmte mir im Prinzip zu. Fortan war auch ich ein Doktorand von Heidegger, der Jüngste in der Geschichte der Philosophie. Ich wollte noch mehr zu diesem Thema sagen, doch Heidegger sprach weiter, ruhig und bedächtig, und seine Worte wiegten mich wieder in einen tiefen, endlosen, friedlichen Schlaf …

[*Pause*]

Das Schulamt, in das ich bestellt wurde, um mich zu untersuchen, sah aus wie ein Krankenhaus. Vielleicht war es von vornherein ein Krankenhaus, durch das ich geführt wurde, während meine Großmutter vor der vergitterten Pforte warten musste. Ich lief auf glänzend gebohnerten Gängen aus Stein. Ich sah weiße Kacheln an den bilderlosen Wänden, darüber weit ausholende Bögen, die sich an der Decke kreuzten. Dort hingen riesige Uhren. Strenggenommen (und hier ging es streng zu) hätte ich all dies nicht sehen dürfen, denn ich war ja blind, aber an einem mir unbekannten Ort wie diesem wurden meine verschwollenen Augen neugierig. Also schielte ich unauffällig, an den schweren Rändern meiner Brille vorbei, nach links und rechts, oder unter die Brille hindurch, auf die Beine der Frau, die mich führte. Ich wurde gesetzt. Ich hörte das Schlagen gewaltiger Türen. Ich hörte Stimmen, aber niemand, der vorbeikam, sprach. Sie liefen schweigend aneinander vorbei. Sie liefen schweigend und weißgekleidet an mir vorbei, während ich saß und wartete …

Plötzlich wurde ich aufgerichtet und wortlos in einen Raum geführt: der Raum eines Arztes, so roch es, beängstigend ernst, stärker und schlimmer noch als bei *einem* Arzt. Vielleicht waren es mehrere Ärzte, die mich erwarteten, so streng und ernst war der Geruch in diesem Raum … – ein Operationsraum?! Ich hatte eine Vorstellung von Operationsräumen. Ich hatte unzählige Geschichten über Operationsräume erzählt. Ich hatte Menschen in diesen Räumen verbluten lassen. Ich war der Erfinder dieser Räume, und nun wurde ich selbst in einen solchen Raum geführt. Ich wollte Klarheit, augenblicklich, doch gerade jetzt musste ich mich völlig blind halten. Die Tür ging auf. Oder wieder zu? Ich wusste nicht, ob ich alleine saß, oder vor einem Arzt, oder vor einer ganzen Gruppe von Ärzten, die mich vielleicht anstarrten, während ich ins grelle Nichts starrte. Möglicherweise wollten sie sehen, dass ich sie nicht sehen konnte. Absolute Stille. Ich ließ mich nicht täuschen und blieb starrsinnig. Ich versuchte mich abzulenken, indem ich daran dachte, dass ich meine Großmutter einmal gefragt hatte, was denn Operationsraum auf Englisch heißt, und sie hatte in einem Lexikon nachgeschaut und geantwortet: *operating theatre.* Nun war ich selbst in einem Operationstheater und musste vor vielen Ärzten den Blinden spielen. Immer noch Stille. Ich wartete und starrte und wartete und starrte. Plötzlich spürte ich den Hauch einer … Hand, die über meinem Gesicht schwebte und nach meiner Brille griff. Ich sah eine gewaltige Apparatur, die auf mein linkes Auge zielte, und ich musste dies übersehen, denn ich war ja blind. Ich ahnte, dass man mein linkes Auge ausstechen und herausnehmen würde, um meine Blindheit genau zu überprüfen, und ich musste mir diesen Eingriff mit eigenen Augen ansehen und dabei so ausschauen wie ein ahnungsloser Blinder. Ich sah einen gläsernen Stab, der sich in mein linkes Auge senkte, aus dem Tropfen quollen, die mein Auge überfluteten, und dann sah ich mit meinem rechten Auge, wie der gläserne Stab auch in dieses Auge stach und es überschwemmte. Und plötzlich war ich wirklich blind. Eine trübe Brühe schwamm und schwappte in beiden Augen. Vielleicht war diese Brühe Blut, blutende Augen. Ich versuchte hindurchzuschauen, mit aller Macht, als läge ich in einem Tümpel lebendig begraben und wollte ein letztes Mal den Himmel sehen. Umsonst! Es war zu spät. Ich war nun wirklich blind. Nie wieder Lesen und Schreiben! Nie wieder die Anstrengungen des Blindspielens. Ab nun die reinen Vorzüge des Blindseins. Endlich würde ich in Ruhe meinen liebsten Tätigkeiten nachgehen können: dem Sprechen und dem Denken. Man würde mich ab jetzt in Ruhe lassen. Ich würde einen Blindenhund bekommen. Edgar würde ich ihn nennen. Wir würden zusammen in einem Bett schlafen.

Ich wurde geradezu euphorisch. Meine Erblindung tat nicht einmal weh. Ich hatte mit dem Schlimmsten gerechnet, mit Nadeln, Scheren und Messern, und dann waren es einige wenige Tropfen, die sanft, wie ein Schlafmittel, all meine Sorgen mit Dunkelheit bedeckten. Ich hörte nicht auf die dunklen Stimmen über mir. Ich war blind, und ich lächelte.

Später wurde ich in einen anderen Raum geführt und auf einen Stuhl gesetzt. Nach wenigen Minuten war alles wieder beim alten: ein Fenster, dahinter ein kahler Baum; eine graue Wand, darauf Schilder mit unzähligen Buchstaben, die immer kleiner wurden; an der Decke eine Uhr; vor mir ein mächtiger Tisch; hinter diesem Tisch ein weißgekleideter Mann, der mit einem Stock auf die Buchstaben an der Wand zeigte, die ich ihm vorlesen sollte. Ich konnte es nicht. Woraufhin er sagte, dass ich dies sehr wohl könne, dass meine Augen in bester Ordnung seien, dass mein Fall ganz anders gelagert sei. Sein Stock zeigte auf den größten Buchstaben.

»Was ist das für ein Buchstabe?«

Ich wusste es nicht.

Ich fragte nach meiner Brille.

Sie wurde mir verweigert.

Ich war ein Simulant. Ich duckte mich, als sein Stock plötzlich vor meinem Gesicht auftauchte, also konnte ich den Stock sehr wohl sehen. Ich zuckte zusammen, als er mir ein Foto zeigte, also konnte ich dieses Foto sehen. Um seinen Kopf herum war ein Stirnband aus Plastik geschnallt, woran (direkt über seiner Stirn) eine runde Scheibe aus Stahl befestigt war. Mitten in der Scheibe war ein Loch. Er klappte die Scheibe über sein Auge und beobachtete mich durch das Loch. Das Loch kam mir immer näher. Ich wich zurück, also konnte ich sehen. Ich räumte ein, dass ich hin und wieder einige Dinge sehen könne, aber alles gleich wieder vergesse. Ich erzählte, wie ich mich beispielsweise im Spiegel beim Zähneputzen sehe und mich dann vergesse. Ich erklärte, dass ich besonders Bücher und Buchstaben nur ganz schlecht sehen kann. Ich erzählte, dass ich die Gesichter und Schläge meiner Mitschüler vergessen habe. Ich erzählte, dass …, aber er war schon in einem anderen Raum und telefonierte.

In einen Aufzug wurde ich gestellt und vor einer anderen Tür abgesetzt. Ich wartete. Ich wartete eine Ewigkeit. Plötzlich stand eine junge Frau vor mir, mehr Mädchen als Frau, die sehr freundlich lächelte, nicht nur mit ihrem Mund, sondern auch mit ihren Augen. Sie trug eine Hose. Ihre nackten Arme waren braungebrannt. Sie setzte sich zu mir, so als wollte sie gemeinsam mit mir warten, dabei war sie es selbst, auf die wir warteten. Sie legte ihren Arm um meine Schulter und sagte: »Gehen wir.«

Doch wir blieben sitzen.

Sie fragte nach meinen Geschwistern.

Ich sagte nichts.

Sie fragte nach meiner Mutter.

Ich erzählte von meiner Großmutter.

Sie sagte, ich hätte wunderschöne Augen. Sie nannte mich den *kleinen Blinden* und zwinkerte mir zu, und ich zwinkerte zurück. Sie fragte mich, ob ich mit ihr spielen würde?

Gerne, sehr gerne, aber ich wusste nicht wo. Bei mir daheim war dies unmöglich …

Sie nahm meine Hand und sagte, wir könnten auf der Stelle miteinander spielen, an diesem Ort, hinter dieser Tür; dort sei ein *Spielzimmer*, und sie führte mich in ein Zimmer. Und tatsächlich, in dem Zimmer hingen bunte Bilder, lagen Bauklötze, Spielzeugautos, Bilderbücher und vieles mehr, unzählige Spielsachen, die ich selbst nicht hatte, von denen ich nicht einmal eine Vorstellung hatte: auch eine Spielzeugeisenbahn, eine Ritterburg, eine Trillerpfeife, ein Kasperltheater. In der Mitte des Zimmers stand ein Sandkasten, in dem ich mich wälzen durfte. Ich wollte Seilhüpfen, und ich durfte es. Ich wollte auf ihrem Bett hüpfen, was ich gedurft hätte, hätte es in ihrem Zimmer ein Bett gegeben. Ich spielte ausgelassen weiter. Mir fiel auf, dass sie nicht mitspielte. Sie saß auf einem Stuhl und beobachtete mich lächelnd. Während ich hüpfte, sah ich ihre Brüste … Sie machte sich Notizen, auf einem Block, der auf ihrem Schoß lag, womöglich Hausaufgaben, die sie machen musste. Ich rief ihr zu: »Hausaufgaben mache ich nie«, und sie lächelte. Ich hatte Durst, denn ich war überhitzt, und sie reichte mir Saft, und ich trank hastig, in großen Zügen, und sie schenkte mir nach, bis ich mit verknoteten Beinen in einer Ecke saß, weil ich dringend musste. Ich wartete. Sie wartete. Schließlich fragte ich sie nach ihrer Toilette. Sie reichte mir eine Flasche, in die ich pinkeln durfte. Ich sollte es sogar. Sie war immer direkt und geradeheraus (nichts auf der Welt schien ihr cin ernsthaftes Hindernis) und sie zwinkerte mir schelmisch zu, als würden wir beide der Welt einen tollen Streich spielen: Ich mit herabgelassener Hose in einer Ecke stehend in eine Flasche pinkelnd, und sie schaute mir schmunzelnd zu und hielt später die warme Flasche in ihren Händen. Wenn sie einmal musste, in welche Flasche würde sie pinkeln? Ich stellte mir vor, wie ich ihr dabei zuschauen dürfte. Sie war eine Pippi Langstrumpf. Es klopfte an der Tür. Eine Schwester trat ein und nahm die Flasche nach draußen. So spielend leicht konnte meine Freundin die Dinge regeln. Sollen doch andere unseren Urin ins Klo tun.

Ich wollte weiterspielen, aber sie hatte keine Lust mehr. Sie legte sich zu mir auf den Boden und wollte mit aufgestütztem Kopf mehr über mich wissen. Ich sollte von mir erzählen, und ich erzählte, und ich erzählte viel, die ganze Nacht, denn es war so, als würden wir nachts in einem Bett liegen und einander erzählen. Meine eine Hand lag unter ihrem Haar, also sprach ich mit meiner anderen Hand: Ich sprach von meinen tollsten Lügen, die sie mit großen Augen aufnahm. Ich erzählte von Afrika, der Malaria, meinem Hund, meinem vielen Geld, meiner Bank, meinen Freunden, meiner Brille, meiner Doktorarbeit für Herrn Heidegger, meiner Erblindung … Sie hörte nicht nur zu, sondern schrieb mit …

Die Tür ging auf. Ich rollte mich zur Seite. Jemand wollte, dass ich meinen Arm freimache. »Blutabnahme.« Ich wollte aufspringen, doch meine Freundin zwinkerte mir wissend zu, und ich verstand: Ich sah die Spritze an meinem Arm nun als Mutprobe, die ich leicht bestand, denn ich schaute nur in ihr Gesicht. Zweimal wurde mir Blut genommen. Die Einstiche waren für mich nur Mückenstiche: Mückenstiche nachts am Lagerfeuer, lästige Moskitos – wie in Afrika.

Über uns waren nun einige Leute, die wie eine Familie, ihre Familie, um uns standen. Ich stand auf, stellte mich vor, doch sie antworteten nicht. Sie sprachen mit mir kein Wort. Sie sprachen vielmehr über mich …, über mich hinweg, zu meiner Freundin. Sie sprachen über meine Intelligenz. Sie wollten meine Intelligenz testen. Sie wollten Tatsachen und Beweise; keine Behauptungen und Beschönigungen. Keine Blendwerke und Mundwerke. Deshalb ein Intelligenztest. Warum nicht? Gerne. Ich hielt mich für sehr intelligent. Nicht nur meine Großmutter hatte oft von mir als einem hochintelligenten Kind gesprochen. Man sah mir diese Intelligenz äußerlich an. Sie war mir aufs Gesicht geschrieben, hatte ich doch dieselben Ohren wie mein berühmter Vorfahre. Und mein Mund sah dem meiner Großmutter ähnlich. Sie wollten Intelligenz!? Gerne! Ich machte eine Verbeugung und erwartete tänzelnd die ersten Fragen. Meine Freundin kicherte. Die anderen dagegen blieben ernst. Ich erwähnte meine Doktorarbeit, die ich für Professor Heidegger schreiben würde. Meine Freundin kicherte. Ich wurde auf einen Stuhl gesetzt und man reichte mir einen Würfel aus Plastik, den ich auseinander nehmen sollte. Nichts leichter als das. Nach kurzer Zeit hatte ich den Würfel zerlegt:

»Fertig!« Dann sollte ich den Würfel wieder zusammensetzen. Also steckte ich die Teile wieder zusammen. In meinem Werk klafften einige Lücken. Es war auch schwierig, die verbleibenden Dreiecke in diese Lücken zu schlagen. Dafür wurde mein Würfel viel größer als der ursprüngliche Würfel. Einige besonders sperrige Teile ragten weit über den Würfel hinaus. Dies waren Schornsteine, denn ich baute nun keinen Würfel mehr, sondern ein Haus: die Lücken waren Fenster und die Dreiecke fügten sich zu einer Art Dach. Eine Stimme hinter mir: Ich solle nicht soviel reden, sondern endlich den Würfel zusammensetzen. Ich sah eine Hand, in der eine Uhr tickte, eine Stoppuhr, wie man mir sagte, und man sagte mir auch, dass schon sehr viel Zeit verstrichen sei, und dies für eine Aufgabe, die durchaus lösbar war. Ich drehte, drückte und zerrte an der knirschenden Verkeilung in meinen Händen. Nun war es nicht einmal mehr ein Haus. »Es handelt sich um eine lösbare Aufgabe«, sagten sie immer wieder. Schließlich nahmen sie mir mein Werk aus der Hand. Mir wurden nun einige Wörter vorgelesen: *Kuh*, *Ziege*, *Affe*, *Auto*, und ich sollte ihnen sagen, welches dieser Wörter falsch war. Ich wusste es nicht. Mir schienen alle Wörter richtig. Diese Antwort war jedoch falsch. Noch eine lösbare Aufgabe: Mir wurden einige Zahlen vorgelesen, *5*, *7*, *9*, *12*, lächerlich einfache und niedrige Zahlen, und ich sollte diese Zahlen fortsetzen, also nannte ich ihnen die größten und höchsten Zahlen, die ich kannte, aber diese Zahlen waren ihnen leider zu hoch. Ich rechnete ihnen bei dieser Gelegenheit die Schulden vor, die ich als Präsident der *Witzleben Bank* demnächst eintreiben würde … Sie hörten mir nicht einmal zu. Nur meine Freundin – sie kicherte. Die nächste lösbare Aufgabe: Man las mir eine kleine Geschichte vor, und ich sollte sagen, was an dieser Geschichte unwahr sei. Die ganze Geschichte war von vorne bis hinten unwahr, sonst wäre es keine Geschichte. Die Antwort war leider falsch. »Was ist denn Wahrheit?«, fragte mich eine Stimme im Hintergrund. Ich wusste es nicht. Später durfte ich selbst eine Geschichte erzählen. Ich erzählte und erzählte, bis ich unterbrochen wurde … Hinter meinem Rücken mürrisches Gebrummel. Sie mochten mich nicht. So vieles wurde gegen mich ausgelegt. Ich sollte die Bedeutungen einiger Zeichnungen aufsagen. Ich fand zahlreiche Bedeutungen, aber die Bedeutungen waren für mein Alter unpassend. Ich sollte auch für bestimmte Wörter andere Wörter sagen. Ich fand sogar englische Wörter, aber all meine Wörter gingen zu weit.

Schließlich wurde ich zum Sandkasten in der Mitte des Zimmers geführt. Ich sollte darin eine Stadt bauen, eine Lieblingsstadt. Man reichte mir Bauklötze, Papierhäuser, Spielzeugautos, Ampelanlagen und allerlei Gegenstände. Also baute ich meine Stadt, häufte einen großen Berg auf, stellte darauf fünf Häuser nebeneinander: das größte und schönste Haus der Stadt, das Haus meiner Großmutter, mit einem riesigen Haustor und einer gläsernen Aussichtskuppel auf dem Dach, dazu Anbauten für mein Spielzimmer und ein Bett für meine Freundin. Alle Straßen der Stadt, gewaltige

Prachtstraßen, führten zu unserem Haus. Vor unserem Haus trampelte ich Platz für die Darbietung meiner größten Lügengeschichten. Dort konnten auch Kriege, Erdbeben und Überschwemmungen stattfinden. Eines der größten Häuser war das Schauspielhaus. Auf die Dächer der Schulen malte ich rote Kreuze: alles Lazarette. Neben den Lazaretten ein Amphitheater und ein Operationstheater. Die *Witzleben Bank* stellte alle umliegenden Häuser in den Schatten. Ich baute und erzählte fieberhaft, riss viele Bauten wieder ein: Krater nach einem Luftangriff. Ich grub Verteidigungsgräben. Ich baute Panzersperren. Es regnete Sand auf die Stadt. Um uns herum die Wüste. Ein Sandsturm. Ich schaltete das Licht aus, und wir saßen in einem Kellerraum, nur meine Freundin und ich. Der Rest der Welt verstreute sich im Sandsturm. Die ganze Stadt versank im Sand. Wir saßen lebendig begraben unter einem Sandberg und schauten uns bis zum Ende an …

Als wir tot waren und ich mich umdrehte, war meine Freundin verschwunden. Als ich nach draußen geführt und dort auf die Bank gesetzt wurde, wartete ich umsonst auf sie. Als ich nach ihr fragte, gab man mir keine Antwort. Als ich später zur Pforte geführt wurde, wo meine Großmutter mit einem der Männer stand, blickte sie fassungslos. Sie wollte widersprechen, aber zum ersten Mal erlebte ich sie sprachlos. Als ich ihr später von meiner Freundin, ihrem Spielzimmer, ihrer Familie und meiner Stadt erzählte, sagte sie nichts. Als ich meine Intelligenz erwähnte, winkte sie ab. Als ich ihr erklärte, dass die gesamte Verwandtschaft meiner

Freundin gegen mich eingestellt war, von Anfang an, meinte meine Großmutter, ich sei ja wirklich irre. Wir liefen schweigend. Als ich ihre Hand nahm, war sie wie tot. Sie freute sich nicht einmal darüber, dass ich nicht mehr blind war. Als ich nachts von meiner Freundin träumte, kicherte sie …

[*Pause*]

Ich sollte auf eine Sonderschule. *Intelligenz ergibt sich aus der Anzahl der Aufgaben, die für die jeweilige Altersgruppe als lösbar ermittelt worden waren.* So stand es in dem Schreiben des Schulamtes. Ich hatte keine dieser lösbaren Aufgaben wirklich lösen können. Es gab Zeugen. Es gab Aufzeichnungen. Es gab keinen zweiten Versuch. Wir sollten es nicht mehr länger versuchen, nicht mehr länger leugnen, nicht mehr länger vertuschen oder überspielen … Ich war ein Grenzfall: *an der Grenze zur Debilität.* Es tat ihnen aufrichtig Leid. Es tat ihnen Leid, uns keinen anderen Bescheid geben zu können. Dies richtete sich nicht gegen meine Großmutter oder gegen die Familie, nicht einmal gegen mich … Wahr*scheinlich* angeboren. Nichts gegen die Familie. Nichts gegen Witzleben. Es lag nicht notwendig an der Familie. Es lag auch nicht unbedingt *in* der Familie, keine erbliche Sache, sondern nur angeboren. Vielleicht nicht genug Sauerstoff bei der Geburt. *Siehe Arztbrief Kinderklinik.* Kein Werturteil, sondern nur Befunde. Auch für mich selbst das Beste. Immerhin: Ich hatte eine gewisse Merk- und Sprechfähigkeit. Ich war bedingt schulungsfähig. Ich konnte bestimmte Arbeiten verrichten. Ich war lebenslang auf die Hilfe anderer angewiesen. Meine Großmutter, sie war noch jung. Sie war praktisch meine Mutter. Bei guter Betreuung würde ich einfachen Erwerbstätigkeiten nachgehen können. Ich hatte einen Hang zur Unwahrheit und zum Tod. Größenwahn war ein weiteres Wort. Hinweise für einen Hirntumor konnten nicht gefunden werden. Ich hatte gute Augen. Meine Brille wurde einbehalten. Blutwerte ohne Befund. Meine angebliche Phantasie – siehe mein Hang zur Unwahrheit. Keine weiteren Befunde. Für den weiteren Lebensweg alles Gute. Ich sollte auf eine Sonderschule.

Blutwerte ohne Befund. Meine Großmutter, sie verkrallte sich in dieses Blut. Sie forderte das Blut zurück. Man hatte ihr in wenigen Tagen in einer großen Enteignung genommen und genommen, meinen ganzen Verstand und ihren Verstand und vieles mehr …, und sie hatte es hingenommen, schweigend, lächelnd oder sarkastisch, die Worte des Schulamtes noch übersteigernd …, doch sie wollte unser Blut. Sie telefonierte und telefonierte: »Ich will unser Blut!« Meinen Urin konnten sie behalten, aber sie bestand auf dem Blut. Man dürfe ihr vieles vorhalten: meine Debilität, meine Krankheiten, meine Ohren, mein ganzes Leben. Dies und manches mehr würde sie auf sich nehmen, wie ein elender Packesel. Aber sie wollte unser Blut. Sie drohte mit Anwälten. Sie fragte voller höhnischer Verbitterung: »Was nützt Ihnen das Blut eines Debilen!?« Ihr Kampf um das Blut war ihr ein letzter, grimmiger Trost. Ich war trotz allem ihr eigen Fleisch und Blut. Alles drehte sich ums Blut. Selbst ihre Worte und Vergleiche wurden blutig. Der Arzt, mit dem sie sprach, war ein blutiger Anfänger. Was sie sagte, war ihr blutiger Ernst. »Ich will unser Blut!« Ihr Herz blutete. Ihr Zahnfleisch blutete. Sie hatte Nasenbluten. Ich war immer noch ihr eigen Fleisch und Blut. Ich war die blutende Blüte der Familie, achtlos und rücksichtslos zerrupft, von kaltblütigen Ärzten.

Eines Tages brachte der Briefträger ein Päckchen, darin einige Ampullen, gefüllt mit Blut, beschriftet mit meinem Geburtsdatum und meinem Namen. Meine Großmutter verwahrte das Blut in der Tiefkühltruhe …

[*Pause*]

Wir fuhren mit dem Bus in die Umgebung der Stadt. Meine Großmutter saß aufrecht neben mir und spähte eindringlich in die Landschaft, als würde sie auf einem fahrenden Hochsitz Ausschau halten. Sie hatte sogar ein Fernglas bei sich. Ihre Nase bewegte sich schnuppernd unter den Weiten ihres Rundblicks, so als reichte ihr hellwacher Blick nicht aus, um den Dingen auf die Spur zu kommen. Sie schnüffelte misstrauisch ihrem eigenen Blick nach, der möglicherweise zu weit schweifte oder gar ausschweifte und Wesentliches übersah. Sie wollte nicht nur mit eigenen Augen sehen, sondern das Gesehene mit ihrer eigenen Nase nachprüfen, nachriechen, oder vielmehr von vornherein riechen, was man möglicherweise gar nicht sehen kann. Ich glaube, es ging ihr um eine unsichtbare Wesentlichkeit, die sie nicht beim Namen nennen konnte, die sie aber mit sämtlichen Sinnen erschnuppern, erkunden, erspüren, erahnen wollte. Wir waren in einer Angelegenheit unterwegs, die, wie meine Großmutter sagte, den »richtigen Riecher« verlangte.

Wir fuhren stundenlang, kreuz und quer, oder im Kreis, auf Haupt- und Nebenstrecken, durch Dörfer hindurch, an Dörfern vorbei, zu Endstationen und wieder zurück, oder über Endstationen hinaus. Wir stiegen aus; wir stiegen um; wir stiegen ein; wir stiegen wieder aus; wir warteten auf den nächsten Bus. Meine Großmutter ließ die Busfahrer in den entlegensten Ortschaften anhalten, auch mitten auf der Strecke. Dies war eigentlich verboten, aber meine Großmutter bestand darauf. Sie fasste immer wieder ruckartige Entschlüsse, hastete zum Busfahrer vor, der auf der Stelle halten sollte. Manchmal stieg sie alleine aus, oder mit mir zusammen. Manchmal ließ sie den Bus weiterfahren, manchmal ließ sie den Bus warten, während sie sich die Beine vertrat, in Wahrheit aber die Gegend ausspähte. Oft ließ sie einen Bus minutenlang warten, um dann doch nicht wieder einzusteigen. Sie rief mir zu: »Hier bleiben wir«, um schließlich, wenn auch ich draußen stand, wieder einzusteigen, oder endgültig von diesem Bus abzulassen, oder einfach stehen gelassen zu werden.

Wir stiegen nur selten in der Mitte eines Dorfes aus, sondern meist einige hundert Meter davor. Sie nahm dann dieses Dorf zunächst mit dem Fernglas in den

Blick. Dann machte sie sich auf den Weg, ohne mich. Zu zweit würden wir uns verdächtig machen. Ich saß also alleine auf einer Wiese, während sie auf das Dorf zulief, um die Lage zu erkunden. Sie wollte die Stimmung der Dörfer erschnuppern. Sie wollte herausfinden, ob man sie grüßte, und wie man sie grüßte, und wie man sie dabei anschaute, oder wegschaute, oder ihr nachschaute, oder sich nach ihr umschaute. Sie wollte sehen, ob man sie ansprach, oder nur über sie flüsterte. Sie wollte den Dorfbewohnern in die Augen sehen. Sie wollte die Wirkung unseres Namens ausprobieren. Sie wollte Kinder beobachten. Sie wollte wissen, ob ein Dorf evangelisch oder katholisch ist. Obwohl sie eine Abneigung gegen den Katholizismus hat, kamen für sie nur katholische Dörfer in Frage. Katholische Dörfer schienen ihr gelassener, gutmütiger und auch gutgläubiger als die evangelischen. Oft war sie schon nach wenigen Minuten wieder bei mir und sagte: »Viel zu fremdenfeindlich. Schnell weg!« Sie sprach auch von rätselhaften, unsichtbaren Schildern, die einst vor den Dörfern aufgehängt waren, die sie vor Jahrzehnten dort gesehen hatte, als sie ebenfalls unterwegs gewesen war … Nach diesen Schildern hielt sie Ausschau, obgleich sie längst wieder abgehängt waren. Doch meine Großmutter glaubte oft die Ränder und Schatten dieser abgehängten Schilder zu sehen. Manchmal sah sie diese Schilder deutlich vor sich und kehrte auf der Stelle wieder um und erklärte mir: »Juden sind hier unerwünscht.«

Wir waren tagelang unterwegs. Wenn meine Großmutter zu einem Dorf Vertrauen fasste, was nur selten vorkam, dann holte sie mich nach. Sie führte mich dann in dieses Dorf hinein. Ich trug eine glänzende Sonnenbrille und lief auf dem Stock meiner Großmutter gestützt. Meine Blindenbinde war weithin sichtbar. Ich sollte, meinte meine Großmutter, durchaus weiterhin blind sein. Dies könne nicht schaden. Dies sei sogar notwendig. So liefen wir gemeinsam die Hauptstraße entlang. Fenster öffneten sich. Wir wurden ungläubig angestarrt. Meine Großmutter flüsterte: »Nichts wie weg!« Ein Hund lief auf uns zu. Er hatte es nur auf mich abgesehen. Von meiner Großmutter wollte er nichts. Er bellte mich an. Er biss in meine Hose. Er verfolgte uns kilometerlang, über die Grenzen des Dorfes hinaus.

Am dritten Tag sahen wir hinter der Biegung des Weges ganz unerwartet ein Dorf. Es lag völlig harmlos, wie gemalt, im rötlichen Dunst eines warmen Abends. Dies war unser Dorf. Auf den abgeernteten Feldern links und rechts brannten Feuer. Zwischen den Feuern standen Leiterwagen und Vogelscheuchen. Das Dorf war in jeder Hinsicht am Ende: am Ende eines langen Weges, am Ende der Welt, am Ende einer Ernte, am Ende eines Jahres, am Ende seiner Kräfte, doch es schien mir ein friedliches Ende. Wir liefen durch Rauchschwaden hindurch auf unser Dorf zu, denn dies war unser Dorf. Diesmal machte unser Aufzug von vornherein Eindruck. Die brennenden Felder bildeten den passenden Rahmen, durch den wir langsam, ein wenig hinkend, wie Vertriebene oder Flüchtlinge, hindurchzogen – meine Blindenbinde leuchtete wie eine Laterne.

Wir wurden von einem alten Mann begrüßt, der unseren Koffer trug und uns zum Gasthof führte. Auch im Gasthof wurden wir allseits begrüßt. Man reichte uns die Speisekarte. Man richtete uns ein Zimmer für die Nacht. Man kam auch sehr schnell auf mich und meine Erblindung zu sprechen …

Meine Erblindung war eine Kriegsverletzung.

An allen Tischen entsetzte Stimmen: »Der arme Junge! Wie furchtbar!«

Ob ich Schmerzen hätte?

Ich nickte.

»Was für eine Welt.«

Man reichte mir ein Glas Most.

»Dass der Herrgott nicht einmal vor diesem Kind Halt macht.«

Immer mehr Stühle rückten in meine Richtung. Meine Stimme klang laut und deutlich. Das gesamte Wirtshaus hörte mir aufmerksam zu, als ich vom Krieg erzählte. Am Anfang wusste ich nicht recht, wo ich beginnen könnte. Ich stockte, denn ich hatte keine rechte Vorstellung vom Krieg, obwohl ich Soldat werden wollte. Ich musste mir diese Vorstellung erst erzählen und dann weitererzählen, also erzählte ich zunächst von vereinzelten Schüssen, dann von dem Klirren unseres Geschirrs, als Panzer vorfuhren, und hinter ihnen geduckte Soldaten …, und ich erzählte von großen Verlusten, von aussichtslosen Offensiven und Gegenoffensiven, von Luftangriffen, von dem Gasangriff, in dem ich erblindete, von meiner Zeit im Lazarett … Ich erzählte alles, was ich je über Kriege gehört hatte, auch wenn meine Großmutter manchmal gegen mein Schienbein stieß, doch sie stimmte mir im Großen und Ganzen zu. »Ja, der Krieg«, hörte ich viele Stimmen seufzen. Niemand fragte direkt, von welchem Krieg überhaupt die Rede war; wahr*scheinlich* ein Kriegsgebiet weit weg von Europa. Meine Großmutter murmelte etwas von den Tropen, einer kolonialen Angelegenheit, der Malaria, dem Tod ihres Mannes, einer einsamen Rückkehr, einem leeren Bahnsteig … Sie hatte Tränen in den Augen, und niemand stellte weitere Fragen. Wir kamen von weit her. Und wir hatten viel durchgemacht. Das genügte. Hin und wieder hörte ich vereinzelte Mutmaßungen: *Indochina, der Belgische Kongo, Suez, der Sechs-Tage-Krieg*, aber dies war letztendlich unwichtig, denn Krieg bleibt Krieg, und jeder Krieg ist ein Grauen, da stimmten alle überein.

Viel wichtiger war die Tatsache, dass ich nicht mehr in die Schule durfte. Das gesamte Wirtshaus war empört. Ich sollte auf eine Sonderschule. Sie hatten mir das Rechnen verboten, nur weil ich blind war. Ich hatte nicht lesen dürfen, weil ich blind war. Sie hatten mir das Sprechen untersagt. Sie hatten mich totgeschwiegen. Ich war gehänselt und geschlagen worden. Ich war nicht irgendjemand. Ich war hochbegabt. Ich war Doktorand bei Professor Heidegger, aber sie verweigerten mir das Recht auf Schule, weil ich blind war. Ich hatte einen IQ von 180, aber das zählte nicht, nur weil ich … Deshalb waren wir unterwegs, auf der Suche nach einer Schule für mich, zogen von Dorf zu Dorf, tagelang, wochenlang, immer wieder feindselig beäugt, ungegrüßt, unverstanden und abgewiesen, von Hunden davongejagt. Deshalb saßen wir hier, in diesem Wirtshaus, und erzählten abwechselnd unsere Geschichte, immer schneller, immer heftiger, und das ganze Wirtshaus hörte uns kopfschüttelnd zu. Sie riefen oft entsetzt *nein, nein …*, als könnten sie damit abwenden, was in meinem Bericht dann doch eintraf, ihre schlimmsten Befürchtungen sogar weit übertraf. Dann riefen sie wieder *ja, ja …*, wenn ich eine Hoffnung in Aussicht stellte, die dann in einem Satz zerschlagen wurde. *O Gott …* war ein häufiger Ausruf, wenn es noch schlimmer kam, als ich es selbst erwartet hatte. *Bitte nicht! Er kann doch nicht von diesem Turm springen!* Ich tat es doch. Es kamen und rückten immer mehr Menschen zu unserem Tisch. Im Dorf gab es nur wenige Fernsehapparate, und wir sprachen uns schnell herum, und je länger ich erzählte, umso mehr ergab unsere Geschichte einen gewissen Sinn, an den auch ich glauben konnte. Meine Zuhörer schenkten sich und uns Most ein. Sie tranken auf unser Wohl, und sie meinten es. Sie holten weitere Dorfbewohner hinzu. Sie betupften mit weißen Taschentüchern ihre heißen Gesichter. Sie legten alles zu unseren Gunsten aus, selbst meine Ohren. Dies war unser Dorf. Sie hatten Verständnis, selbst für Dinge, die sie nicht verstanden. Sie hatten eine vage Vorstellung, was es bedeutet, einen IQ von 180 zu haben, denn schon ein Blutdruck von 180 war sehr hoch und sehr belastend. Ich war ein geschichtenerzählender Analphabet in ihrer Mitte. Sie reichten mir Brot. Sie berührten beim Prosten die Hand meiner Großmutter. Sie sprachen von ihr als meiner Frau Mama. Über unseren Köpfen hing ein schweres Kruzifix.

Als wir spätabends auf unser Zimmer geführt wurden, drückte ein alter Mann lange die Hand meiner Frau Mama. Es war der Dorfschullehrer. Er wollte mich gerne in seiner Schule haben …

[*Pause*]

Dies klingt wie im Märchen … Aber ein hilfreiches und erfolgreiches Märchen …

[*Pause*]

Es folgte eine sehr angenehme Schulzeit. Jeden Morgen fuhr ich mit dem Taxi viele Kilometer zu meiner neuen Schule. Der Dorfschullehrer wartete jedes Mal auf der Straße, öffnete die Tür des Autos und führte mich schwer atmend ins Schulhaus. Wenn es regnete, dann spannte er einen Regenschirm über mich auf. Er war, zu meinem Glück, der einzige Lehrer in der ganzen Schule. Er musste vier Klassen auf einmal unterrichten. Er ging in die erste Klasse, rief *Guten Morgen*, entschied sich dann für irgendein Unterrichtsfach, sagte, wir mögen uns ruhig verhalten, denn er müsse nun in die zweite Klasse, um dort nach dem Rechten zu sehen, um in der zweiten Klasse zu sagen, man möge sich weiterhin ruhig verhalten, da er nun in die dritte Klasse müsse, um dort für Ruhe zu sorgen, bevor er in die vierte Klasse ging, wo er um Ruhe bat, da er sofort wieder in die erste

Klasse musste, um dort mit dem Unterricht fortzufahren, was er auch tat, nur dass er das Fach, das er anfangs unterrichten wollte, längst vergessen hatte und er plötzlich ein anderes Fach unterrichtete, zwei, drei Sätze lang, um dann zu sagen, wir mögen ruhig bleiben, da er nun wieder in die zweite Klasse musste, und von dort in die dritte, und von der dritten in die vierte, und von der vierten wieder zurück zur ersten, und so weiter und so fort, bis wir die schlurfenden Schritte des Lehrers nicht mehr hörten, da er sich in seine Dienstwohnung zurückzog, wo er sich ausruhte und laut hustete. Wir saßen die meiste Zeit schweigend da und warteten. Es gab keine Bücher. Wir hatten keine Hefte. In den Schulranzen der Schüler lagen gewaltige Vesper, sonst nichts. Die Tische, an denen wir saßen und warteten, waren kahl, bis auf das Haar mancher Mädchen, das die Tische bedeckte, wenn sie schliefen, und sie schliefen oft, und sie schliefen ausgiebig – nicht nur die Mädchen. Wenn der Lehrer doch einmal länger bei uns blieb und über einen Unterrichtsgegenstand sprach, dann war dieser Gegenstand deutlich sichtbar: zum Beispiel das Kruzifix über der Tafel, das wir abmalen sollten; oder im Fach Heimatkunde die Heimat, die wir uns durchs Fenster anschauen sollten; oder einen Hasen, den ich streicheln durfte. Oft handelte der Unterricht von landwirtschaftlichen Gegenständen und Geräten, die manche Schüler mitbrachten. Der Schulhof war ein Schulgarten, in dem jeder Schüler sein eigenes Beet hatte. Ich pflanzte Schilf. »Warum nicht«, meinte mein Lehrer. Neben dem Garten weideten Pferde.

Die neue Schule war eine durchgehende Erleichterung und Leichtigkeit. Ein Aufsatz war in wenigen Sätzen geschrieben, oder, in meinem Fall, gesprochen. Im Fach Lesen las uns der Lehrer aus seinem Buch vor. Das Rechtschreiben beschränkte sich auf allgemeine Ratschläge des Lehrers, niemals ein Formular leichtfertig zu unterschreiben oder in fremde Autos zu steigen. Im Fach Sprachkunde erteilte der Lehrer mir das Wort. Er lehnte sich dann zurück und hörte mir zusammen mit den anderen Schülern zu. In der großen Pause lud mich mein Lehrer in seine Küche, wo wir gemeinsam frühstückten. Er sagte nicht viel, aber er erkundigte sich oft nach meiner Frau Mama, die er sehr schätzte. Mittagessen gab es dann im Wirtshaus. Dann brachte mich das halbe Dorf zum Taxi und ich fuhr nach Hause, ohne Hausaufgaben, denn an dieser Schule gab es keine Hausaufgaben, auch keinen Stundenplan, noch eine Schulglocke, noch Klassenarbeiten, noch Strafarbeiten, sondern nur vier Klassen und einen alten Lehrer.

Meine Erblindung – ich streifte sie ab, nein, sie fiel von mir ab, ohne Worte, ohne Fragen, ohne Erklärungen; sie fiel von mir ab, nach wenigen Wochen, wie die Kruste einer geheilten Wunde …

Eines Tages setzte ich mich, statt in die erste Klasse, in die zweite Klasse, und der Lehrer hatte nichts dagegen, und einige Wochen später saß ich dann in der dritten Klasse, und auch dagegen gab es keine Einwände, und schließlich saß ich dann in der ersten Reihe der vierten Klasse, was dem Lehrer ebenfalls nichts ausmachte, denn er meinte, es sei völlig einerlei, in welche Klasse ich gehe, und es war in der Tat auch einerlei, bis auf die Mädchen, die von Klasse zu Klasse rundlicher wurden. Für meine Großmutter waren diese ruckartigen Versetzungen jedoch nicht einerlei, sondern wunderbare Nachrichten, die sich schnell in unserer Verwandtschaft und Bekanntschaft herumsprachen. Bald war ich wieder ein ständiges Gesprächsthema: In kürzester Zeit hatte ich drei Klassen übersprungen, in jedem Quartal eine Klasse, wie ein Hürdenläufer. Ich war acht Jahre alt und fast schon in der vierten Klasse. Dies war eine beachtliche Leistung. Ich könnte bereits morgen, sollten wir es darauf anlegen, auf die höhere Schule gehen, doch wir legten es lieber nicht darauf an, noch nicht … Wir wollten meinen Erfolg an der neuen Schule noch einige Zeit auskosten.

Eines Tages sprach der Lehrer davon, dass es bald Zeugnisse gebe, eine leidige Sache, und er fragte die Schüler nach ihren Vorstellungen. Ich hatte zunächst keine Vorstellung. Am Anfang fragte er noch sehr allgemein: Wer denn im Lesen ein *gut* bräuchte? Einige Schüler meldeten sich. Wessen Eltern sich über eine gute Note in Musik freuen würden? Wieder meldeten sich einige Schüler, und der Lehrer machte sich Notizen. Wer von uns gerne ein guter Rechner wäre? Einige Schüler wollten es gerne sein, und der Lehrer stellte ihnen eine gute Note in Aussicht. Später ging er mit einem Notizblock von Schüler zu Schüler und nahm wie ein Kellner die Wünsche jedes Einzelnen auf, nickte immer wieder zustimmend, als ob wir Gäste in einem

Restaurant wären und ein vorzügliches Menü bestellen würden. Doch wir bestellten Zensuren für ein schönes Zeugnis: *Rechnen gut*, warum nicht, *Musik befriedigend*, warum nicht, *Religion sehr gut*, wird notiert, und er notierte unsere Bestellungen, alles erlesene Noten, solange der Vorrat reicht, und der Vorrat reichte für uns alle. Als die Reihe an mir war, bestellte ich mir das beste Zeugnis der ganzen Klasse. In jedem Fach wollte ich ein *sehr gut*, und der alte Lehrer sagte jedes Mal: »Warum nicht.«

Eine Woche später überreichte er uns die Zeugnisse und schickte uns dann in die Ferien. Es waren sehr schöne Ferien. Ich brachte das Zeugnis meiner Großmutter. Ich selbst konnte dem Zeugnis zunächst nichts abgewinnen, da ich es ja nicht lesen konnte. Ich erlebte dessen Wirkung erst durch meine Großmutter, die auf- und ablief, das Zeugnis wie eine heilige Schrift in ihrer Hand, und sie sagte immer wieder, ein solches Zeugnis habe sie noch nie in ihrem Leben gesehen. Sie gab mir auf der Stelle fünfzig Mark. Sie verschloss die Fenster, als könnte das Zeugnis davonfliegen. Ich selbst durfte mein Zeugnis ohne ihre Erlaubnis nicht berühren. Sie telefonierte stundenlang. Sie hörte häufiger als sonst die Nachrichten im Radio, als ob man dort von meinem Zeugnis berichten könnte. Sie lud Zeugen zu diesem Zeugnis. Sehr viele Menschen (unter ihnen Professor Heidegger) saßen um unseren Teetisch, und der Höhepunkt jeder Teerunde war mein Zeugnis, das in einer eigens für mich angelegten Dokumentenmappe herumgereicht wurde. Mein Zeugnis war nicht irgendein

Zeugnis. Es war das Zeugnis einer ganz besonderen Schule und eines ganz besonderen Lehrers.

Sie hatte Angst, mein Zeugnis könnte beschädigt werden oder gar verloren gehen. Sollte beispielsweise das Haus abbrennen, dann wäre dieses Zeugnis für immer vernichtet. Sie ging deshalb in eine Druckerei und ließ sich eine Kopie von dem Zeugnis machen. Die Kopie wurde größer als das Original. Auch wünschte sie eine angemessenere Schrift. In viel deutlicheren Lettern als die nüchterne Maschinenschrift des Originals sollte mein Zeugnis in aller Form beglaubigt werden: auf cremefarbenem Dokumentenpapier, mit geschwungenen Prägesiegeln des Schul- und unseres Familienwappens. Die Kopie wurde noch beeindruckender als das Original. Bald betrachtete sie die Kopie als das Original, und das Original nur als Kopie, die man geringeren Gästen zeigte.

[*Pause*]

Auch mein zweites Zeugnis war durchgehend *sehr gut*. Es enthielt die Bemerkung: *Ziel der Grundschule erreicht*. Ich konnte nun auf die höhere Schule gehen, aber dazu war ich noch zu jung, so sehr meine Großmutter auch drängte und telefonierte. Obwohl ich das beste Zeugnis aller Klassen hatte, war es besser, die vierte Klasse zu wiederholen. So war ich der einzige Schüler, der eine Klasse wiederholen musste, weil er für sein Alter viel zu gut war. Ich sollte, meinte mein Lehrer, an seiner Schule bleiben und dort in aller Ruhe auf das

Gymnasium warten, was ich auch tat. Ich wartete gerne: meist auf meinem Fahrrad, mit dem ich durch die Wälder fuhr, oder an meinem Beet im Schulgarten, oder auf dem Sofa in der Dienstwohnung meines Lehrers, wo ich von meiner Doktorarbeit bei Professor Heidegger träumte, oder im Wirtshaus des Dorfes, wo ich viele Vormittage mosttrinkend und erzählend verbrachte. (Wie im Märchen, *doch warum nicht!?*).

Ich wiederholte die vierte Klasse mehrere Male, bis ich neun Jahre alt war, und wir es darauf anlegen konnten, mich auf die höhere Schule zu schicken, mit den besten Zeugnissen und Empfehlungen meiner lieben Schule gewappnet.

Mein Lehrer hustete oft. Er hustete in Taschentücher. Auf den Taschentüchern sah ich Blut. Ich machte Platz, damit er sich auf das Sofa legen konnte. Er legte sich immer öfter. Er schickte mich ins Treppenhaus, um zu horchen, ob die Klassen Ruhe bewahrten. Sie blieben ruhig. Ich reichte ihm Medikamente. »Es ist einerlei«, sagte er immer wieder, und er meinte nicht nur sich selbst, sondern auch die Schule und die Welt allgemein. Er erwähnte den Krieg. Dieser Krieg war so ungeheuerlich, dass alles, was danach kommt, ohne Bedeutung sei. »Es ist so einerlei.« Ich wollte einen Arzt rufen, aber mein Lehrer meinte, dies sei überflüssig, so überflüssig wie ein Lehrer. Obwohl er schrecklich hustete, rauchte er Zigarren. Auch dies war ihm völlig gleich. »Was kann ich dafür, dass ich noch lebe«, sagte er, und zündete sich die nächste Zigarre an. Wenn er nicht hustete, dann sprach er von der Schule. Sie sei so belanglos wie das

Leben. Ob ein Schüler in einem Diktat 60 Fehler mache oder nicht, dies sei bedeutungslos, so bedeutungslos wie die Krümmung eines Flusses, ob er nun in den Rhein fließt oder nicht. »Es bleibt alles einerlei.« Ob es nun dieser oder jener Schüler war, der eine Scheibe eingeschlagen hat, auch dies sei völlig nichtig, denn er selbst habe im Krieg ganze Dörfer verbrannt. Ob ein Schüler gut oder schlecht ist, was seien dies für lächerliche Wörter, nach diesem Krieg. Ob er als Lehrer schlechte oder gute Noten vergebe, jede Note sei eine Ungerechtigkeit, und das Leben sei hart genug. »Man gönnt den Menschen ja sonst nichts.« Ob ein Schüler nun aussichtslos dumm oder aussichtslos intelligent ist, was ändere dies an unseren Aussichten.

Seine rechte Lunge habe ein Loch. Sie sei zusammengefallen wie ein löchrig-zerknüllter Mantel in einer Ecke. Er wartete nun rauchend und hustend auf den Zerfall der linken Lunge. »Rechts vor Links!« Meine Blindengeschichte, die ich dem Dorf aufgetischt hatte, auch dies war für ihn ohne Belang und nur zu verständlich. Dass ich keine Ahnung vom Krieg habe … »Sei froh darüber!« Er hatte Fieber. Es kamen einige Schüler, die nach ihm fragten. Er schickte sie wieder nach unten, in ihre Klassen, ob nun in die erste, zweite, dritte oder vierte Klasse, es war ihm völlig egal. Er sprach von den vier Klassen als willkürliche Aufteilung des kranken Menschenverstandes in Körper. Ob sie nun alleine oder mit ihm ihre Zeit absitzen würden: »Es ist so einerlei.« Es könnten ganz andere Schüler an unserer Stelle in seinen Klassen sitzen … Er hätte ebenso gut erst uns töten können, um dann an einem anderen Ort eine Schule zu leiten. Das einzige, was er ruhigen Gewissens von sich sagen wollte, war, dass er sich immer bemüht hatte, seine Schüler mit sich oder seinem belanglosen Wissen zu verschonen. Warum er überhaupt Lehrer geworden sei? Weil …, weil …, und er musste lange husten. Ich sollte meine Frau Mama grüßen. Er verglich die Schule mit einer Hundezucht: ein ewiges Gejaule, Gebell, Gebeiße, Gewinsel und Schwanzgewedel um ein paar lächerliche Würste. Als er mich nach Hause schickte, rief er mir nach: »Ob ein Los nun in diese oder jene Tasche lügt, es bleibt ein wahlloses Los.«

Meine Großmutter war sehr besorgt. Sie kam nun jeden Tag mit in die Schule und saß am Bett meines kranken Lehrers. Ich musste in einem anderen Zimmer warten. Ich hörte ihr entschiedenes *Nein.* »Nein! Auf keinen Fall«, als mein Lehrer nach seiner Zigarre griff. Ich hörte ihre strenge Stimme ungewöhnlich weinerlich, als ich den Rauch der Zigarre durch die Tür riechen konnte. Ich öffnete die Tür, und sie saßen beide auf dem Bett meines Lehrers in einer Rauchwolke, meine Großmutter unbeholfen, mein Lehrer ascheschnippend lächelnd. Es schien mir, als wäre meine Großmutter zum ersten Mal abgelenkt, von mir und von sich selbst. Ich wurde nach unten geschickt, um in den Klassen nach dem Rechten zu sehen. Ich fühlte mich wie ein Schaffner. Ich kontrollierte erst die erste Klasse, dann die Reisenden der zweiten Klasse, dann die dritte und vierte Klasse. Ich rief: *Alles einsteigen!* Und ich rief gegen Mittag: *Alles aussteigen!* Meine

Großmutter kochte zwischenzeitlich das Mittagessen. Sie kochte niemals besser. Wir übernachteten in der Wohnung des Lehrers, nachdem der Arzt, den meine Großmutter aus der Stadt geholt hatte, achselzuckend gegangen war.

Tage später, als die Schüler unruhiger wurden, ging meine Großmutter selbst nach unten und sprach in den Klassen ein schrilles Machtwort. Augenblicklich verstummte das ganze Haus. Mein Lehrer lächelte. Sie sprach im Stehen und sehr bestimmt: über Disziplin, über unser aller Pflicht gegenüber unserem kranken Lehrer, über das Lernen, über den Fleiß, über deutsche Geschichte, über den tropischen Regenwald, über die Lage Afrikas und über vieles mehr. Sie sprach viel ausführlicher als sie es gewollt hatte. Die Schüler hörten ihr aufmerksam zu. Sie waren sogar sehr amüsiert, als sie anfing, Englisch zu sprechen, eine Sprache, die sie noch nie gehört hatten, die sie aber sehr gerne aus dem Mund meiner Großmutter hörten, denn sie sprach mit weit ausholenden Mundbewegungen, als hätte sie eine Kartoffel im Mund, wie eine überdrehte Gouvernante: *Quiet please!* Und die Klasse rief im Chor: *Quiet please!* Und das lange Gesicht meiner Großmutter wurde noch länger, als sie mit hochgerecktem Zeigefinger rief: *Shut the window! It is bitter cold.* Und alle Schüler sprachen ihr nach: *Shut the window! It is bitter cold.* Oben hustete es, und meine Großmutter eilte davon. Die Schüler verlangten immer öfter nach ihr und ihrem Englisch. Ohne es zu wollen und ohne es zu merken, war sie nun Lehrerin in meiner Schule, und als sie es nach einigen

Tagen merkte, weil Schüler sie mit Frau Lehrerin ansprachen, war sie sehr stolz und bezeichnete sich als *kommissarische Schulleiterin*, wogegen mein kranker Lehrer nichts einzuwenden hatte. Auch das sei einerlei, und so war meine Großmutter für kurze Zeit Schulleiterin an meiner Schule, und da ich der beste Schüler der Schule war, ernannte sie mich zu ihrem Hilfslehrer, der die erste und die zweite Klasse unterrichten sollte, während sie die dritte und vierte Klasse unterrichtete. Ich unterrichtete Geschichte, Englisch und Heimatkunde. In Geschichte erzählte ich Geschichten; in Englisch zählte ich bis zehn; in Heimatkunde war das Klassenzimmer ein großes Zugabteil. Wir fuhren nach Kairo: *Alles einsteigen. Türen schließen. Vorsicht bei der Abfahrt. Nächster Halt Folkestone, dann Dover. Sie haben Anschluss nach Amerika.* Im Speisewagen gab es Mittagessen. Es regnete furchtbar in England. Dann kam ein Zöllner in unser Abteil. Er sprach nur Englisch. Ich war der einzige, der ihm antworten konnte: *Yes, sir, of course, sir.* Die anderen blickten verängstigt, weil sie keine Pässe hatten. Sie mussten draußen im Regen stehen, während ihre Schulranzen durchsucht wurden. *Have a safe journey*, sagte der Zöllner schließlich, und unser Zug setzte sich langsam wieder in Bewegung. Es wurde Abend, und ein Schaffner führte uns in den Schlafwagen. *Nächster Halt Wien.* Von Wien sahen wir nicht viel, da ich bereits die Vorhänge zugezogen hatte. Wir schliefen schlecht, denn es war das erste Mal, dass viele von uns nachts unterwegs waren, dazu noch in einem fahrenden Zug, der uns immer wieder wachrüttelte; dann die

Lautsprecherdurchsagen auf den Bahnhöfen: *Auf Gleis drei fährt ein der Zug aus Moskau.* Als ob uns das interessieren würde. Wir wollten nach Kairo und wenigstens in den frühen Morgenstunden ein wenig schlafen. Als der Schaffner die Vorhänge aufzog, sahen wir Kamele, Pyramiden und am flimmernden Horizont die Türme Kairos. Der Zug fuhr langsam in den Bahnhof. Wir drängelten uns an den Fenstern. Dann kam meine Großmutter ins Klassenzimmer und rief zum Mittagessen.

Wir waren wochenlang zusammen im Schulhaus: meine Großmutter, unser Lehrer und ich und unsere Schüler, auch während der Ferien. Kaum jemand bemerkte, dass die Schulferien bereits begonnen hatten. Auch das war einerlei. Unser Lehrer sagte einmal, wenn es eine Moral gibt, dann ist es die Rechtfertigung des Lebens durch das nackte Leben. Nicht ein einziges Mal fiel in dieser Zeit unser Name, dafür aber sehr oft sein Vorname. Er wollte mit dem Rauchen aufhören. Er sagte nichts, als meine Großmutter ihm eine Zigarrenkiste zum Geburtstag schenkte, denn er lag tot in seinem Bett, als sie die Vorhänge in seinem Zimmer öffnete und ihm zum Geburtstag alles Gute wünschte. Dies war keine Floskel, denn sie meinte alles, was sie diesem Menschen sagte. Die ganze Schule, das ganze Dorf, an erster Stelle meine Großmutter, standen bei seiner Beerdigung, und zum ersten Mal sah ich meine Großmutter weinen. Wir hätten jetzt gehen können. Wir hätten vielleicht sogar gehen sollen, von diesem Ort, von dieser Schule. Doch wir blieben. Wir machten weiter. Es ging alles seinen bisherigen Gang. Wir wohnten weiter in der Wohnung unseres Lehrers. Meine Großmutter kochte immer noch genug Mittagessen, so dass es auch für unseren Lehrer reichte. Wir unterrichteten weiter: sie die dritte und vierte Klasse, ich die erste und zweite Klasse. Dies war unsere Pflicht, meinte meine Großmutter. Sie sprach von Astronauten, die unrettbar in einer Kapsel im All dahintreiben und trotz allem mit ihren Messungen und Durchsagen weitermachen. Wir vergaben Noten, nicht anders und nicht schlechter als die unseres toten Lehrers. Wir vergaben Zeugnisse. Wir nahmen neue Schüler auf. Wir sprachen Englisch. Wir fuhren mit dem Zug bis nach Wladiwostok. Ich diktierte frei erzählend Diktate, und meine Großmutter korrigierte sie. Ob ein Schüler in einem Diktat 60 Fehler machte oder nicht, war völlig bedeutungslos, so bedeutungslos wie die Krümmung eines Flusses, ob er nun in den Rhein fließt oder nicht. Auch in dieser Hinsicht hatte sich meine Großmutter verändert. Wenn es nach ihr gegangen wäre, dann hätten wir den Rest unserer Zeit an diesem Ort verbracht.

Eines Tages klingelte das Telefon. Meine Großmutter nahm den Hörer ab. Sie hörte stumm zu, sagte nur hin und wieder leise *ja*, während die Stimme am anderen Ende der Leitung von ungeheuerlichen Vorgängen an dieser Schule sprach und für den nächsten Morgen einen umfassenden Besuch des Schulamtes ankündigte. Wir packten die ganze Nacht, nicht nur unsere Habseligkeiten und die unseres Lehrers, sondern auch Formulare, Stempel, Notenbücher, Zeugnishefte, Vordrucke, Bescheinigungen usw. Es war wie die Flucht einer gestürzten Regierung vor dem heranrückenden Feind …

[*Stop*]

Zweites Band

[*Start*]

Während ich hinter verschlossenen Türen im Keller sitze und dort unser Leben spreche, ist meine Großmutter oben im Wohnzimmer und hört Radio. Alles was sie hört, ist erdichtet und erlogen …

[*Pause*]

Ich ging in der Tat aufs Gymnasium, nicht nur auf ein Gymnasium, sondern auf ein Dutzend Gymnasien. Das erste Gymnasium nahm mich mit großen Erwartungen auf. Ich hatte gute Papiere, sehr gute Papiere, die meine Großmutter mit runden Bewegungen aus der Dokumentenmappe herausholte und dann dem Rektor zuschob. Sie unterdrückte ihre Freude hinter einem betont gelangweilten Ausdruck, als wäre sie ein Milliardär, der von einem Ahnungslosen nach seinem Kontostand gefragt wird.

»Ich würde gerne seine Zeugnisse sehen.«

»Seine Zeugnisse?!« Was für eine Frage. Was für eine Frage. Sie lehnte sich lächelnd zurück, während der Rektor meine Papiere studierte. Seine Augen glitten über immer neue Reihen durchwegs sehr guter Zensuren. Gradlinige und makellose Trassen meines Durchmarsches durch die Grundschule. Wie Autobahnen.

Es gab nicht die geringste Unebenheit. Ohne irgendeine Abweichung oder Biegung ging es geradeaus, stetig nach vorn. Ich fühlte mich mit diesen Zeugnissen wie in einem Mercedes, in Husserls Mercedes, der auf der Überholspur dahingleitet, die anderen Autos zur Seite hupend; das Kopftuch meiner Großmutter wie eine Fahne aus dem Fenster flatternd ... So fühlte ich mich. Und so sah es auch der Rektor, der immerzu nickend die Zeugnisse überflog. Nicht ein Steinchen auf dem Asphalt. Kein einziges Mal haben wir gebremst. Und nach den Zeugnissen kamen weitere, nicht weniger beeindruckende Bescheinigungen, zum Beispiel die Bescheinigung, dass ich an meiner Schule Englisch unterrichtet hatte. »Wie das?«, fragte der Rektor erstaunt, und meine Großmutter erklärte ausgiebig. Sie verschwieg, dass sie selbst diese und andere Bescheinigungen ausgestellt hatte. Andererseits verschwieg sie nicht, dass sie für einige Zeit Schulleiterin gewesen war und nicht nur als meine Mutter hier sitze, sondern gewissermaßen auch als Kollegin des Rektors. Die beiden unterhielten sich daraufhin über pädagogische Fragen, und der Rektor stimmte ihr meistens zu.

Zwei Wochen nach Beginn des Schuljahres nahm die Katastrophe ihren Lauf. Es gab Hausaufgaben, schriftliche Hausaufgaben. Ich diktierte diese Hausaufgaben meiner Großmutter auf die Schreibmaschine. Dies wurde nicht geduldet. Als ich mir daraufhin den Arm brechen musste, machten die Lehrer eine Ausnahme, doch so sehr meine maschinengeschriebenen Aufsätze auf den ersten Blick auch beeindruckten, sie waren inhaltlich schlecht: *Thema verfehlt! Einleitung viel zu lang! Unlogisch! Ausdruck! Zu ausschweifend! Mangelhaft!* Dies passierte gerade dann, wenn meine Großmutter den Inhalt und die Formulierungen bestimmte. Die anderen Fächer waren noch schlimmer: Latein, von Anfang an eine Unmöglichkeit. Ich erinnere mich nur noch an einziges Wort, *villa*. Meine Großmutter und ich lebten in einer Villa. Erdkunde: Ich konnte nicht einmal Städtenamen lesen und ich riet immer falsch. Mathematik: Ich war ein ausgezeichneter Kopfrechner, aber kein Mathematiker. Religion: Ich betonte immer wieder, wie fest ich an Gott glaube, doch meine Beteuerungen nützten nichts. Dann die ersten Klassenarbeiten: Ich schrieb eifrig in die Luft. Meine gebeugte Haltung und meine Handbewegungen wirkten täuschend echt. Die Blätter blieben jedoch weiß. Für die ersten Klassenarbeiten bekam ich keine schlechten Noten, sondern gar keine Noten, denn ich konnte nicht einmal meinen Namen auf die leeren Blätter schreiben. Als die Lehrer schließlich herausfanden, wem die ungeschriebenen Blätter zuzuschreiben waren, erinnerte ich sie an meinen gebrochenen Arm, dass ich mit meiner linken Hand nicht schreiben könne und dass der rechte Arm nur sehr schwer heilen würde. Ich fiel wiederholt auf diesen Arm, aber Monate später bekam ich eine Manschette, mit der ich trotz meiner Proteste und Schmerzen schreiben konnte, ja, schreiben musste. Auf den namenlosen Blättern, die in meinem Schulranzen knisterten, stand immer nur ein Wort. Ich vermute, das Wort hieß: *ungenügend*. Meine Großmutter musste sich beim Rektor einfinden. Sie sprach und sprach, und erklärte und erklärte. Der Rektor stimmte ihr nicht mehr zu. Sie schickte ihm weitere Bescheinigungen aus meiner Grundschulzeit, mit bombastischen Stempeln versehen. Der Rektor reagierte nicht. Sie wollte persönlich mit ihm sprechen, von Kollege zu Kollege. Er ließ sich verleugnen. Eines Tages kam ein Brief von der Schule. Darin stand nur ein einziger Satz.

Wir versuchten es mit weiteren Gymnasien. Ich war noch jung – wie auch die Zeugnisse und Bescheinigungen aus der Grundschule … Ich wurde jedes Mal mit warmen Händen aufgenommen und nach wenigen Wochen achselzuckend vom Unterricht ausgeschlossen. Statt Latein lernte ich nun Englisch. Als der Englischlehrer mich fragte, wer ich sei, antwortete ich, ich sei praktisch zweisprachig … Und ich war Englischlehrer gewesen. Ich sprach laut und deutlich: »one, two, three … a tree … good day, bad day.« Der Lehrer behauptete, er verstehe kein Wort. Ich hätte eine grauenhafte Aussprache. Ich würde Englisch sprechen wie eine deutsche Gouvernante des 19. Jahrhunderts. »Floccinaucinihilipilification!« Dies sei kein Englisch, sondern Kauderwelsch, und er machte mir vor, wie man Englisch spricht, wie die Astronauten, ruhig und gelassen und schwerelos, nicht abgehackt, sondern frei im Mund schwebend, ohne anzustoßen, wie die amerikanischen Astronauten auf dem Mond, nicht wie eine unförmige Kartoffel in einem hysterischen Mund, sondern wie ein flutschendes Bonbon …

»Floccinaucinihilipilification!«

Der Lehrer bat um Ruhe.

»Floccinaucinihilipilification!«

Ich solle den Mund halten.

»Floccinaucinihilipilification!«

Er schickte mich aus dem Klassenzimmer.

In einem anderen Gymnasium sollte ich einen Aufsatz über ein sehr kompliziertes Thema schreiben. Aus meinem Schuhkarton holte ich die Seiten von Professor Heideggers Buch und überreichte sie meinem Lehrer. Er kam am nächsten Tag zu meinem Tisch und sagte: »Selten sah ich so viel Unsinn auf so wenigen Seiten versammelt.«

Ich hätte mir den Arm noch mal brechen können. Ich hätte nochmals erblinden können. Vielleicht hätten meine Großmutter und ich in die Druckerei gehen können, um dort die Zeugnisse von der fünften bis zur dreizehnten Klasse (einschließlich dem Abiturzeugnis und dem Scheffelpreis) fälschen zu lassen. Dies hätte vieles abgekürzt und vereinfacht. Wir hätten mit diesen gefälschten Zeugnissen auf Weltreisen gehen und aller Welt erzählen können, dass ich aufgrund dieser Zeugnisse bald auf die Universität gehen würde, um dort endlich meine Doktorarbeit für Professor Heidegger fertig zu schreiben. Ich hätte auch Lesen und Schreiben lernen können, wenn ich es gekonnt hätte. Ich hätte mich, wie so viele andere, irgendwie durchmogeln können. Ich hätte (wenn ich hätte lesen und schreiben können) in den Klassenarbeiten abschreiben können. Meine Großmutter hätte mir Spickzettel schreiben können. Ich hätte den Lehrern Streiche spielen können …

Doch ich erzähle hier keine Lausbubengeschichten, sondern eine andere Geschichte … Nein, keine Lügengeschichte. Lügengeschichte ist das falsche Wort …

Alle Gymnasien in der Umgebung waren mittlerweile von mir besucht und versucht worden, oder waren gewarnt. Ich musste weit weg, in ein Internat. Da das Internat sehr teuer war, durfte ich dort einige Zeit bleiben. Ich wurde sogar einmal versetzt, mit einigen Paragraphen versetzt, nachdem meine Großmutter der Schule eine großzügige Stiftung machte: ein Witzlebenbarren für die Turnhalle. Ich bekam einen Spitznamen: *Heidegger.* Ich konnte weder Lesen noch Schreiben, aber ich war Doktorand bei Professor Heidegger. *Heidegger lies! Lies oder stirb! Heidegger ins Tor. Heijeijei Heidegger. Heidegger, ich brauche Geld. Schreib's an Heidegger. Heidegger in den Schrank! Heidegger zum Fallschirmspringen!* Das Fallschirmspringen ging folgendermaßen vonstatten: Ich wurde in einen Bettbezug gesteckt und sollte mich von einem Stockbett in die Tiefe werfen. Der Fallschirm öffnete sich nie. Ich sollte ihnen aus der Zeitung vorlesen. Als sie meine Zeitungsgeschichten nicht mehr länger hören wollten, rissen sie einzelne Seiten aus der Zeitung heraus, rollten sie wie einen Teppich zusammen, steckten das Mittelteil in meinen Mund, so dass die gerollte Zeitung aussah wie ein riesiger Schnurrbart, und verklebten meinen Mund mit Tesafilm. Schließlich zündete ich die Zeitung auf beiden Seiten an. Mutprobe bestanden. Ich wusch mir die Haare in der Kloschüssel, wurde an beiden Füßen in die Höhe gezogen und herabgelassen, mein Kopf ins Klo gesenkt. Dann wurde mein Kopf gespült. Sie gingen mit Schneeschippen aufeinander los. Wenn ich auf dem Klo saß, dann waren ihre Köpfe (wie die Köpfe eines Puppentheaters) an den Rändern des Verschlags über oder unter mir. Sie verlangten Eintritt, wenn ich aufs Klo ging. Ich lag im Doppelstockbett unter einem Bettnässer. Als ich das Foto seiner Schwester aus dem Fenster warf, durfte ich über ihm liegen. Sie sprachen während der ersten Ölpreiskrise davon, dass die Deutschen immer noch die besten Panzer der Welt hätten und dass diese Panzer nicht unbedingt fahren müssten, sondern auch in der Landschaft aufgestellt schießen könnten, sollten die Araber kommen. Wir stiegen nachts in die Speisekammer und aßen uns voll. Ich fand einen Weg in den Weinkeller des Heimleiters. Sie wählten mich zum Sprecher der Morgenandacht. Ich sollte der Schulgemeinde aus der Bibel vorlesen … Der Hausmeister schenkte mir einen alten Hamster. Sie versuchten beim Masturbieren bis an die Decke zu spritzen. Die Putzfrauen schimpften über die verklebten Vorhänge und brachten sie in die Wäscherei. Eine der Putzfrauen sperrte ich in die Besenkammer. Ihr Geklopfe und Geschrei war bis ins Klassenzimmer zu hören. Sie überschütteten meinen Hamster mit Benzin und schoben mir eine Streichholzschachtel zu.

[*Pause*]

In einem der Internate, die ich besuchte, bemerkte ich ein Mädchen, das mich unablässig anschaute, im

Unterricht, während der Morgenandacht, beim Appell. Sie hatte ein langes Gesicht, langes Haar und lange zerbrechliche Finger. Sie hielt Abstand, aber sie war ständig in meiner Nähe. Ich solle mir nichts darauf einbilden, sagte ein Kamerad mit wegwerfenden Bewegungen. Ich hätte keine Chancen bei ihr. Sie habe nur Mitleid. Ich sei chancenlos. Manchmal schien sie mir kurz davor, mich anzusprechen. Wenn ich hätte schreiben können, dann hätte ich ihr einen Liebesbrief geschrieben. Bei einem Spaziergang durch den Wald kam sie mir plötzlich entgegen. Wir standen uns sprachlos gegenüber. Ich sah deutlich ihre Brust atmen. Dann liefen wir gemeinsam in ihre Richtung und ich überlegte mir, wie ich ihre Hand nehmen könnte, um Hand in Hand mit ihr wegzulaufen. Sie sprach zunächst sehr langsam und umständlich, doch dann immer schneller und bestimmter. Sie sprach weniger von mir als von meinem Namen. Ich sollte meinen Namen mehrmals sagen, was ich auch tat, und sie schaute fassungslos. Wie könne ich so heißen, wenn *sie* bereits so heißen würde. Warum ich mich mit ihrem Namen überall aufspielen würde? Warum ich sie mit ihrem Namen verhöhnen würde? Ich wusste nicht, ob sie meinen Vor- oder meinen Nachnamen meinte. Sie meinte den Nachnamen. Sie hatte denselben Nachnamen wie ich. Doch sie war nicht meine Schwester, noch waren wir verwandt – sie wies diese Möglichkeit verächtlich von sich. Die Existenz meiner Großmutter war ihr neu. Der Name Witzleben gehörte zu einer einzigen Familie, zu ihrer Familie, die sich sehr gut kannte, und weder sie noch ihre Eltern hatten je von meiner

Großmutter und ihrem angeblichen Mann gehört. »Angeheiratet?« Sie wusste nichts von einer Anheirat. Ich sei ein Dieb, ein Namensdieb. Ich würdigte ihren Namen herab, wenn ich behaupten würde, ich sei Herr von und zu Witzleben. Als hätte ich mir mit ihrem Haar den Mund abgewischt. Dann sagte sie: »Es heißt nicht von und zu, sondern von Witzleben.« Wie ich wirklich heißen würde? Ich wusste es nicht. Wer ich in Wahrheit sei? Ich wusste es nicht …

[*Pause*]

In diesen totenstillen Jahren fanden wir (wie so viele Menschen) Ablenkung und Trost bei der Übertragung großer Sportereignisse. Diese Ereignisse kamen im rechten Moment an den rechten Ort, die Olympischen Spiele 1972 in München, die Fußballweltmeisterschaft 1974 in Deutschland. Sie kamen im allerletzten Moment, wie ein Bündel hoffnungsmachender Nachrichten in den Briefkasten eines Selbstmörders. Wir hätten kein Jahr länger mehr ausgehalten. Es schien so, als würde die Welt aus gutem Grund und wohl wissend ihre größten und liebsten Ereignisse hintereinander nach Deutschland legen, eine hastige Folge geballter Geschenke, um eine Katastrophe zu verhindern; als hätte die Welt eine Ahnung von unserem Nichts und wüsste um unsere Ratlosigkeit, wie die Zeit bis zum Tod auszufüllen.

Wir saßen schweigend kauend unsere Abende ab, wenn ich in den Schulferien (was immer häufiger war, weil die Ferien immer länger wurden), wenn ich in den immer länger dauernden Ferien daheim war. Ich sprach immer seltener, weder laut noch deutlich, sondern leise und verwaschen, und wenn ich etwas sagte, dann hörte meine Großmutter nicht mehr zu, sondern winkte ab, wie ein Reisender, der sich nicht mehr länger bemüht, einen Zug zu erreichen, wie ein Mensch, der sich überhaupt nicht mehr bemüht, der sich nicht mehr hinhalten oder beschwichtigen lässt, der nichts mehr wissen will. Immer öfter drehte sie an den Knöpfen des Radioapparats: *Es ist 19 Uhr.* Es war erst 19 Uhr, und die Abende zogen sich endlos lange hin. *Wir bringen Nachrichten*, sagte der Sprecher. Sie winkte schon ab, bevor die erste Nachricht überhaupt gesprochen war. Es waren immer dieselben langweiligen nichtigen Nachrichten: *ein Beschluss des Parlaments; ein Kompromiss der Außenminister, ein kleines Erdbeben* … Warum kein großes Erdbeben? Warum keine Nachricht, die uns galt? Es waren ja wir, die jeden Abend stundenlang am Radioapparat saßen. Warum sprachen diese Nachrichten über unsere gebeugten Köpfe hinweg? Warum nie ein warmes Wort? Warum nie ein Wunder: *Meine Damen und Herren, wir unterbrechen unser Programm, denn es ist ein Wunder geschehen* …

Die Olympischen Spiele in München brachten eine Veränderung. Es sprach nun nicht nur eine Stimme aus dem Radio, sondern viele Stimmen, die hin- und hergeschaltet wurden, angeregte, oft auch aufgeregte Stimmen, die sich überschlugen, wenn sie einem Hundertmeterlauf hinterher jagten. Hier rannten Menschen schneller als jemals zuvor, in atemberaubenden Weltrekordzeiten. »Kinder, Kinder«, rief meine Großmutter … Hier rannten Menschen um ihr Leben. Hier musste man nicht ein ganzes Leben abwarten oder absitzen. Hier machte man kurzen Prozess: 100 Meter, und man weiß woran man ist. In wenigen Sekunden kann sich so viel entscheiden und so viel wenden, auch zum Guten … Der Zweite dem Ersten immer dichter auf den Fersen, schneller, schneller, und dann, auf den letzten Metern, zieht er vorbei, stürzt er ins Ziel, stürzt er sich in sein Glück: *Gold! Gold für Deutschland!* Meine Großmutter stand zitternd neben dem Radioapparat. Sie hatte sich davor kaum für Sport interessiert, doch die Olympischen Spiele waren ihr wie eine Offenbarung, die Eröffnung einer ungeahnten Welt, in der sich auf wenigen Metern all das versammelt, mehr noch, zusammenballt, was sie in der übrigen Welt so vermisste: das Dramatische, das Extreme, das Hochkarätige, das Bombastische und das Tragische. Sie hatte nie von einem tragischen Parlamentsbeschluss gehört, nicht einmal von einer tragischen Steuererhöhung. Nun saß sie vor dem Radio und erlebte tragische Niederlagen, aber auch überraschende Siege, dramatische Wendungen, taumelnde Höhepunkte, Helden und Schurken. Sie erlebte all das, worauf sie in den Tragödien im Stadttheater vergeblich gewartet hatte. Es geschahen Wunder. Es spielten sich unbeschreibliche Szenen ab. Mit einem einzigen Befreiungsschlag wendete sich das Leben eines gealterten Boxers. Meine Großmutter war wie besessen von diesem Befreiungsschlag. Sie imitierte diesen Schlag. Es gab Verlierer und Verletzte. Es gab sogar einen Überfall auf das olympische Dorf. Und es gab Gold. Meine Großmutter saß mit einer Strichliste und zählte unser Gold, dreizehn Mal Gold für Deutschland … Sie nahm ihr Essen ganz dicht an den Radioapparat und verschluckte sich. Die Krümel auf dem Boden spielten keine Rolle mehr. Hin und wieder schaute sie auf, und wenn ihr Blick an mir hängen blieb, dann wandelte sich ihr Gesicht zu einem missmutigen Ausdruck, und ich spürte ihre Vorwürfe: Warum ich noch hier saß!? Warum im Radio nie von mir die Rede war!?

Eine Woche später starrte sie wieder aus ihrer Glühbirne in die Nacht. Sie suchte nach neuen Sendern und drehte die Knöpfe des Radios bis ans Ende der Welt, *Radio Buenos Aires*, auf der Suche nach neuen Ereignissen. Sie beschäftigte sich mit immer seltsameren Städtenamen: Atvidaberg, CSKA Sofia, Ajax Amsterdam … Oft schimpfte sie über Ajax Amsterdam. »Verdammtes Ajax Amsterdam!« Ich hatte keine Ahnung wovon sie sprach. »Immer gewinnt Ajax Amsterdam!« Sie hatte den Verstand verloren. Doch das Radio stimmte ihr zu. Es freute sich mit ihr, als es verkündete: *Ajax gegen CSKA ausgeschieden. Bayern–Dynamo 3:3.* »Na also«, murmelte sie. Es schien so, als würden diese Namen und Zahlen eine längst fällige Schuld begleichen. Sie hatte es besonders mit den Bayern, als ob die Bayern ihr etwas schulden würden und sie nun endlich, nach Jahren des Hinhaltens und billiger Ausflüchte, ihren Tribut an sie entrichteten. Sie sprach über die

Bayern in demselben nervösen, überdrehten Ton, wie sie früher über mich gesprochen hatte. Wochen später lief sie unentwegt zu der Stimme im Radio auf und ab, gestikulierte, hielt sich die Ohren zu, schimpfte über Russen und Bayern, forderte frische Spieler, klammerte sich ans Bücherregal, sprach von einem unmöglichen Schiedsrichter, verließ das Wohnzimmer, denn sie konnte es nicht mehr länger hören, schlich sich wieder zurück, um es doch zu hören ... Nach zwei Stunden sank sie in ihren Sessel und lächelte. Die Stimme verabschiedete sich: *Bayern–Moskau 4:1.* Zwei Wochen später dann das Rückspiel, in Moskau. Das Radio dröhnte in dem metallischen Getöse aufgebrachter Massen. *Sie sind gegen uns. Sie sind alle gegen uns*, rief der Radiosprecher. Nur er, er war für uns, inmitten der uns anschreienden Achtzigtausend im Moskauer Zentralstadion. Meine Großmutter blickte verängstigt zur Tür, als könnte die wütenden Menge jeden Augenblick unser Wohnzimmer stürmen.

Und dann, an einem Mittwoch im Mai, das große Finale: Bayern München gegen Atletico Madrid. Noch nie hatte eine deutsche Mannschaft den Europapokal der Landesmeister gewonnen. Es war deshalb dringend nötig zu gewinnen, wenigstens dieses eine Mal! Einmal auf der Seite von Gewinnern stehen. Dieses Spiel bedeutete meiner Großmutter sehr viel: Endspiel wie endlich. *Endlich* auch einmal wir; *endlich*, nach all den Jahren ... Das Brot und der Wein sind nicht nur Symbole für das Fleisch und Blut Jesu Christi; sie *sind* das Fleisch und Blut Jesu Christi. Es war so dringend notwendig, dieses Spiel zu gewinnen, für meine Großmutter ein mythisches Muss, aber auch für die nervöse Stimme im Radio, die keine Sätze sprach, sondern nur atemlos Namen herauspresste: *Kapellmann, Breitner, Pass auf Hoeneß …* Meine Großmutter saß bleich in ihrem Sessel. Ich sollte ihr ein Bier holen. Als ich in der Küche war, hörte ich ihren Aufschrei: »Bitte nicht!« Die Spanier waren vor unserem Tor. Sie saß geduckt, als sollte sie im nächsten Augenblick von einem Schuss getroffen werden. Im letzten Moment faustete Torwart Maier den Ball aus der Ecke. Ich durfte kein Wort sagen. Selbst das kleinste Geräusch verübelte sie mir, als würde ich damit nicht nur ihre, sondern auch die Konzentration der Spieler stören. Oft war ich daran schuld, wenn die Bayern den Ball vertändelten. Einmal stand Müller alleine vor dem Tor. *Schieß, schieß doch endlich*, schrieen das Radio und meine Großmutter vereint, und Müller schoss vorbei. Es stand immer noch 0:0. Für meine Großmutter war dies eine Ungerechtigkeit, eine weltumspannende Ungerechtigkeit. »Was für eine Ungerechtigkeit!«, rief sie immer wieder. »Wir sind doch viel besser!« Ja, wir waren viel besser. Ja, es war eine schreiende Ungerechtigkeit, ein Unrecht. Ich sage *wir*, denn es ging in der Tat um *uns*, um meine Großmutter und auch um mich.

Wir waren nun in der Verlängerung, in der 24. Minute der Verlängerung: *Freistoß für Atletico. Luis läuft an. Luis schießt. Tor!* Die Stimme im Radio sagte lange nichts. Wir hörten nur den Jubel der spanischen Fans. Ihre johlende Freude war rücksichtslos, als würde man im Augenblick einer Todesnachricht singend und tanzend auf dem Elend anderer herumtoben. Aus ihren Gesängen klang nicht nur Freude, sondern auch Hohn. Ich wagte nicht, meine Großmutter anzuschauen. Der Jubel der anderen nahm kein Ende. Er hallte und schallte durch das Stadion und durch unser Wohnzimmer. Er verbreitete sich wie eine riesige Lache. All dies war sehr verletzend. Man konnte doch nicht einfach Tor rufen und uns dann im Jubel der anderen sitzen lassen. Als ich die Stimme im Radio wieder hörte, klang sie hysterisch. Ich hörte das Wort *Fußballgott*, der gegen uns war. Nicht der Fußballgott, sondern Gott war gegen uns. Ich hasste Gott. Meine Großmutter stand auf und ging langsam zur Tür. Am liebsten wäre die gequälte Stimme im Radio mit ihr gegangen. Nichts ist kränkender als der Schlusspfiff eines verlorenen Fußballspiels. Ich schaltete das Radio aus, um ihr diesen Schlusspfiff zu ersparen …

[*Pause*]

Hätte ich das Radio nicht ausgeschaltet, dann wäre folgendes geschehen: *Letzte Minute. Schwarzenbeck, der letzte Angriff des Spiels, die letzte Chance für die Bayern, immer noch Schwarzenbeck. Schwarzenbeck schießt. Tor! Ausgleich!* Meine Großmutter wäre mit der halboffenen Tür ins Wohnzimmer zurückgewankt. Vielleicht wäre sie gefallen. Ich wäre zu ihr gesprungen, um ihr hochzuhelfen. Sie hätte mich plötzlich umarmt, als wäre ich einer der Münchner Spieler, die sich auf dem Rasen rollten, die einander erdrückten, als wäre ich der leibhaftige Torschütze, Schwarzenbeck, ein unauffälliger Spieler, der in größter Verzweiflung, aus aussichtsloser Position, den Ausgleich schoss, den Ausgleich für all die Jahre … Wir wären im Jubel des Schlusspfiffs gelegen. Ihr Gesicht wäre ganz dicht an meiner Brust gewesen, und ich hätte ihr Haar gestreichelt, und ich hätte meine nasse Hand bemerkt, und ich hätte gemerkt, dass sie weinte. Sie hätte nicht vor Glück geweint, sondern wie ein Mensch, der in sich selbst zusammenfällt, weil ein unerwartetes und scheinbar nebensächliches Glück eine tiefverwurzelte Traurigkeit berührt. Wenn Schwarzenbeck nicht in allerletzter Minute dieses Tor geschossen hätte, dann wären wir nie umarmt auf dem Boden gelegen, dann hätte ich nie ihr Haar gestreichelt, dann hätte es zwischen uns nie eine tiefe Berührung gegeben, unser Leben lang. Hätte ich nur nicht das Radio ausgeschaltet. Wir lagen nicht umarmt auf dem Boden. Ich habe nicht ihr Haar gestreichelt. Es gab zwischen uns keine tiefe Berührung …

[*Pause*]

In unserem Keller befindet sich mein Archiv. Es ist ein Archiv der neuesten und allerneusten deutschen Geschichte. Sie ist auf unzähligen Tonkassetten festgehalten, die dicht gedrängt in Regalen stehen. Die Kassetten sind thematisch geordnet. Die grün bepunkteten Kassetten sind die Aufzeichnungen von Sportereignissen, wie zum Beispiel die Spiele der Fußballweltmeisterschaft. In dieser Zeit fing es an …, dass mein Kassettenrecorder mitlief, wenn wir Radio hörten, und meine Großmutter fand es nicht dumm, die großen Ereignisse unserer Zeit aufzuzeichnen. Sie hörte sich meine Bänder immer wieder gerne an, besonders die Spiele der Fußballweltmeisterschaft 1974. Die Fußballweltmeisterschaft 1974: Die ersten beiden Spiele konnte die deutsche Mannschaft noch gewinnen: 1:0 gegen Chile und 3:0 gegen Australien. Doch dann kam das dritte Spiel, und dieses Spiel schien mehr als nur ein Spiel. Das Radio sprach von einem besonderen Auftrag, von einer einzigartigen Gelegenheit, von einer unbedingten Forderung der halben Menschheit, einer Probe des gesunden Menschenverstands, einer absoluten Notwendigkeit, einer Frage des Rechts, des Anstands, der Freiheit … Der Kapitän der deutschen Mannschaft, Franz Beckenbauer, sagte: *Heute spielen wir nicht gegen irgendeinen Gegner. Heute spielen wir gegen die DDR!* Meine Großmutter schüttelte sich vor Abscheu: »D-D-R!« Aus ihrem speienden Mund klangen diese Buchstaben wie Gift, wie DDT, oder wie das Kürzel einer Krankheit. Die Stimmen im Radio riefen beschwörend: *Warum wir die DDR einfach schlagen müssen!* Müssen, müssen, war das ständige Wort. Die DDR spiele Roboter- oder Kollektivfußball. Es werde dort nach russischen Lehrbüchern Fußball gespielt. »Wie furchtbar«, rief meine Großmutter. Als die Nationalhymne der DDR in unserem Wohnzimmer ertönte, drehte sie hastig das Radio leiser, als könnte die Polizei kommen. Nachdem die Hymne endlich vorbei war, öffnete sie das Fenster, so als wolle sie lüften. Sie blickte entsetzt, als Sparwasser bereits in der ersten Minute um ein Haar das 1:0 geschossen hätte, und sie schrie auf, als Sparwasser in der 77. Minute tatsächlich das 1:0 für die DDR schoss, und sie lief mit Franz Beckenbauer durch das Wohnzimmer, als dieser wie ein Besessener versuchte, das Spiel noch auf eigene Faust zu wenden, und sie rief immer wieder kopfschüttelnd: *Roboterfußball*, und sie beklagte sich über die unsympathische Stimme des Radiosprechers, der keine Ahnung habe, der wahrscheinlich selbst ein Kommunist sei, und sie wollte sich dieses Trauerspiel nicht mehr länger anhören, aber sie blieb bis zum Ende, denn sie hoffte auf Schwarzenbeck, und sie hörte den Schlusspfiff, und sie rief: »So nicht Herr Schön!«, und Trainer Schön, der im Radio befragt wurde, entschuldigte sich stammelnd, und meine Großmutter wurde nicht müde zu sagen: »Von Robotern haben wir uns schlagen lassen!«

Ich bekam es mit der Angst. Unter diesen Umständen wären wir nie Weltmeister geworden. Ich wagte nicht, an die anderen Mannschaften zu denken, an die Brasilianer, Polen oder Holländer. Sie alle waren viel besser als die angeblich beste deutsche Mannschaft aller Zeiten. Wir hätten die Nerven verloren. Wir wären alle verrückt geworden. Als meine Großmutter spazieren ging, schloss ich mich in mein Kellerzimmer und drückte auf die Aufnahmetaste meines Kassettenrecorders. Meine Stimme klang laut und deutlich: *Guten Tag, meine Damen und Herren. Wir schalten zur Übertragung des Weltmeisterschaftspiels Deutschland gegen Jugoslawien.*

Ich machte eine Pause, eine sehr lange und sehr dramatische Pause, als ob die Schaltung ins Stadion sich im Nichts verlaufen hätte, als ob die Welt stehen geblieben oder für immer verstummt wäre. Ich spielte mit den schlimmsten Befürchtungen. Dann hielt ich eine Kaffeetasse an meinen Mund, so dass meine Stimme teils erstickt, teils besorgt, und ein wenig metallisch aus der Reporterkabine erklang: *Willkommen im restlos ausverkauften Düsseldorfer Rheinstadion.* Ich sprach mit rheinischem Akzent. *60.000 Zuschauer warten auf den Einlauf der deutschen Mannschaft* ... Ich imitierte einige schwatzende Zuschauer, die neben meiner Kabine standen. Ihre Stimmen steigerten sich zu einem umfassenden Jubel, der nun aus meinem Plattenspieler dröhnte, während die deutsche Mannschaft auf das Feld kam. Auf der Schallplatte war auch Marschmusik und die deutsche Nationalhymne. Während ich die Marschmusik abspielte, verlas ich die deutsche Mannschaftsaufstellung. Ich hatte die Mannschaft nach dem misslungenen DDR-Spiel völlig umgestellt. (Cullmann für Bonhof, Hölzenbein für Grabowski, Hoeneß für Wimmer). Ich war mir sicher, dass diese Umstellungen meiner Großmutter gefallen würden – sie hatte diese Spieler immer wieder gefordert. *Es folgt nun die deutsche Nationalhymne*, und ich legte die Nadel des Plattenspielers auf die deutsche Nationalhymne. Die Nationalhymne klang lauter als sonst. Ich dachte, dass dies meiner Großmutter Auftrieb geben würde. Da außer der deutschen keine andere Nationalhymne auf der Platte war, musste ich die jugoslawische Hymne übergehen.

Meiner Großmutter fiel das gar nicht auf, als sie neben dem Radio stand, und hinter dem Radio mein versteckter Kassettenrecorder meine erste Fußballübertragung abspielte, während ich mit gesenktem Kopf in einer Ecke saß, als hätte ich mit all dem nichts zu tun. Der Kassettenrecorder war mit einem Überspielkabel an die Lautsprecher des Radios angeschlossen. Aus den Lautsprechern hallten nun Deutschland-Deutschland-Rufe, viel lauter und fanatischer als bei den früheren Spielen. Ich sprach von südländischer Begeisterung. Meine Stimme kam kaum gegen die gewaltige Kulisse an. Ich musste schreien: *Meine Damen und Herren. Hören Sie mich!?* Ja, meine Großmutter hörte mich, deutlicher als je zuvor. Ich besprach jedes Detail: Wie Paul Breitner seinen Trainingsanzug abstreifte; wie Berti Vogts seine Fußballschuhe schnürte; wie sich Beckenbauer mit zackigen Bewegungen warmlief … Der grüne Rasen, die flatternden Fahnen, die geballte Wucht, die geballten Fäuste der Zuschauer; ihre leuchtenden Schals; ihre verzerrten Gesichter; ihre Angst; ihre vereinten Rufe. Ich sprach von bengalischen Feuern, die auf den Stehplätzen gezündet wurden und die für einige Zeit den Platz in Nebel hüllten. Ich imitierte Lautsprecherdurchsagen: *Hier spricht die Polizei! Bitte keine Feuerwerkskörper!* Der Ball war verschwunden. Es musste ein neuer beschafft werden. Ich zögerte den Anpfiff immer weiter hinaus. Ich musste über so vieles sprechen, während meine Hände in der Schublade nach einer Trillerpfeife tasteten. Endlich, die Ungeduld meiner Großmutter war an einem gefährlichen Punkt, ein schriller Pfiff, der Anpfiff: Die deutsche Mannschaft war sofort im Ballbesitz. Sie spielte schneller, direkter und aggressiver als in den Spielen zuvor, und ich sprach schneller, direkter und aggressiver als jeder andere Reporter. Ich sprach so schnell, dass ich den Spielern immer einen Schritt voraus war. Sie folgten mir unter dem Jubel der Schallplatte keuchend nach, wenn ich einen pfeilschnellen Konter in den gegnerischen Strafraum ansagte. Sie folgten mir aufs Wort: *Breitner. Geht vorbei. Immer noch Breitner. Er könnte schießen. Er schießt! Tor!* Jubelgeschrei auf voller Lautstärke. Meine Großmutter schwankte, als würde sie dicht gedrängt in den Wogen der Sechzigtausend stehen, Schulter an Schulter taumelnd inmitten eines Meers schwimmender und singender Körper. *So ein Tag* …, sangen sie. *Ein Befreiungsschlag*, rief ich durch das Radio. Die deutsche Mannschaft spielte wie im Rausch. Sie kombinierte, ja, sie zelebrierte meine Worte: *Overath, herrlicher Pass auf Hoeneß. Hoeneß läuft. Wie dieser Hoeneß läuft. Hoeneß, noch immer Hoeneß, flankt flach vors Tor, Müller, rutscht in den Ball. Tor!* Jubel wieder volle Lautstärke: *Zugabe, Zugabe* …, schrieen die Zuschauer, doch ich musste das Spiel abpfeifen, denn die Kassette war zu Ende …

[*Pause*]

Ein Fußballspiel ist die Inszenierung einer guten und in sich geschlossenen Handlung von bestimmter Größe (90 Minuten). Es hat einen Anfang, eine Mitte und ein Ende (Anpfiff, Halbzeit, Schlusspfiff). Man kann es in anziehend einfacher Sprache vortragen (wie in meinen Radioübertragungen). Es ruft oft Jammer und Schaudern hervor (je nach Spielstand), um zum guten Ende eine Reinigung der Erregung zu bewirken (wie bei meiner Großmutter). Die Art der Handlung ist der Mythos. Ich verstehe unter Mythos die Zusammensetzung der Geschehnisse, in erster Linie die Torfolge. Denn jedes Tor ist ein Akt: ein Glücksakt oder ein Trauerakt. Und jedes Tor ist ein Schlag: ein Umschlag vom Glück ins Unglück oder vom Unglück ins Glück; ein Glücksschlag oder ein Tiefschlag; ein Befreiungsschlag oder ein Rückschlag; ein Nachschlag oder ein Schicksalsschlag. Ein 3:2 für Deutschland wäre ein dramatischer Sieg; ein 3:2 gegen Deutschland eine tragische Niederlage; ein 5:0 für Deutschland eine heitere Komödie; ein 5:0 gegen Deutschland ein endloses Trauerspiel. Ein 0:0 wäre absurdes Theater.

Gegen Schweden ließ ich Deutschland im Viertelfinale der Fußballweltmeisterschaft spielen – ein ungeliebter Verwandter meiner Großmutter lebte in Schweden. Schweden führte zur Pause mit 1:0. Dies war ein Unglück, ein unverdientes Unglück. Ich schickte die Spieler in die Halbzeit und spielte belanglose Musik. Die Halbzeitpause zog sich ewig hin. Ich sprach gähnend langsam die langweiligsten Nachrichten seit langem. Ich versuchte mich in umständlichen Formulierungen an einem nicht endenden Wetterbericht. Ab und zu sagte ich: *Die Mannschaften sind noch nicht zurück*, als würden sie nie mehr aus ihrem Unglück herauskommen. Ich wettete mit meiner Großmutter, dass

Deutschland in der 50. Minute den Ausgleich schießen würde. Sie winkte ab. Ich hätte ja keine Ahnung, keine Ahnung von diesem Spiel, keine Ahnung vom Fußball überhaupt. Ich schickte die Mannschaften wieder aufs Feld. In der 50. Minute schoss Deutschland den Ausgleich. Und in der 51. Minute schoss Bonhof das 2:1 für Deutschland. Und in der 52. Minute schoss Schweden das 2:2. Drei Tore in zwei Minuten! Schlag auf Schlag. Erst der Umschlag vom Unglück ins Glück; dann Nachschlag und noch mehr Glück, dann der Rückschlag und Umschlag vom Glück wieder zurück ins Unglück. Unglück, Glück, Glück, Unglück ..., um ein noch größeres Glück vorzubereiten, das 3:2 durch den *Deus ex machina* Jürgen Grabowski, den ich in der 66. Minute einwechselte, und er war kaum auf dem Spielfeld, da schoss er den Ball zum 3:2 ins Tor, aus dem Nichts. Die Menschen im Stadion tanzten. *Wir sind so glücklich*, rief ich aus dem Radio, und die Hand meiner Großmutter klammerte sich ans Bücherregal. Sie schaute auf den Boden, als würde sie etwas suchen. Sie war völlig verbraucht. Der Elfmeter, den Hoeneß in der letzten Minute zum 4:2 für Deutschland schoss, er war überflüssig. Sie bekam ihn nicht mehr mit.

Ein letztes Mal besuchte ich Professor Heidegger, um ihn zu fragen, ob ich über Fußball eine Doktorarbeit schreiben könnte. Er erkannte mich nicht wieder. Fußball mag vielen bedeutungslos erscheinen, versuchte ich ihm zu erklären: das Gerenne von 22 Männern um einen Ball. Fußballspieler sind, wie Schauspieler, Nachahmende. Sie ahmen uns nach, wie wir rennen würden, wenn man unser Leben auf einem Fußballfeld auf den Punkt bringen wollte, nur dass die Spieler viel schneller rennen als wir es können. Sie rennen so, wie wir es immer wollten, aber nie konnten. Sie rennen, wie wir, gegen etwas an: gegen eine Abwehr, gegen zu hohe Erwartungen, gegen alle möglichen Widerstände und Widrigkeiten … Es geht um gewaltige Lebensfragen. Fußball ist ein Abbild des Lebens. Und Fußball ist ein Gegenbild des Lebens: Wenn zum Beispiel eine Mannschaft, die noch nie gewonnen hat, eine Mannschaft schlägt, die noch nie verloren hat. Dies ist der Mythos. Es geht beim Fußball immer um ein mythisches Prinzip. Jedes Fußballspiel ist eine Geschichte: Unglück, Glück, Glück, Unglück … Ein 0:0 wäre absurdes Theater. Kein Fußballfan hat einen Vorteil, wenn eine Mannschaft ein Spiel gewinnt, und dennoch ist für viele ein gewonnenes Spiel eine unüberbietbare Offenbarung höchster Gerechtigkeit und Sinnhaftigkeit – wenigstens für ein paar Stunden. Fußball ist ein symbolischer Zipfel …, nicht nur für die Enttäuschten. Fußball ist ein Ausgleich, ein Ausgleich für all die Jahre … Heidegger schwieg. Er erkannte mich nicht wieder. Ich erwähnte meine Großmutter. Er verabschiedete mich. Er sagte: »Ich verstehe nichts vom Fußball.«

[*Pause*]

Vor dem Finale konnte meine Großmutter weder essen noch schlafen. Sie hatte große Angst vor Johan Cruyff, dem besten Spieler der Welt, Kapitän der weltbesten

Fußballmannschaft: Holland. Deutschland spielte im Finale gegen Holland. Dies war erschreckend, jedoch unvermeidlich. Meine Großmutter betrachtete nun die gesamte Weltmeisterschaft als großangelegte und durchtriebene Form der seelischen Folter. Man hätte Deutschland nur deshalb ins Finale kommen lassen, um sie dann umso ausgiebiger zu quälen. Sie wollte sich mein Spiel gar nicht anhören, sich statt dessen in ihrem Zimmer einschließen. Ich sollte ihr dann durch die Wand den Spielstand durchgeben, um die unvermeidliche Niederlage zu dämpfen. Denn Holland galt als unschlagbare Mannschaft. Sie wären eigentlich Weltmeister geworden, hätte ich nicht in einer wahnwitzigen Reportage die Dinge umgebogen, wohl wissend, dass ich damit allen Realismus und alle Glaubwürdigkeit aufgeben und nur noch den Ideen des Theaters folgen würde. Es wurde ein Melodrama, bar jeder Wirklichkeit, aber umso aufreibender und beglückender. Ich wählte die Dreiaktstruktur: Katastrophe, Wende, Glückliches Ende – ein überglückliches Ende. Ich dachte an die Geschichte eines Dienstmädchens: Sie verliebt sich in einen Grafen und wird barsch zurückgewiesen – Aussichtslosigkeit und Unerbittlichkeit. Sie bleibt beharrlich, der Graf beginnt zu wanken – Hoffnung. Das Mädchen setzt nach, und der Graf macht einen Fehler – Wende und Höhepunkt. Sie wartet gebannt auf die Hochzeit, aber alle Welt versucht ihr das Glück zu entreißen – Bangen. Und dann endlich, der Schlusspfiff, das Jawort, die Hochzeit, das Unglaubliche ist endgültig beschlossen: Sie ist Gräfin! Wir sind Weltmeister! Wie ein Dienstmädchen sind wir Weltmeister geworden, durch Kampf, Fleiß und Beharrlichkeit ... Und durch meine Reportagen.

Guten Tag, meine Damen und Herren. Heute ist Sonntag, der 7. Juli 1974, 16.00 Uhr. Das Fi-na-le. Deutschland gegen Holland. Strahlender Sonnenschein im Münchner Olympiastadion. Geräusche von Heuschrecken. Dann volle Lautstärke Menschenmassen und die deutsche Nationalhymne. Holland hatte Anstoß. Für meine Großmutter war dieser Umstand bereits ein schlimmes Omen. Sie stand unentschieden auf der Türschwelle, mit einem Bein noch im Wohnzimmer, in Reichweite meiner Übertragung, von der sie nicht loskam, mit dem anderen Bein fluchtbereit in der Diele, um sich jederzeit davonmachen zu können ... *Johan Cruyff ...*

»Bitte nicht Cruyff!«

Immer noch Cruyff, vorbei an Vogts, läuft in die deutsche Hälfte, am Strafraum, im Strafraum ... Kein Foul! Nein, das war kein Foul! Um Gotteswillen, der Schiedsrichter gibt Elfmeter ...

Meine Großmutter war davongeeilt. Ich hörte ihre Schlafzimmertür zuschlagen, dann das hastige Drehen eines Schlüssels. Sie hatte sich eingeschlossen. Ich hörte ihre dumpfe Stimme hinter der Wand:

»Wie ist es!?«

Neeskens legt sich den Ball zurecht.

»Was ist!?«

Neeskens läuft an. Tor.

»Wie bitte!?«

»Tor für Holland«, schrie ich voller Bedauern durch die Wand.

Dann hörte ich lange Zeit nichts mehr von ihr. Ich saß mit meiner Reportage alleine. Ich hatte mir die größte Mühe gegeben. Die deutsche Mannschaft gab nicht auf. Sie hielt dagegen. Es gelangen hoffnungsvolle Ballpassagen. *25 Minuten gespielt. Deutschland im Ballbesitz. Hölzenbein, Hölzenbein, immer noch Hölzenbein. Foul! Das war Foul! Elfmeter! Er gibt ihn! Elfmeter für Deutschland!*

Ich trommelte gegen die Wand: »Elfmeter!«

Meine Großmutter weinerlich: »Ruhe! Ich kann nicht mehr!«

»Elfmeter für Deutschland!«

»Was!?«

»Für Deutschland!«

Ich hörte purzelnde Geräusche. Die Tür wurde aufgerissen. Sie hastete den Flur entlang, jedoch nur bis zur Türschwelle.

»Tor?!«

»Nein Elfmeter, Elfmeter für Deutschland.«

Breitner wird schießen.

»Breitner? Warum schießt nicht Müller!?«

Eine gespenstische Stille im Olympiastadion.

Mein Atem klang metallisch aus der Tasse.

Breitner läuft an, schießt, Tor! Ausgleich!

Volle Lautstärke Jubel.

Sie hielt sich an der schwankenden Tür. Sie schob sich in den folgenden Minuten immer weiter ins Wohnzimmer hinein, in die warme Stimme meiner Übertragung, denn nun begann der Sturmlauf der deutschen Mannschaft, die alles auf eine Karte setzte, wie das Dienstmädchen: *Bonhof, geht rechts, schöööön, jetzt muss er flanken, jetzt muss er flanken. Müller wartet. Müller schießt. TOOOR!* Ich legte alles in dieses Tor: meine ganze Kraft und Technik, mein Wissen, meine Vorstellungskraft, mein Leben, mein ganzes Wesen; die Gegenwart, die Vergangenheit, all die Jahre … Nächtelang war ich an diesem Tor gesessen, dem Höhepunkt von allem, spulte den Recorder vor und zurück, drückte die Pausetaste, und brüllte dieses Tor. Ich brüllte es in den unterschiedlichsten Varianten: voller Wut, oder triumphierend, oder ich sprach es als nackte Tatsache. Mal klang es heiter, mal heiser, mal weinerlich. Ich griff in meine Hose und fing an zu onanieren (in diesen Tagen entdeckte ich den Orgasmus) und bei jedem Höhepunkt drückte ich die Aufnahmetaste und rief *TOOOR*, und es waren diese heiseren, seufzenden und schweren Torrufe, die am besten klangen und die meine Großmutter nun zu hören bekam: *TOOOR!*

Dann begann die Zeit des Bangens. Wir bangten wie das Dienstmädchen um das endgültige Jawort, das Jawort des Schlusspfiffs. Die zweite Halbzeit zog sich endlos hin. Ich ließ sie eine volle Stunde statt 45 Minuten andauern. Die Holländer drückten uns mit aller Macht in den Strafraum. Meine Großmutter ergriff die Flucht. Meine Worte warfen sich mit letzter Kraft in die Schüsse der holländischen Spieler. Bälle wurden von der Linie geköpft. Torwart Maier hielt sagenhaft, selbst unhaltbare Bälle. Meine Großmutter schlich sich wieder zurück. Ich rief mit trockener Stimme aus dem Radio *Tor*. Sie hielt sich die Ohren zu und schrie »Nein!« Und ich rief: *Doch kein Tor, doch nicht, noch nicht.* Sie war meist auf dem Flur. Wenn die Holländer den Ball hatten, dann machte sie sich davon. Hatten die Deutschen den Ball, dann tastete sie sich wieder zurück. Die letzten Minuten des Spiels konnte sie nur noch in ihrem Schlafzimmer aushalten – sie ließ jedoch die Tür offen. Und dann, endlich, der Schlusspfiff. Ich pfiff zur Sicherheit ein zweites Mal. Im Flur hallte Jubel. Ich kam in ihr Schlafzimmer. Sie lag auf ihrem zerwühlten Bett. Sie blickte mit einem bettelnd-fragenden Ausdruck. Ich stand wie ein Graf. Ich öffnete meine Krawatte. Wie ein Graf beugte ich mich herab, küsste die Stirn meines Dienstmädchens und sagte: »Wir sind Weltmeister.«

[*Pause*]

All dies klingt recht unwahr*scheinlich*, doch es gibt Menschen, nicht nur meine Großmutter, die daran glauben, die sich ganz sicher sind, dass Deutschland die Fußballweltmeisterschaft 1974 gewonnen hat, und auch die Fußballweltmeisterschaft 1990.

[*Pause*]

Der ohrenbetäubende Jubel, die Marschmusik und die deutsche Nationalhymne auf der Schallplatte, die ich so oft in meine Übertragungen einspielte … Ohne diese Schallplatte wären meine Übertragungen nicht möglich gewesen, wären wir nie Weltmeister geworden. Auf der Schallplatte waren die *Reden der deutschen Geschichte* – so hieß die Schallplatte auf meinem Plattenspieler. Den größten Jubel gab es für die Reden von Goebbels und Hitler, also lag die Nadel des Plattenspielers auf deren Reden, wenn ich Tor schrie, denn diese Reden wurden immer wieder von minutenlangen Ausbrüchen brüllender Massen unterbrochen. Sie schrieen kaum anders als die Zuschauer in einem Fußballstadion. Es passte auch, dass diese Reden im Berliner Sportpalast gehalten wurden, und es fügte sich ebenfalls, dass vor den Reden immer Marschmusik und die deutsche Nationalhymne abgespielt wurde, wie vor einem Fußball-Länderspiel …

[*Pause*]

Mein Archiv der neuesten und allerneusten deutschen Geschichte im Keller ist wie folgt geordnet: Die grün bepunkteten Kassetten sind die Aufzeichnungen von Sportereignissen, die rot bepunkteten Katastrophen und Skandale, die Blaupünktigen Regierungserklärungen und Regierungswechsel, die gelben Punkte Wirtschaftsnachrichten und Wirtschaftsdaten. In einer Ecke stapeln sich auch die Kassetten meiner eigenen Geschichte. Nur ich habe den Schlüssel zu der Stahltür. Meine Großmutter wunderte sich ein wenig über meine Sammlerleidenschaft. Andererseits waren meine Aktivitäten im Keller, je länger sie darüber nachdachte, nicht ohne Vorbild, denn schon mein Groß- und Urgroßvater waren sehr an Geschichte interessiert gewesen. Es existiert sogar eine unvollendete Abhandlung meines Großvaters über Napoleon. Von ihm hatte ich wohl mein Interesse an Geschichte geerbt. Man sah es bereits an meiner Kopfform.

Anfänglich stand mein Kassettenrecorder versteckt hinter dem Radio. Später lief er offen mit, wenn wir Radio hörten. Waren die Nachrichten gut, dann fragte sie mich nervös, als könnte ihr Glück zerrinnen, ob der Kassettenrecorder die guten Nachrichten aufzeichnen würde. Er spielte sie in Wahrheit ab. Ich sollte einen großen Vorrat guter Nachrichten anlegen, sollten die Zeiten wieder schlechter werden. Manche Bänder wollte sie immer wieder hören, das WM-Finale 1974 oder die Befreiung der Geiseln in Mogadischu oder den Fall der Berliner Mauer. Ich gehe dann in den Keller, als würde ich einen erlesenen Jahrgang Wein holen.

Wenn meine Großmutter eine Nachricht zum ersten Mal hörte, dann ärgerte sie sich häufig über ihre Uhr. *Es ist 20 Uhr. Wir bringen Nachrichten*, sagte meine Stimme aus dem Radio, doch meine Zeitangaben waren völlig willkürlich gesprochen, nur eine Formel und Floskel des Auftaktes. Die Nachrichten begannen nicht um 20 Uhr, sondern nach dem Abendessen, wenn ich die Ungeduld meiner Großmutter nicht mehr länger hinhalten konnte, und sie brachte ihre teure Schweizer Uhr, die an manchen Tagen um 40 Minuten nachging, ständig zum Uhrmacher.

Während der Ferien saß ich nächte- und wochenlang in meinem Kellerraum und sprach einen immer größeren Vorrat an Nachrichten an. Im Gegensatz zu den

Rundfunkstationen war ich auf mich allein gestellt. Ich hatte keine Korrespondenten, keine Tontechniker, keine Mitarbeiter, die mich hätten unterstützen können, keine Ablösung für die Sieben-Uhr-Früh-Nachrichten, keine Rundfunkgebühren, auch keine äußere Wirklichkeit, die ich hätte nachsprechen können. Wo würden wir heute stehen, wenn ich nicht ständig eingegriffen hätte, das scheinbar Unvermeidliche irgendwie umgebogen, abgeschwächt, gesteigert oder verändert hätte. Wo würden wir ohne meine kilometerlangen Bänder stehen? Ich weiß es nicht. Vielleicht wäre manches besser ohne mich. Ich gebe zu, die WM 1974 war dilettantisch. Ich gebe zu, dass ich Fehler gemacht habe. Meine Helmut-Kohl-Bänder waren ein Fehler. Vielleicht wären wir ohne mich alle verrückt geworden oder schon längst tot. Wer weiß. Vielleicht sind wir längst verrückt, ohne es zu merken, durch meine Bänder. Wer weiß. Vielleicht machen meine Bänder gar keinen Unterschied. Vielleicht wäre vieles auch ohne mein Zutun so gekommen, nur ein wenig später, oder ein wenig anders. Wer weiß. Vielleicht ist alles so wie es ist, trotz meiner Bänder? – oder wegen meiner Bänder? Wer weiß.

Wenn eine Kassette meine Großmutter nur wenig begeistern konnte, dann überspielte ich sie mit neuen, besseren Nachrichten: zum Beispiel die Nachrichten aus der DDR, die Unruhen und Protestmärsche, der Rücktritt Honeckers, der Fall der Berliner Mauer, die Freudentänze auf dem Ku'damm … *Ich bin das Volk*, schrie ich im Keller … Dann die deutsche Wiedervereinigung, der Zusammenbruch der Sowjetunion, das Ende des Sozialismus. Sie hatte es nicht anders gewollt. Am wenigsten interessierte sie sich für meine Wirtschaftsnachrichten. Andererseits waren meine Wirtschaftsnachrichten und Wirtschaftsdaten, wenn auch nicht spektakulär, so doch bedeutsam – wir mussten ja von irgendetwas leben! Das Aktienvermögen meiner Großmutter vermehrte sich um einige hundert Prozent, durch meine Börsennachrichten. Im Jahr 1976 verkündigte ich ein Wirtschaftswachstum von 5,3 Prozent, und meine Großmutter rief »na also.« Gleichzeitig ließ ich die Inflationsrate im Jahr 1978, als Deutschland nicht Fußballweltmeister wurde, auf nur 2,6 Prozent sinken. Das Geld meiner Großmutter war sicher. *Unser Geld ist sicher*, rief ich schallend durch das Radio. Ich räume ein, dass zur gleichen Zeit die Arbeitslosigkeit stieg – im Jahr 1982 sprach ich von 7,5 Prozent Arbeitslosen. Ich tat dies nicht nur aus Bosheit, obgleich ich meine Bosheit immer deutlicher spürte, sondern auch aus guten Gründen, aus Gründen des Realismus. Ich hielt mich an volkswirtschaftliche Regeln. In einer meiner Schulen hörte ich, dass eine hohe Arbeitslosigkeit unvermeidbar ist, wenn man stabiles Geld will, und meine Großmutter wollte stabiles Geld …

Es folgte der längst fällige Regierungswechsel in Bonn. Meine Großmutter hasste die Sozialdemokratie. Sie schritt jedes Mal mit großen Absichten und Hoffnungen zu den Bundestagswahlen – doch ihre Stimme war nie berücksichtigt worden. 13 Jahre lang hatte sie unter der schrecklichen Koalition in Bonn gelitten. Im

September 1982 machte ich dem ein Ende. Bis zur nächsten Bundestagswahl waren es damals noch mehr als zwei Jahre, für meine Großmutter eine Ewigkeit, also konstruierte ich einen anderen Weg: Ich ließ die vier FDP-Mitglieder im Kabinett ihren Rücktritt erklären. Daraufhin veranstaltete ich ein konstruktives Misstrauensvotum. Ich hielt einige Reden; Zwischenrufe hallten aus meiner Tasse; knarrende Parkettgeräusche, als die Abgeordneten ihre Stimmen abgaben; gespanntes Warten und Gebrummel auf den Gängen des Bundestages; dann meine Stimme als Bundestagspräsident, der das Ergebnis der Wahl verkündete; halbe Lautstärke Applaus; dann war Helmut Kohl Bundeskanzler ..., am Ende einer einzigen neunzigminütigen Kassette. Als ich erstmalig den Namen Kohl in seinem neuen Amt aussprechen wollte, als ich lapidar sagen wollte, dass *Bundeskanzler Kohl* etwas sagen will, musste ich schnell die Pausetaste drücken, denn ich bekam einen Lachkrampf, so grotesk erschienen mir diese ungewohnten Worte, erschien mir der ganze Regierungswechsel. Meine Großmutter würde ungläubig aufstehen und rufen: »Es ist genug!« Ich sah, wie sie mit einem Ruck den Recorder aus der Steckdose reißen würde: »Es ödet mich an!« Darauf legte ich es an. Doch nichts dergleichen. In meiner Regierungserklärung nuschelte ich in einem unsäglichen Akzent Worte an der Grenze der Unverständlichkeit und Debilität. Meine Zunge schwamm in Kirschwasser. Sie lallte betäubt zwischen Papiertaschentüchern, mit denen ich meinen Mund vollgestopft hatte: *Wir müssen den Gürtel enger schnallen*, rief ich völlig betrunken, und als meine Großmutter mich langsam verstand, stimmte sie meinem Unsinn zu, trotz meiner Lachkrämpfe, die deutlich zu hören waren. Sie lastete mein unverschämtes Gelächter der Opposition an. Ich sprach, als hätte man mir gerade einige Zähne gezogen: *Der Bürger muss Opfer bringen*, und meine Großmutter rief: »Genau! Recht hat er.« Was ich mir als Ende unserer Zeit ausgedacht hatte, war der Anfang einer nicht enden dürfenden Ära. Bei allen Wahlen musste ich Helmut Kohl und seine Freunde gewinnen lassen. Meine Großmutter wollte es so. Sie ist wie vernarrt in meine deformierte Stimme, die sich zwischen schnapsgetränkten Papiertaschentüchern abmüht. Ich spreche und spreche … Ich spreche, teils voll grimmiger Bosheit, teils selbstzufrieden lallend, ich spreche und spreche, in meiner eigenen Stimme, in seiner Stimme, in vielen anderen Stimmen, aber meine Großmutter hält stoisch fest an meinem verrückten Einfall des Jahres 1982. In meinem Archiv liegen noch einige Bänder auf Halde, mit dem ewig gleichen Ergebnis künftiger Bundestagswahlen …

[*Pause*]

Denke darüber nach, manche Bänder abzumildern, auszutauschen oder zu überspielen …

[*Pause*]

Über einige Bänder ist auch Kirschwasser gelaufen …

[*Pause*]

Ein Fußballspiel dauert 90 Minuten. Die Invasion sowjetischer Truppen in Afghanistan dauerte Tage. Bald arbeitete ich mit verschiedenen Tonbandgeräten, die mehrere hundert Stunden Nachrichten, Reportagen, Wetterberichte, Musik, Interviews, Liveschaltungen, Großereignisse und Weltereignisse abspielen konnten. Was meine Großmutter nun hörte, kam nicht mehr aus dem Recorder neben dem Radioapparat, sondern direkt aus dem Keller. Es war möglich, den Knopf einer Zeitschaltung zu drücken, woraufhin die miteinander verschalteten Tonbandgeräte tagelang einen großen Vorrat an Sendungen abspielten, während ich mit meiner Großmutter saß, um ihre Reaktionen zu studieren, oder ich mich einfach nur ausruhte …

Sie hörte nun nicht mehr im Wohnzimmer Radio, sondern oben auf dem Dach, in ihrer Glaslaube, von wo aus sie die Welt in den Blick nahm, die ich unten im Keller sprach. Nachts leuchtete die Glühbirne, in der sie saß und mir zuhörte, wie eine Radioröhre …

[*Pause*]

Manchmal hörte ich oben laute Stimmen. Sie konnten sich zu wütenden Auseinandersetzungen und Zerwürfnissen steigern. Ich hörte Ausrufe wie Unsinn, Irrsinn, Schwachsinn, Wahnsinn … *Sie haben ja keine Ahnung! Stellen Sie sich nicht so dumm! Nun reißen Sie sich aber zusammen! Hören Sie keine Nachrichten!? Was!? Wie bitte!? Davon wissen Sie nichts!? Aber sicher! Aber natürlich! So ist es! Wie können Sie es bestreiten!? Das muss man doch wissen!? In welcher Welt leben Sie eigentlich!?* Dann wurde mein Name gerufen. Die Rufe meiner Großmutter klangen wie Hilferufe. Ich reagierte nicht. Dann ihr wildes Klopfen gegen die Stahltür. Ich öffnete nicht. Ich war nicht da! Ich war draußen! Sie wollte mich als Zeugen. Ich sollte ihren Freunden und Bekannten sagen, wer unser Bundeskanzler ist, wo Afghanistan liegt, wie die Premierministerin Großbritanniens heißt, was in Mogadischu geschah, wer Ronald Reagan ist, wie der Dollar steht, was der Golfkrieg ist, wann die Hochzeit von Charles und Diana war ... Für mich waren diese Namen und Ereignisse völlig nichtig, wahllos in den Raum gesprochen, willkürliche Sprechübungen, Belanglosigkeiten, Fingerspitzenübungen für den großen Schlag ... Mir schienen diese Dinge austauschbar, wenn nicht verwechselbar mit dem angeblichen Wissen der restlichen Welt. Meinetwegen war immer noch die SPD an der Regierung. Meinetwegen hieß der amerikanische Präsident Oscar Clark. Warum nicht? Wenn man es nur oft genug ausspricht und hört. Ob nun Charles und Diana oder Charles und Lady Mary Splatt ... Mir schien dies so einerlei. Es war nicht einerlei. Meine Großmutter klopfte unablässig gegen die Kellertür. Ich sollte ihren verrücktgewordenen Gästen sagen, was wirklich ist. Ich sollte ihnen sagen, in welcher Welt wir leben, in unserer Welt ..., doch ich sagte nichts und blieb im Keller ...

[*Pause*]

Was ist das für eine Welt, die ich jahrelang im Keller gesprochen habe? Was ist das für eine Welt? Sie geht mir auf die Nerven. Ich verabscheue sie. Sie ist mein eigenes Geschwätz. Sie ist das Ergebnis meiner schleichenden Bosheit …

[*Pause*]

Man denke sich einen Menschen, der mit einem Schlag sein Wissen verliert. Ihm wird nicht nur gesagt, dass bestimmte Ereignisse nicht oder ganz anders stattgefunden haben, nein: Man untergräbt mit einem Male ein jahrelang geknüpftes Geflecht aufeinander bezogener Geschehnisse, ein ganzes Gerüst schöner Gewissheiten, eine umfassende geistige Landkarte der Welt. Wer würde das zulassen. Wer würde eine solche Zerstörung zulassen!? Meine Großmutter ließ es nicht zu, und auch ich ließ es nicht zu. Auch deshalb musste ich weitersprechen, jahrelang, bis zum heutigen Tag. Ich spürte ihre Verunsicherung, wenn Gäste das Haus verließen (und es wurden immer weniger, und sie kehrten nicht mehr wieder), doch diese Verunsicherung schlug schnell um in empörte Wut. Sie wollte alles in der Zeitung nachlesen. Sie wollte andere Sender hören. Sie wollte einen Fernseher kaufen. Sie tat es nicht. Ich wusste, dass sie es nicht tun würde …

Welches Erdbeben? Was für eine Autoreform? Markus Ziege? Eine Wankelmaschine? Augengießerei? Ein Max? Kurmarkung des Nordens? Pi Pack Po? Konjurant?

Wurmlingen? Blümerant? Helden des Müßiggangs? YPS-Nummer? Die Blauen? Metagnom? Crash-Dance? Nicoclaus? ECI? Mackismus? Erdengewicht? Erdendiät? Die Politik des Als-Ob? Zedent? OAMDG? Nynorsk? Gagat? EOS? Schickelgruber? Ernst Schnabel? KV? Derartig klangen die Echos furchtbarer Gespräche aus dem ungläubigen Mund meiner Großmutter, nachdem die letzten Gäste und Freunde unser Haus für immer verlassen hatten. Sie hinterließen ein Gibberish an Bemerkungen und Behauptungen – Wörter, die wir kaum aussprechen konnten. Meine Großmutter gurgelte Mundwasser – als hätten Außerirdische ihren Mund begattet. Sie gurgelte den Wahnsinn aus ihrem Mund ins Klo. Ich musste ihr immer wieder versichern: Es ist alles so, wie es ist. Wenn ich selbst das Radio einschaltete, immer seltener, verstand ich jedes Mal weniger. Also drückte ich die Starttaste meiner Tonbandgeräte … Die Premierministerin Großbritanniens war meiner Großmutter sehr ähnlich. Ich sprach und sprach … Ich sprach die Nachrichten. Ich sprach England. Ich sprach Deutschland. Ich sprach mein Leben. Ich sprach die ganze Welt …

[*Pause*]

War ein guter Schüler, ein sehr guter Schüler, in allen Fächern sehr gut, überall beliebt und geliebt, Klassensprecher, Schulsprecher, Schönsprecher, Vielsprecher, Allessprecher, und natürlich ein Athlet, ein Modellathlet, trotz meiner Ohren, Sieger aller Hundertmeterläufe, Gewinner aller Distanzen und Klassen, von allem das Beste, Höchste, Schnellste … Das waren nun die Nachrichten! Ich legte Liebesbriefe unter mein Kissen, und immer neue Gesichter lagen auf meinem Kissen, jede Nacht ein neues Gesicht. »Kinder, Kinder«, rief meine Großmutter, doch sie war für meine Liebschaften, liebte sie mich doch, also mussten mich auch andere lieben, und je mehr Frauen mich liebten, umso mehr liebte mich meine Großmutter … Ich machte Erfindungen. Ein Minister überreichte mir einen Preis. Das waren nun die Nachrichten! Ich spielte Tennis. Ich war in der Jury des Landesbastelwettbewerbs. Man wollte meinen Rat. Ich war Sprecher der Landesschulsprecherkonferenz. Kommission Abitur 2000 des Kultusministeriums – was das ist? Ich war der Vorsitzende dieser Kommission. *Das Leben ist ein Hundertmeterlauf.* »Genau«, sagte der Minister. Das waren nun die Nachrichten! Die Junge Union des Erfolges – was das ist? Es ist eine Auszeichnung. Ich war überall, weitverbreitet, weitgereist, weitgesucht. Ich war der Erste, der Beste, der Jüngste. Ich war ein Mensch. Mein Aufschlag war gefürchtet. Das waren nun die Nachrichten! Ekelerregend die Vulgarität der Erfolgsorgien in meiner Welt. Die Prinzessin Ursula von Hohenstauf saß neben mir. Sie war völlig besessen: *Ich liebe dich! Ich liebe dich!* Sie hätte nie gedacht, einen Menschen lieben zu können, der nicht schwimmen kann. *Ich liebe dich!* Ja, sie liebte mich. Sie war weder dick noch dünn, aber groß, auf langen, baumstämmigen Beinen hinter mir her, liebte mich von weitem, liebte mich von nahem, liebte mich von Anfang an, liebte mich von hinten, liebte mich von vorne, liebte mit offenen Augen, liebte mit geschlossenen Augen, liebte meine Stimme, liebte mich in ihrem Bett, liebte mich in meinem Bett, liebte mich spiegelverkehrt … Nichts von dem, was ich gegen mich vorbrachte, ließ Ursula von Hohenstauf gelten. Das waren nun die Nachrichten!

Zunächst meldete sich meine Existenz nur sehr beiläufig, in vagen Andeutungen, derart dass ein bestimmtes Geschehen an einem bestimmten Ort andernorts und in einer anderen Besetzung anders hätte laufen können: schneller, höher, weiter, besser, frischer, jünger, spannender, überzeugender, zufriedenstellender und vieles mehr. Beispielsweise der jüngste Gewinner eines Reitturniers, über den das Radio berichtete: Ein anderer Junge hätte noch viel jünger sein können.

Anfänglich erwähnte ich mich nur nebenbei, neben anderen Menschen und anderen Ereignissen. Doch es blieb nicht nur bei einzelnen, beiläufig gesprochenen Sätzen oder Nebensätzen. Die Sätze steigerten sich zu Nachrichten, und den Nachrichten folgten ganze Reportagen, Reportagen über meine Schulzeit, über meine Zensuren, über meine Rettungstaten, über meine Beliebtheit, über meine Erfindungen, über mein Tennis, über mein Wesen, über meine endlose Beziehung zur Prinzessin von Hohenstauf … Meine Schulzeit, meine wunderbare Schulzeit … Sie liegt auf zahllosen Bändern aufgezeichnet in einer Kiste. Ich habe sie mir unermüdlich ersprochen. Es befragte mich eine Kommission der strengsten Lehrer des Landes zu allen Wissensgebieten unserer Zeit. Nur zu, nur zu. Ich sollte zu 900 Thesen Stellung beziehen. Nichts lieber als das. Allein dieses Ereignis war mit solch einem Aufwand an Stimmen und Tontechnik und Zeit verbunden, dass ich einige Wochen im Keller verbringen musste. In meinen Schulen wurde ich schmerzlich vermisst. Ich ließ mich entschuldigen. Auch ich hätte meine Zeit lieber an Ort und Stelle ausgelebt, statt sie andernorts zu sprechen. Im Keller sprach ich meine Klassenarbeiten, sprach ich, der Klassensprecher, sprach ich, der Schulsprecher, sprach ich der Viel- und Allessprecher. Im Keller gewann ich Hundertmeterläufe, spielte ich Tennis, rettete ich Schüler aus einem brennenden Haus. Dort lag ich in der Sonne, rannte ich durch Wälder, schwamm ich im Meer. Dort machte ich mein Abitur. Dort betätigte ich mein Mischpult. Dort hallten die unterschiedlichsten Stimmen aus zahllosen Tassen. Im Keller verlas ich Predigten und hielt Weihnachtsgottesdienste ab. Ich aß aus Konservendosen. Ich sah im Spiegel mein Gesicht, der einzige Punkt, der nicht zu meiner Geschichte passte. Wenn ich schlief, dann schlief ich auf einer Matratze. Ich schlich mich aufs Klo, wenn ich nicht im Haus sein durfte, weil ich im Radio an einem anderen Ort war. Im Keller verbrachte ich meine Ferien. Im Keller reiste ich nach den Ferien mit dem Zug in meine Schulen zurück, während meine Großmutter oben in der Glaslaube am Radio saß und mir zuhörte …

[*Pause*]

Wir alle sind die Delegierten irgendeiner Fiktion …

[*Pause*]

Als ich mit siebzehn Jahren an den offenen Englischen Tennismeisterschaften in Wimbledon teilnahm und ich mich bei diesem Turnier von Runde zu Runde durchkämpfte, trotz einer Verletzung an meinem Bein; als ich gegen übermächtige Gegner spielte und gegen sie gewann, gegen alle Vernunft und Widerstände der Welt …; als ich mit einem Bein oft hinkend den Platz verlassen wollte, während mein anderes Bein stampfend auf dem Court blieb …; als ich trotz allem weiterspielte und weitersprach, gegen scheinbar unabwendbare Niederlagen ankämpfte und ansprach, wütend schreiend oder mit weinerlicher Stimme, manchmal in wimmernden Selbstgesprächen …; als sich meine Stimme und mein Name langsam herumsprach, zunächst als Randnotiz in den Sportnachrichten, später als Meldung in den Abendnachrichten, seit dem Viertelfinale dann in stundenlangen dramatischen Live-Übertragungen …; als nichts mehr zu tun war, nachdem ich einen hinreichenden Vorrat an Tonbändern angesprochen hatte, ich mich in wochenlangen Nachtsitzungen bis zum Finale durchgesprochen hatte …; als ich aus dem Keller endlich wieder ans Licht kommen wollte, da musste ich unser Haus verlassen, denn dort konnte ich nicht sein, weil ich in Wimbledon war und Tennis spielte, in Wimbledon … Ich trat auf die Straße, an die frische Luft, zum ersten Mal seit Monaten. Es war Sommer. Ich hatte mich nicht geirrt, als ich im Keller davon sprach, dass sich Wimbledon im Sommer abspielen würde. Trotz der Dunkelheit des Kellers hatte ich ein gutes Gefühl für Jahreszeiten. Während es in Wimbledon oft regnete, schien auf meinen Wegen durch die Stadt die Sonne. Ich kam bald furchtbar ins Schwitzen, war ich doch die Sonne nicht mehr gewöhnt. Auch das Gehen fiel mir schwer. Hin und wieder lehnte ich mich an Häuser oder setzte mich auf Mauern. In einer Bäckerei wollte ich ein Frühstück kaufen. Ich meldete mich mehrere Male zu Wort: »Bitte ein Frühstück«, aber es kamen ständig neue Leute dazu. Ich spürte ihre Befangenheit, eine Ahnung meiner bevorstehenden Berühmtheit, die man ungläubig und auch ein wenig verschämt übergeht. In einem Schreibwarengeschäft kaufte ich einen Block, einen Autogrammblock. Ansonsten bewegte ich mich ohne großes Aufsehen durch die Stadt. Ab und zu grüßte ich, um mich an die Menschen zu gewöhnen, und um auch die Menschen an mich zu gewöhnen. Ich grüßte unaufgefordert, jedoch nicht vorlaut, und mancher, der sich von mir gegrüßt fühlte, lief kopfschüttelnd an mir vorbei, als wäre mein Gruß eine wahnwitzige Behauptung. Den Behauptungen würden bald Taten folgen.

Die Menschen in der Stadt: Sie konnten von meiner Existenz noch nichts wissen. Ich war noch nicht einmal im Viertelfinale, und Tennis war damals eine bedeutungslose Randerscheinung. Noch nie hatte ein Deutscher Wimbledon gewonnen. Warum also nicht ich? Ja, warum nicht? Es wurde immer häufiger und eindringlicher über mich gesprochen: Ein überraschender Sieg – er hat Talent – wieder gute Nachrichten aus Wimbledon – bitte bleiben Sie an den Rundfunkgeräten – mein erstes Interview – was für ein netter Junge – er hat ehrliche Augen – ohne feste Freundin – dies als kleiner Wink – ein weiches Gesicht – rosig und angeregt – der Sieger heißt … – ein neuer Schläger – er hat vollkommen Recht – egal was ich sagte oder tat, ich hatte Recht – wie Recht ich hatte, als ich mir eine Sonnenmütze aufsetzte – um Gotteswillen, er hat sich verletzt – bitte spiel weiter – bitte! – also spielte ich weiter – gewonnen – er hat gewonnen – volle Lautstärke Applaus – Grüße an meine Großmutter – nächstes Spiel – wie im Traum – 6:6 – Tie-Break – nun wird es ernst – aber ich behielt Recht – Schlag, Rückschlag, Vorschlag, Aufschlag, Jubel bis zum Anschlag. Mein Aufschlag war gefürchtet. Er war deutlich zu hören, wenn ich meine Hand gegen die Kellertür schlug: Bum, Bum. Vielleicht war dies der Grund, warum mich die englischen Zeitungen *Bum-Bum* nannten. Ich hatte nichts dagegen.

Ein Kind, das mir mit seiner Mutter entgegenkam, fragte laut, warum der Mann so hässlich ist. Ich drehte mich um, um diesen Mann zu sehen, doch da war kein Mann, und das Kind wiederholte seine Frage: »Warum ist dieser Mann so hässlich?«, und die Mutter zerrte das Kind auf die andere Straßenseite. Ich stellte mich an einen Imbiss-Stand und machte dort erste Andeutungen über das Viertelfinale in Wimbledon … Ich kaufte mir einen Tennisschläger, genau dieselbe Marke, mit der ich in Wimbledon spielte. Mit dem Schläger in der

Hand ging ich jene Straßen ab, auf denen ich bald in einem offenen Cabriolet fahren und von einer jubelnden Menge als jüngster Wimbledonsieger aller Zeiten empfangen werden würde. Ich kam zum Rathaus, an dessen Balkon in großen Lettern mein Name hängen würde – auch diese Reportage war bereits gesprochen, mit Marschmusik unterlegt: Aufzeichnungen der Siegesfeiern in Berlin nach dem Frankreichfeldzug. Ich sah einige Arbeiter, die an der Straße Absperrungen aufstellten, erste Vorbereitungen meines Empfangs. Zwei Polizisten patrouillierten die Route meines Einzuges in die Stadt. Ich winkte ihnen mit meinem Tennisschläger zu. Sie hatten noch keine Vorstellung von mir, noch nicht. Ich überlegte, von welchem Balkon mich ein Attentäter am günstigsten in dem Cabriolet treffen könnte. »Schau! Eine Leiche.« Ich schaute mich um. Ich sah nur ein händchenhaltendes Paar, das an mir vorbeilief.

Im Schaufenster des Friseursalons sah ich meinen Kopf, und in der Tat, der Kopf war ein Schreck, ein ahnungslos grimassierendes Grauen, umwuchert von strähnig-zotteligem Haar. Nur noch wenige Tage, und mein Haar (und vielleicht auch mein Gesicht) würde in Mode kommen. Das Wirrwarr auf meinem Kopf würde sich in wenigen Sätzen zu einer wallenden Haarpracht wandeln – ein flatterndes Wahrzeichen im Wind. Ich wurde bereits jetzt ungläubig aus dem Inneren des Schaufensters angestarrt. Vielleicht ahnten sie, dass es ihr Salon war, der in wenigen Tagen, nach meiner Rückkehr aus Wimbledon, meine Haarmode zu einem

Wucherpreis in unzähligen Werbespots anbieten würde ... Um Verwirrung zu stiften, ging ich in den Salon hinein. Als ich ihnen mein vieles Geld vorlegte, waren sie bereit, mir die Haare zu schneiden. Je länger der Friseur an meinem Haar arbeitete, umso mehr wandelten sich unsere Gesichter zum Besseren. Er fragte mich nach meinem Beruf. Ich zeigte auf meinen Tennisschläger und sagte: »Ich bin Tennisspieler.« Er fragte, ob man denn davon leben könne, und ich antwortete, dass ich noch lebe, wogegen er nichts einzuwenden wusste. Ich fügte hinzu: »Ich bin Tennisprofessional.« Dies gab ihm zu denken.

Mein Tennisschläger, der immer wieder befremdet betrachtet wurde: Bald würde die halbe Stadt mit meinem Tennisschläger unterwegs sein und sich zurufen: *Auch ich spiele Tennis.* Sie werden mir jedes Wort nachspielen, Satz für Satz, ihr Leben lang. Ich war einer der Letzten, der bei vollem Bewusstsein durch den Stadtwald lief, bevor dieser abgeholzt werden sollte, um dort Tennisplätze anzulegen, in meinem Namen, mit meinem Namen über dem Eingangstor, mit meinem neuen Namen auf ihren T-Shirts, auf ihren Taschen, auf ihren Lippen. Es war so besprochen, auf unzähligen Bändern. Die Mädchen vor mir liefen ahnungslos weiter.

Ich ging ins Schwimmbad. Im Wasser war kaum etwas von mir zu sehen. Dafür sah ich Mädchen in Badeanzügen und Bikinis. Sie hatten keine Ahnung von mir, noch nicht. Sie hatten keine Ahnung, wie nahe ich ihnen war, wie gerne ich mich zu ihnen, nein, auf sie gelegt hätte, wie liebend gerne ich die nassen Haare aus ihren Gesichtern gestreichelt und ihre staunenden Münder geküsst hätte. Wenn sie nur die Fähigkeit gehabt hätten, ein wenig in die Zukunft zu sehen. Tage später würde manches anders sein, würde ich an ihren flehenden Blicken und vergeblich greifenden Händen hinter Absperrgittern vorbeilaufen, und ich würde sagen, nein, ich habe es bereits gesagt, mehrere Male und voller Bedauern, auf meinen vielen Tonbändern: *Wer seid ihr jetzt?! Wer bin ich jetzt?!* Nur noch ein paar Sätze und Spiele in Wimbledon, und ich werde sie, die neben mir schwimmt, ansprechen, nein, nicht ansprechen, nicht sprechen; wir werden nicht sprechen; ich muss nicht mehr sprechen: Wortlos und sprachlos wird sie mich erkennen. Wir werden in einem Augenaufschlag, in einem einzigen Augenblick, in einer einzigen umfassenden Bewegung, in tiefer Umarmung küssend im Wasser versinken. Nur noch wenige Sätze und Schläge in Wimbledon …

In der Jugendherberge, in der ich die Finalspiele in Wimbledon abwartete: Der Herbergsvater wollte mich zunächst abweisen, vielleicht weil ich nicht jugendlich genug aussah. Ich hatte mich für die bevorstehenden Feierlichkeiten neu eingekleidet. Ich trug eine dunkelblaue Hose und eine Marinejacke mit goldenen Streifen und Sternen und Knöpfen, die Jacke eines Konteradmirals, die ich mir in einem *Army Shop* ausgesucht hatte. Womöglich hielt mich der Herbergsvater für einen Piloten. Ich zeigte ihm das Etikett im Inneren der Jacke und erklärte ihm, ich sei bei der Marine. Ich zeigte ihm auch meinen Tennisschläger. Am Ende eines langen Tisches aß ich zu Abend, von vielen Seiten beäugt, während in Wimbledon, ja, in Wimbledon, Tim Mayotte Aufschlag hatte … Er tänzelt an der Linie, wie der sichere Sieger. Er lächelt. Hysterische Rufe aus dem Publikum und immer wieder die Stimme des Schiedsrichters: *Quiet please!* Ein Mädchen ruft meinen Namen. *Quiet please!* Mayotte hebt seinen Schläger, holt aus, schlägt auf, ein dumpfer Schlag auf die Kellertür, und ich stehe regungslos auf dem Platz, am Ende meiner Kräfte. Ich bin verloren, ich bin verletzt, ich bin am Ende. *Ich kann nicht mehr!* Ich schreie es hemmungslos, als wäre ich alleine in einem Zimmer, im Innersten ungehörter Selbstgespräche, im innersten Lärm eines Kopfes. *Ich kann nicht mehr!* Betretenes Schweigen auf den Rängen des Tennisstadions. Wie sehr mich der Gedanke betört, vor aller Welt in England zu stehen und auf Deutsch zu schreien: *Ich kann nicht mehr!* Ich sehe mich vor 15.000 Zuschauern wie in einem deutschen Wohnzimmer, in der Szene eines jähzornigen Kindes, das bei einem Brettspiel verliert. Mit meiner anderen Stimme beruhige und entschuldige ich mich: *Er ist noch jung. Er ist müde. Er ist verbraucht.* Ich sitze gebeugt unter einem Handtuch, als würde ich mich schämen. *Time!* Ich stehe auf. Wieder höre ich den hellen Schrei des Mädchens. *Come on!* Sie schreit dies so weinerlich, als würde ich sterben, und sie mit mir. Ich sehe mein Gesicht auf ihrer Brust atmen. Auf einem anderen T-Shirt schlägt ein Herz. Unter dem Herz steht mein Name. Ich schlage auf …

»Bist du Pilot?«

»Was?«

»Bist du Pilot?«

»Ja, ich bin Pilot.«

Ich höre Gelächter.

Quiet please! Ich schlage auf. Ich gewinne den Tie-Break. Ich gewinne den fünften Satz. Ich mache nun kurzen Prozess, um endlich ins Bett zu kommen. Ich gewinne das Match und gehe humpelnd vom Platz. 92 Sekunden Applaus. *Er ist völlig verbraucht.* Ich werde auf eine Massagebank gelegt. Der Turnierarzt legt mir einen Stützverband an. Ich werde massiert. Ich werde den ganzen Abend mit Elektroschocks behandelt, für die Muskulatur. Mehr noch als Beine, Arme und Füße schmerzte mir der Kopf. Ich schlief auf der Stelle ein …

Nachts hörte ich eine verärgerte Stimme, die sich über mir wälzte. Ich lag in einem Doppelstockbett. Die Stimme über mir glaubte sich im Recht, im Recht gegen alles und gegen jeden, auch gegen mich, vor allem gegen mich. Ich hörte namenlose Andeutungen und Beschuldigungen, die sich gegen Menschen richteten. Zuerst ging das Geflüster über einzelne Körperteile: über einen schiefen Mund, einen stinkenden Fuß, eine riesige Nase … Dann merkte ich, dass diese Körperteile Menschen waren. Das Geflüster war ein verächtlicher Rundgang durch das ganze Zimmer, von Bett zu Bett, und in jedem Bett lag eine andere Zumutung. Die Stimme handelte uns alle ab: Das Zimmer war ein Schweinestall. Es roch eine Unterhose wie eine Pissrinne. Jemand hatte sich nicht gewaschen. Es war nicht nur die Art, wie meine Schuhe vor meinem Bett lagen, sondern vielmehr ihr Gestank sowie der Gestank meiner gesamten Person. »Er stinkt!« Meine Marinejacke, deren goldene Streifen und Sterne und Knöpfe in der Dunkelheit leuchteten, sie war ein Witz. Die Stimme war nun im ganzen Zimmer. Sie sprach alles an: meine Unterhose, meine Ohren, meine Zähne, meine Stimme, meine Selbstgespräche, mein Geschwätz, meine Socken … Neben ihr wälzte sich eine weitere Stimme, eine immerzu beschwichtigende, aber zustimmende Mädchenstimme, die ihren gewaschenen Busen an die erste Stimme drückte. Ich hörte ihre nackte Haut, sicherlich eine makellose Haut, täglich gewaschen, geschrubbt, gescheuert, gepudert. Ich hörte etwas über meinen Tennisschläger, und das Bett bebte vor Lachen. Es war ihr helles Lachen, kein fröhliches Lachen, eher vorauseilender Gehorsam. Wehe dem, der ihm, der ersten Stimme, nicht Recht gab. Auch sie, ihr Busen, ihre duftende Haut, ihre beschwichtigenden Laute …, auch sie war sein gutes Recht. Ich roch ihr Parfüm, das sie versprüht hatte, vielleicht um von mir abzulenken. Ich spürte genau, sie war auf meiner Seite, aber in seinem Bett. Endlich verstummte er. Ihre Hand, die über die Bettkante schaute, krallte sich ans Bettgestell, als sich die Matratze über mir durchbog, weil er sich auf sie legte. Er gab einen Laut von sich, als würde er sich in eine Badewanne legen. Das Bett begann zu schaukeln. Ihr Kopf rollte über die Bettkante. Ihr langes Haar fiel nach unten und ihre Haarspitzen streiften mein Gesicht, während ihr Körper unter seiner Aufsicht lag. Sie lag wie auf dem Grund einer Badewanne. Wir ließen es beide schweigend geschehen. Später bemerkte ich ihren Arm, der leblos hin und her pendelte. Plötzlich griff ihre Hand nach meiner Hand. Wir hielten uns …

Am nächsten Morgen sah ich sie alleine im Zimmer. Sie stand vor dem Spiegel und putzte sich die Zähne. Von ihm keine Spur, nicht einmal eine Zahnbürste. Sie ging alleine zum Frühstück. Sie frühstückte alleine in einer Ecke. Ich wagte es nicht, mich zu ihr zu setzen, obgleich sie oft rüberschaute. Ihre Hand lag geöffnet neben einer Tasse. Später machte sie sich mit ihrem Rucksack auf den Weg, ohne irgendeinen Menschen oder Freund …

[*Pause*]

Am Tag des Halbfinales schlich ich in der Abenddämmerung durch den Wald auf einen Berg, auf dem ein stählerner Aussichtsturm steht. Ich war unterwegs zu einem Versprechen.

»Bist du Pilot?«, hatte mich ein Mädchen beim Essen gefragt.

»Ja, ich bin Pilot.«

Sie hatte sich zu mir gesetzt, zu mir … Ihre Fragen klangen hell, arglos und unbeschwert: »Wo ist denn dein Flugzeug?« – als würde mein Flugzeug vor der Jugendherberge stehen. »Was ist das für ein Flugzeug?« Sie glaubte vielleicht an ein Segel- oder kleines Motorflugzeug, doch ich antwortete: »Es ist ein A300.« Sie sagte lange nichts. Ich schilderte ihr die Ausmaße eines solchen Flugzeuges. Ich trug nicht umsonst diese Jacke. »Ich glaube dir kein Wort.« Trotzdem blieb sie bei mir sitzen. Vielleicht faszinierte sie meine Jacke, nicht nur die Jacke, sondern meine Art, mich in diesem Kostüm in aller Öffentlichkeit zu zeigen. Die goldenen Knöpfe und Streifen und Sterne leuchteten selbst am Tag. Der große Stern am Ärmel, den sie mit ihrem Finger berührte, es war ein Sowjetstern.

»Ein Sowjetstern?«

Ja, ein Sowjetstern, denn ich flog für die Aeroflot, deshalb diese Jugendherberge und meine billigen Schuhe. Ihr machte dies nichts aus. Alle Piloten der Aeroflot übernachten in Jugendherbergen oder in Studentenwohnheimen. Hotels wären viel zu teuer. »Ich glaube dir kein Wort«, sagte sie immer wieder, doch ich sprach weiter und sie hörte mir zu. Ich legte eine Schraube auf den Tisch, eine Schraube der linken Tragfläche, die ich ihr schenkte. »Du bist unmöglich«, sagte sie fast zärtlich. Ja, ich war unmöglich. Ich war älter als sie glaubte. Ich sprach nun sehr schnell: Dass ich kein Russe bin, sondern Engländer, dass ich einmal betrunken mit einem vollbesetzten Flugzeug ein riskantes Manöver geflogen war und dann entlassen wurde, dass ich seither bei der Aeroflot arbeite, weil nur einige wenige Piloten aus dem Westen die neue Airbus-Flotte fliegen können, dass ich am Abend wieder nach Moskau fliegen werde, dass das Flugzeug bereits auf der Rollbahn steht und aufgetankt wird …

»Nimmst du mich mit?«

Ich konnte sie nicht mitnehmen.

Mit Messer und Gabel zeigte ich ihr, wie man einen Kurs berechnet. Ich erklärte ihr auch, wie man ein Flugzeug, das in ein Luftloch stürzt, wieder auffangen kann. Ich ließ eine Tasse fallen … und fing sie wieder auf. Sie hielt den Atem an.

Ich konnte sie unmöglich mitnehmen.

Wie ich den Namen Aeroflot immer wieder aussprach, mal mit englischem, mal mit russischem Akzent. Es klang betörend. Sie hörte gebannt meine Notrufe auf Englisch: *Tower, Tower, we've got a problem.* Sie mochte meine Stimme, ohne die ich nicht mehr wäre.

»Ich bin Kommunist, nicht nur wegen der Fliegerei.«

Ihr machte dies nichts aus.

Als ich den Namen Gorbatschow erwähnte, konnte sie mit ihm nichts anfangen. Der Name gehörte bereits zu der neuen Welt auf den blaubepunkteten Kassetten im Keller.

Der große goldene Stern auf dem Ärmel meiner Jacke, er gefiel ihr am meisten. Sie berührte ihn mit ihrem Finger. Ich führte immer wieder minutenlange Atempausen herbei, um ihr Gesicht zu betrachten. Sie hatte nichts dagegen.

Plötzlich stand ich auf, denn ich musste zum Flughafen.

Ihre Augen, es waren ihre Augen, die mich anflehten, nicht zu gehen.

Ich versprach ihr wiederzukommen.

Sie sollte auf den Aussichtsturm steigen und dort auf

mich warten. Ich würde noch am selben Abend wiederkommen, mit dem Flugzeug, plötzlich aus der Abendsonne hervorkommend, im Tiefflug über die Stadt sinkend, die gewaltigen Tragflächen dicht über den Wipfeln des Waldes, als müsste ich notlanden. Doch ich hätte alles unter Kontrolle, würde um den Aussichtsturm auf dem Berg kreisen, nur für sie, ihr aus dem Cockpit zuwinken. Im Sturm der heulenden Turbinen würde sich der Wald biegen, würde ihr Haar flattern, würde ich die Landschaft wie ein Orkan aufwühlen, nur für sie, um dann wieder in den Himmel zu steigen und nach Moskau zu fliegen, nur für sie.

Sie glaubte mir kein Wort.

Als ich mich dem Aussichtsturm näherte, konnte ich sie sehen. Sie stand alleine auf dem Turm und wartete und starrte – eine stoisch verharrende Silhouette in der Dämmerung, mit beiden Händen am Geländer, den Blick gegen den Horizont gerichtet. Sie wartete bis in die Nacht …

[*Pause*]

Ich lief ziellos durch die Stadt, ohne meine Jacke, und ein ewiges Fließband gehetzter Gleichgültigkeit zog an mir vorbei. Es blickte meine eigene Bosheit aus ihren Gesichtern. Es redete mein eigenes Geschwätz aus ihren Mündern. Wenn ich etwas sagte, dann verstanden sie mich nicht. *Was sagt er? Was? Kann er kein Deutsch?* Ausgerechnet ich, der nichts anderes tut als sprechen. Worüber würden sie sprechen, wenn ich nicht wäre, wenn ich ihnen nicht unermüdlich die Welt versprechen würde. Ich war Finalist in Wimbledon, auch darüber würden sie sprechen. Sie sprachen bereits davon. Sollte ich dieses Finale gewinnen, und ich würde es gewinnen, in fünf Sätzen, dann … – was dann? Das Finale dauerte 3 Stunden 17 Minuten. So lange wollte ich noch warten …

Ich ging auf den Berg, zu jenem Aussichtsturm, den ich nun bestieg. Ich stand alleine auf der Plattform des Turmes. Ich hätte schon am letzten Abend auf den Turm eilen können. Ich hätte ihr sagen sollen, dass der Flug ausfällt (vielleicht wegen eines Streiks), dass ich aber dafür im Finale von Wimbledon stehe. Ich hätte meine Jacke um sie legen können. Ich hätte ihr meine Jacke gerne geschenkt.

Auf der Wiese unter dem Turm waren Decken und Handtücher ausgebreitet, auf denen Leute saßen und sich sonnten. Oder sie saßen zum Picknick. An einer Feuerstelle wurden Würste gebraten. Einige spielten Fußball. Ich hörte vereinzelte Wortfetzen aus Kofferradios. Um ein Radio stand eine große Gruppe Menschen versammelt. Vielleicht hörten sie die Übertragung aus Wimbledon. So schien es, so war es, denn sie bangten und jubelten mit einer Eindringlichkeit, die nur meinem Spiel gelten konnte. Ich sah ihre geballten Fäuste. Eine wütende Genugtuung bebte in ihren Fäusten, die in sägenden oder gereckten Posen anzeigten, wenn ich einen wichtigen Punkt gewonnen hatte. Sie machten es wie ich selbst. Auch ich ballte in Wimbledon meine Hand zu einer wütenden Faust, wenn ein hart umkämpfter Ballwechsel mühsam gewonnen war, als wollte ich mit meiner Großmutter sagen: *Na also.* Die Fäuste dieser Menschen waren meine Faust. Sie trug sogar meinen Namen. Die Menschen da unten (und sie waren erst der Anfang), sie ahmten mir nach: meine Schläge, meine Gesten, meine Worte, meine Schreie, meine Siege, meine Faust. Sie folgten mir aufs Wort. Einzelne Wörter flogen lautstark bis zur Spitze des Turms: *Service, Volley, Smash, Return, Lob, Stop* … Wer dies nicht verstand, der war ein Idiot, ein Ahnungsloser, ein Zurückgebliebener. Sie fielen sich in meiner Sprache gegenseitig ins Wort: *Stop, Lob, Top. Lob, Top, Stop.* Ich sah einen Tennisschläger. Es war nicht mein Schläger, aber meine Marke, mit der ich in Wimbledon spielte. Das Raubtier auf den Saiten war deutlich zu erkennen. Ein Mann gebärdete sich, als stünde er selbst auf dem heiligen Rasen von Wimbledon, als wäre er der wahre Vermittler und Verkünder der Ereignisse, als wäre er dieses Ereignis selbst, als wäre er mich höchstpersönlich. Mit nervösen Handzeichen signalisierte er dem ganzen Berg den Spielstand: 6:3. Er hatte Recht. Ich hatte den ersten Satz mit 6:3 gewonnen und ich winkte ihm zu, doch er hielt mich für eine Witzfigur: Ein ahnungsloser Idiot auf dem Turm, der in die Landschaft schaut und winkt, während in Wimbledon, in Wimbledon … das Spiel der Spiele in den zweiten Satz geht, ich Aufschlag habe. *Quiet please!* Sie standen dicht gedrängt um das Radio und hörten gebannt. Meine Hand knallte gegen die Kellertür, Bum, Punkt für mich, Applaus, Fäuste in die Luft. Ich kletterte über das Geländer der

Plattform … Der Mann, der sich aufführte, als wäre er ich selbst, hielt nun den Tennisschläger mit dem Raubtier in beiden Händen. Mit weit ausholenden Bewegungen imitierte er meine Schläge. Ich stand auf einem schmalen Balken … Wenn ich einen Punkt machte, dann hob der Mann den Schläger wie eine Trophäe in die Höhe. Ich hielt mich nur noch mit einer Hand … Wenn ich einen Punkt verlor, dann sank er entnervt auf die Knie, oder er rappelte sich wieder auf und vollführte mit belehrenden Bewegungen, wie er den Ball geschlagen hätte. So geht das! Als wäre er ein Tennistrainer, als wäre er mein Trainer. Wenn er wüsste, wenn sie alle wüssten, wer ich war, wo ich stand, was ich vorhatte. Ich war auf die Reaktion dieser Menschen gespannt:

Er ist es!

Wer?

Er!

Es ist Er!

Und plötzlich ihr entsetzter Aufschrei: *Er springt! Er will springen!*

Und ich würde einen Schritt nach vorne machen …

Ich wollte sehen, wie sie mich sehen würden, hoch oben auf dem Balken, fest entschlossen …

Sie sahen mich nicht, aber sie hörten mich. Ihre ganze Aufmerksamkeit galt meinem Spiel in Wimbledon. Sie hatten Angst um mich, immerhin, sie hatten Angst um mich, als ich dabei war, den zweiten Satz zu verlieren. Jeder Schlag gegen mich war auch ein Schlag gegen sie. Sie standen mir bei. Sie feuerten mich an. Sie schrieen meinen Namen.

»Hier bin ich«, rief ich von oben herab …

Sie hörten mich nicht. Sie schrieen meinen Vornamen, als wäre ich ein Kind, das unter ein Auto kommt. *Das darf doch nicht wahr sein!* Doch, es war wahr, ich hatte den zweiten Satz verloren. Ich spürte ihre Angst. Ich sah ihre Erregung. Dabei hatte ich den zweiten Satz absichtlich verloren, aus Gründen der Dramatik. Doch die Menschen dort unten, die dies nicht wussten, sie schrieen immer wieder hysterisch meinen Namen. Auch ich rief meinen Namen …

Einer drehte sich kurz um und schrie: »Halts Maul!«

Ich blieb ruhig. Ich spielte unbeirrt weiter: Aufschlag für mich, Punkt für mich, Applaus, gereckte Fäuste, *na also!* Alles was ich tat und war, erwies sich als gut und richtig: meine Bewegungen, meine Taktik, mein Schläger, meine Uhr, mein Gesicht, meine Schuhe, mein Knie, meine Sonnenmütze, mein Sonnenbrand, mein Talent, meine Stimme, meine Kommentare, meine Rückschläge, meine Vorschläge, mein ganzes Wesen. Sie liebten mich. Sie hätten mich auf der Stelle adoptiert, geheiratet, verkuppelt oder verschwägert. Sie hätten meinem Blick kaum standgehalten, dem Blick eines Wimbledon-Siegers. Sie hätten sich geschämt. Sie hätten ihren Augen nicht getraut. Sie hätten sich entschuldigt. Sie hätten mich zu sich nach Hause genommen … Ich wollte sehen, mit welchen Augen sie mich sehen, wenn sie schließlich nach oben schauen, wenn sie sehen, dass ich dort stehe, dass ich springen will, dass ich springen werde, dass ich nicht mehr kann, nicht mehr will, nicht einmal ihnen zuliebe … Warum schauten sie nicht!? Ich rief meinen Namen. Das Radio übertönte mich. Ich schrie andere Namen … Nur ein Versuch … Sie waren von mir und meinem Spiel völlig eingenommen. Wenn sie gesehen hätten, wer ich war, wo ich stand, mit welchem Leben ich spielte …, doch sie sahen es nicht. Nur noch wenige Sätze bis zum Ende … Ich löste meine Hand vom Geländer … *10, 9, 8* … Nicht ich, sondern meine Fans zählten. Sie kannten nicht einmal die Regeln des Tennis. Sie glaubten, man könnte die letzten Sekunden eines Spiels laut abzählen, wie ein Basketballspiel. *7, 6, 5, 4* …, als wäre ich ein angeschlagener Boxer. Ich wartete auf einen Windstoß … *3, 2, 1* … Sie zählten, als ob ich auf einem Sprungturm im Schwimmbad stehen würde und in der Tat endlich springen sollte. Ich machte einen Schritt nach vorne. Matchball. Ein Schrei zum Himmel. Die Arme fliegen hoch. 17 Jahre. Gewonnen. Ich fliege. Jubel aus dem Radio. Jubel um das Radio und das Schellen überschäumender Bierflaschen. Menschen, die sich wegen mir in den Armen liegen. Als ich unbemerkt an ihnen vorbeilief, ließen sie mich hochleben.

Am nächsten Tag kaufte ich mir eine Sporttasche, Tenniskleider und einen Pokal. Dann ging ich nach Hause. Ich sah meine Großmutter gebückt, eine Kiste ins Haus schleifen. Sie flüsterte meinen Namen. »Du siehst blass aus.« Sie schaute mich an, als würde sie mich umarmen. Ich öffnete meine Sporttasche, holte den Pokal heraus und stellte ihn auf den Wohnzimmertisch …

[*Pause*]

Ich durfte im Bett bleiben, denn ich hatte furchtbaren Muskelkater, war kaum mehr fähig gerade zu laufen oder auch nur aufrecht zu stehen. »Das ist ja Wahnsinn«, rief meine Großmutter. Ich fürchtete, sie könnte mir vorhalten, dass ich diesmal zu weit gegangen war. Doch sie sagte nicht viel. Sie brachte mir das Essen ans Bett. Das Bett war frisch bezogen und duftete nach Parfüm. »Dein Gesicht? Was ist mit deinem Gesicht?« Ich glaube, mein Gesicht war nicht anders als sonst, nur hatte sie es lange nicht mehr gesehen. Sie schleppte mich ins Bad. Im Badewasser, in dem ich abgeschrubbt wurde, schwammen bald einige Grashalme: Halme des Rasens von Wimbledon. Meine Großmutter lächelte wissend. Als ich wieder im Bett lag, sagte sie: »Du siehst schlecht aus.« Sie sagte dies weder abfällig noch besorgt, denn ich hatte einen Grund, so auszusehen, einen guten Grund, einen alles durchströmenden Grund, der so viele unausgesprochene Fragen und Erklärungen verständnisvoll bedeckte. Wir sprachen nur in zarten Andeutungen, wie ein frisch vereintes Liebespaar, noch zu überwältigt (und auch verschämt), um das Geschehene zu besprechen. Behutsam gingen wir miteinander um, behutsam und mit gesenkten Blicken, und auch ein wenig verunsichert. Sie meinte nur, als sie mir Gute Nacht wünschte: »Das wäre doch nicht nötig gewesen«, als hätte ich ihr ein viel zu großes Geschenk gemacht, und ich wusste nicht, was sie damit meinte: meine Spiele in Wimbledon oder meine Spiele im Keller, oder beides. Ich spürte in diesem Moment unser feingesponnenes Einverständnis, welches keine direkten Worte dulden konnte …, weder in die eine noch in die andere Richtung. Kein Wort über Wimbledon, kein Wort über den Keller. Sie hatte es gehört, gerne gehört, und damit genug. Alles andere hätte uns untergraben. Es genügte völlig, das Hochgefühl auszukosten, schweigend oder in lächelnden Andeutungen und Gesten. (Der Rest der Welt soll verfahren wie er will). Wir waren wie eine bizarre oder verbotene Liebesbeziehung, die, ohne ein Wort über sich zu verlieren, immer weitergeht …

(Eine Liebesbeziehung und eine Lügenbeziehung – wo ist der Unterschied?!)

Zum ersten Mal sah ich ihre Haare offen. Nachts lag ihre Hand neben mir, dann auf mir. Ich hatte Schüttelfrost und Fieberblasen auf den Lippen. Den Pokal: Ich wollte ihn nicht im Bett! Ich wollte ihn nicht im Bett! Vielleicht nahm sie ihn in ihr Bett. Ich glaube, ich hatte hohes Fieber. Andernfalls war es nicht zu erklären, warum ihre Hände unter meiner Decke auf meinen Beinen waren. Ich vermute sie umwickelte meine Waden mit kalten Tüchern. Es wäre viel passender gewesen, wenn sie das Fieber bekommen hätte, denn sie wirkte in diesen Tagen fieberhaft bemüht und überdreht (und überglücklich) – glaube ich, so hoffe ich. Als ich meine Augen öffnete, sah ich sie barfuß in meinen Tennisshorts auf meinem Bett sitzen. Ihre nackten Beine, ihre nackten Beine … Ich war überrascht über die Schönheit ihrer Beine und ich wälzte mich verschämt aus ihren Armen gegen die Wand. »Ich hätte so gerne alles gesehen«, hörte ich sie sagen. »Ich hätte dich so gerne mit eigenen Augen gesehen.« Einmal warf sie ihr offenes Haar lachend nach hinten – dies wirkte fast mädchenhaft.

Eines Morgens führte sie mich ans Fenster. Auf der Straße stand ein Auto. Das Auto gehörte mir. Meine Großmutter hatte es mir gekauft. »Ein junger Mann braucht ein Auto.« Dabei war ich gar nicht mehr so jung. Sie stand hinter mir und küsste meinen Hals. Ich wollte sofort einsteigen und losfahren, doch ich hatte noch keinen Führerschein, und der Gedanke an eine Fahrschule und Fahrprüfung machte mir Angst. Ich beschloss den Führerschein im Radio zu machen …

[*Pause*]

Die Kiste, die meine Großmutter bei meiner Rückkehr ins Haus geschleppt hatte … Diese Kiste war nun im Wohnzimmer, und als ich das erste Mal wieder aufstand, öffnete sie feierlich die Kiste und zeigte lächelnd auf den Apparat, ein Fernsehapparat. Ich erschrak. Jahrelang hatte sie es abgelehnt, einen Fernseher zu haben, hatte sie das Fernsehen als Verdummung beschimpft, zum Glück, zu unserem gemeinsamen Glück. Das Radio war unser Medium. Nur im Radio war es möglich gewesen, die Welt ohne weiteres umzubiegen oder umzustimmen. Nur im Radio konnte ich in wenigen Sätzen eine Welt schaffen oder umschaffen oder wieder abschaffen. Nur das Radio bietet den Spielraum für kühne Verstellungen oder Vorstellungen. Das Wort ist nicht umsonst der Anfang der Religion, und das Bild nicht ohne Grund ihre größte Angst. »Ich hätte dich so gerne mit eigenen Augen gesehen.« Aber was hätte sie gesehen: ein lächerliches Klappergestell auf dem heiligen Rasen von Wimbledon. Nicht einmal sie hätte dies hingenommen. Sie hatte trotz allem einen Sinn für Dekorum. Sie hatte keine Ahnung. Ich dachte mit Schrecken an den technischen Aufwand: Statt einiger weniger Tassen bräuchte ich Videorecorder und Kameras (und Kameraleute), ein Studio, nein, viele Fernseh- und Filmstudios, mit kolossalen Kulissen der großen Schauplätze meiner Geschichten: die Börse, der Bundestag, der Kreml, Washington, meine vielen Schulen, Fußball- und Tennisstadien, abstürzende Flugzeuge, Erdbeben, Unwetter, Überschwemmungen und, und, und … Völlig unmöglich! Undenkbar! Ich bräuchte zahllose Statisten und Schauspieler, an erster Stelle einen Schauspieler, der mich selbst verkörpert. Mein Körper war und ist der Feind meiner Wörter, eine ständige Verhöhnung …, als ob ein dickbäuchiger Bierkutscher Romeo spielen würde. Ich bräuchte ein Tennisstadion und 15.000 Zuschauer für Wimbledon II. (Ich wollte Wimbledon ein zweites Mal gewinnen). Ich müsste die Silhouette Londons auf einen gewaltigen Prospekt malen. Ich bräuchte Nacktdarstellerinnen für meine Liebesgeschichten. Der Fernseher musste weg! Der Apparat war gegen jede Vernunft und Abmachung. Er wäre das Ende. Wie stellte sie sich das vor: *Meine Damen und Herren, wir schalten um in die Festhalle zur*

Verleihung des besten Abiturs des Landes. (Schnitt.) Kamera 1 auf einigen hundert geladenen Gästen. Kamera 2 auf dem Gesicht des Kultusministers. Kamera 3 auf meinem Gesicht … Wie hätte ich das Grinsen von meinem Gesicht bekommen? Und was hätte meine Großmutter dazu gesagt, wenn sie mich gesehen hätte, mein Gesicht, meine knochigen Arme und Beine, in Wimbledon, auf dem Mount Everest, im Auswärtigen Amt, im Vatikan, an der Universität … Was hätte sie dazu gesagt, wenn sie Helmut Kohl leibhaftig gesehen hätte. Vielleicht hätte sie gesagt: »Nicht, dass ich belogen wurde, sondern dass ich nicht mehr glauben kann, hat mich getötet.« Der Fernseher musste weg! Als sie spazieren ging, versteckte ich ihn im Keller.

[*Pause*]

Nur ein Szenario des Fernsehens schien mir technisch und schauspielerisch möglich. Je länger ich darüber nachdachte, und ich dachte oft und voller Sorge an das Fernsehen, in ständiger Furcht vor einem neuen Apparat, den sich meine Großmutter jederzeit kaufen und dann in einem Raum verschließen könnte, und mit ihm sich selbst, um dann vergeblich zu warten …, je länger ich über die Gefahren des Fernsehens nachdachte, umso mehr kam ich auf einige Ideen. Mir schwebte eine statische Kameraeinstellung in unserem Wohnzimmer vor, wo ich hinter einem Schreibtisch sitzend eine Weihnachtsansprache an das deutsche Volk richten würde, vielleicht als Bundeskanzler oder als

Bundespräsident – im Hintergrund das Porträt meiner Großmutter und neben mir ein Weihnachtsbaum. Ich würde gelangweilt hinter einer Zeitung sitzen, als hätte ich alle Zeit der Welt, wohl wissend dass ich live auf Sendung bin … Dann würde ich langsam aufschauen, mit einem überdrüssigen Gesichtsausdruck, als würde ich sagen: *Ach ja, die Weihnachtsansprache. Hat man nicht einmal an Weihnachten seine Ruhe.* Vielleicht könnte ein Diener ins Bild laufen und sich räuspern: »Die Weihnachtsansprache, Herr Bundeskanzler. Wenn es Ihnen nun recht wäre. Wir sind live auf Sendung.« Ich würde ihm seufzend zunicken und ihn fragen, worüber ich in der letzten Weihnachtsansprache gesprochen hatte, woraufhin der antworten könnte: »Ich weiß es nicht. Ich fand es nicht höflich, Ihnen zuzuhören.« Vielleicht würde dann das Telefon auf meinem Schreibtisch klingeln, das mein Diener abnimmt. »Ja, hier bei Witzleben.« Er würde mir mitteilen, es sei der amerikanische Präsident, woraufhin ich sagen würde: »Ich habe jetzt keine Zeit. Ich bin in einer Weihnachtsansprache«, und der Diener würde mich entschuldigen und sagen. »Merry Christmas, Mr. President.« Dann könnte ich nach meiner Zigarrenkiste verlangen, die mir mein Diener nach einigem Suchen reicht. Zwischenzeitlich würde ich ein Glas Sherry trinken. Mit einer Zigarre im Mund würde ich mich dann zu einer Kerze des Weihnachtsbaumes drehen und sie langsam anzünden. Schließlich würde ich mich in einer Rauchwolke räkelnd an das deutsche Volk wenden und sagen: »Frohe Weihnachten.« Kamera aus. Dann mit meiner anderen Stimme: *Das war die Weihnachtsansprache des Bundeskanzlers.* Eine derartige Szene schien mir möglich …

[*Pause*]

Sie kaufte keinen neuen Fernsehapparat. Es blieb beim alten, beim Radio und beim Wort: ich unten im Keller; sie oben im Wohnzimmer. Wenn ein Lebensabschnitt zu Ende erzählt war, dann verließ ich aus Anstand das Haus und klingelte, so als ob ich nun zurückkehren würde, von den Schauplätzen meiner Geschichte. »Du siehst blass aus«, meinte sie jedes Mal. Dann tranken wir Sekt und lebten für einige Tage unser Hochgefühl aus. Bei meiner letzten Rückkehr sagte sie: »Du siehst alt aus.«

[*Pause*]

Wir wollen nicht verletzen; wir wollen nicht verletzt werden – also müssen wir lügen, bis in alle Ewigkeit.

[*Pause*]

Ich spreche und spreche – wozu eigentlich? – und für wen? –, und ich spreche über das Lügen, und doch ist alles, was ich bisher sprach, die reine Wahrheit, fast alles: die WM 74, Wimbledon, Helmut Kohl, die Wi(e)dervereinigung, das Ende des Sozialismus etc. etc. Dies mag alles bizarr klingen, doch man kann es jederzeit nachschlagen. Man könnte sogar nach draußen gehen, in ein Auto steigen und nach Berlin fahren, ohne Pass, ohne Visum, ohne von Zöllnern kontrolliert oder aufgehalten zu werden ... Ein solches Risiko könnte man eingehen. Ich habe es so gesprochen, und man hat es geglaubt, und es hat sich bewahrheitet ... Selbst die desertierten Freunde und Bekannten meiner Großmutter müssten mittlerweile die Wahrheit all dessen eingesehen haben, oder sie sind ungläubig verendet ... Die anderen Radiostationen sprechen heute kaum anders als ich.

In der Tat: Alles, was ich bisher sprach, und besonders das Abwegige, Abstruse, Absurde, Groteske, Widersinnige, Unglaubliche und Undenkbare, ist die Wahrheit, oder fast alles. Nur hin und wieder kleinere Beschönigungen: Ich war nicht 17, sondern 27 Jahre alt, als ich Wimbledon gewann.

Niemand wird mir glauben, doch wenn es so etwas wie Wahrheit gibt, dann erkennt man sie daran, dass sie nicht geglaubt wird. Der Lügner steht der Wirklichkeit näher als jene, welche Wahrheit suchen oder Wahrheit wollen. Die Wahrheit redet von der Wirklichkeit und fürchtet sie zugleich. Der Lügner leidet unter der Wirklichkeit und versucht sie zu verändern.

Auch meine Großmutter ist wahr. Sie lebt. Ich höre sie jetzt, wie sie oben sitzt und mich im Radio hört, und ich höre über Lautsprecher ihre begeisterte Zustimmung: *Genau! So ist es! Das ist ja Wahnsinn!* Sie lebt. Auch ich lebe noch. Warum hätte ich sie erfinden sollen? Eher bin ich ihre Erfindung. Ja, sie hat *mich* erfunden, gefunden und erfunden. Warum hätte sie mich nicht erfinden sollen? Millionen anderer Erfindungen fahren auf den Straßen, fliegen in die Luft, sprechen im Radio, kochen unseren Kaffee, wiegen uns in den Schlaf, reißen uns aus dem Bett, verlängern unser Leben oder verkürzen es, arbeiten in Fabriken oder Büros, arbeiten sich oder uns zu Tode, werden geglaubt und befolgt, angebetet und vergöttert, von ganzen Erdteilen eifrig ausgeführt, in rastloser Arbeit: die Erfindung des Geldes, die Erfindung der Arbeit, die Erfindung des Schreibens, die Erfindung der Wahrheit, die Erfindung der Lüge, die Erfindung der Schule, und, und, und … – und kaum jemand stellt Fragen, sobald man sich an diese Erfindungen gewöhnt hat. Warum also hätte sie mich nicht erfinden sollen? Und warum sollte sie ihrer Erfindung nicht guten Glaubens gegenübertreten? Warum sollte nicht auch sie gutgläubig sein? – Milliarden Menschen sind es.

[*Pause*]

Sie hielt es immer mit der Bildung. Ein guter Name für all das, was ich hier spreche, wäre: *Bildungslügenbericht* oder *Lügenbildungsbericht.* Wimbledon war für sie nur ein Jugendstreich. Sie kam gerne darauf zurück, wenn ich mit meinen Nachrichten im Verzug war, aber im Vergleich zu Wimbledon, Madison oder Olympia bedeutete ihr der Doktortitel viel mehr. »Und der Doktor?«, fragte sie – ich hatte meine Abiturbänder kaum abgespielt: »Und der Doktor?« Ich wusste es nicht. Ich wusste nicht einmal, was ich studierte, doch dies war einerlei. Ich durfte studieren was ich wollte: Philosophie, Rhetorik, Geschichte …, nur nicht Theologie; Medizin ja, aber nicht Tiermedizin; Jura, Staatswissenschaften, Militärgeschichte, Diplomatie …, jedoch nicht Maschinenbau. »Was macht die Doktorarbeit?« Ich wusste auch nicht, wo ich studierte, in Heidelberg, Oxford oder Yale … »Wohnst du in einer netten Studentenbude?« Ja, ich lebte in einer netten Bude. »Hast du den Doktor?«, als wenn sie mich fragen würde, ob ich meine Wäsche nach Hause gebracht hätte, wenn ich nach Wochen aus dem Keller kam. (Professor Heidegger war nicht mehr mein Doktorvater. Er starb im Jahr 1976, zwei Jahre nach der Fußballweltmeisterschaft. Die Kassette seines Todes steht in irgendeinem Regal).

»Bist du jetzt Doktor?«

»Nein, ich bin Magister.«

»Magister?« (enttäuscht)

»Magister Artium.«

Irritiert: »Artium?«

»Auf Deutsch: Meister der Künste.«

»Meister?« (als wäre ich Hausmeister)

»Nein, Meister der *Künste*!«

Entsetzt: »Künstler?«

»Nein, kein Künstler, sondern Meister der Künste, Magister Artium mit Auszeichnung.«

»Mit Auszeichnung?«

»Ja, mit Auszeichnung.«

Ich erklärte ihr in einer Sondersendung: »Magister Artium, abgekürzt M.A., mit Auszeichnung, abgekürzt

M. A. Macht per Saldo M. A.^{2} Ich wiederhole: M. A. × M. A. = M. A.^{2} bzw. M. A. M. A. Ich bin MAMA.«

»MAMA?«

»Ja, MAMA.«

»Und was ist mit dem Doktor?«

Ich gab mir alle Mühe. Knarrende Parkettgeräusche; feierliche Stimmen; höchstes Lob: *und so schnell, und noch so jung*; Bravo; das Rascheln von Pergamentpapieren; das Fliegen von Doktorhüten; minutenlanger warmer Applaus; ein lateinisches Lied: *do, re, mi, fa, so, la, ti, do* … Danach schlich ich mich aus dem Haus und klingelte. Sie streckte beide Hände nach mir aus. Wir tranken eine Flasche Sekt und lebten das Hochgefühl aus. »Wissen ist Macht«, sagte sie immer wieder. Meines Erachtens verhält es sich umgekehrt.

[*Pause*]

STIMME ENKEL, UNTEN: Meine Vorlesungen sind keine Vorlesungen im üblichen Sinne …, eher Nachlesungen. Die Studenten sollen gefälligst in die Bibliothek gehen und nachlesen, was ich nicht vorlesen kann und auch nicht vorlesen will.

STIMME GMUTTER, OBEN: Genau!

ENKELSTIMME: Ich bin nicht Professor geworden, um wie ein Kindermädchen Bücher vorzulesen. Dies leuchtet ihnen ein. Oft spreche ich über Bücher, die nie geschrieben wurden. Die Studenten schreiben diese Bücher dann auf. Sie sitzen tiefgebeugt und schreiben Wort für Wort mit, jedes einzelne Wort, das ich spreche … [*im Hintergrund das Husten einiger Studenten*]. Ich diktiere ihnen meine Bücher, und sie schreiben eifrig mit. Sie schreiben auch jetzt mit, in diesem Augenblick, und sie schreiben nun, wie sie tiefgebeugt dasitzen und Wort für Wort mitschreiben, was ich ihnen gerade erzähle, und sie merken dies nicht einmal, so eifrig schreiben sie mit …

GMUTTER: Wie schön! [*Teegeschlürfe*]

ENKELSTIMME: Oft spreche ich über Schriftsteller, die es gar nicht gibt: Claudio Pozzo, der Italiener. Was!? Ihr kennt Pozzo nicht!? Pozzo! Pozzo! Muss man kennen! Pozzo muss man kennen! Pozzo, wie man's spricht. [*Zur Seite gesprochen*] Die anderen Professoren nicken dann verschämt und eilen unter einem Vorwand davon, schnell in die Bibliothek, auf der Suche nach Pozzo …

GMUTTER: [*Gelächter*]

[*Knarrende Parkettgeräusche im Vorlesungssaal, Enkel nun in einer Vorlesung*]

ENKELSTIMME: Auch bin ich der Meinung, dass Latein keine tote Sprache ist …

GMUTTER: Genau!

ENKELSTIMME: Bella rosa in prosa matrosa.

GMUTTER: Genau!

ENKELSTIMME: Rasa rosta. Wer rastet, rostet. Felicia prisa. Ohne Fleiß, kein Preis. Bellinia ballone. Am Ball bleiben. Nihilismus. Von nichts kommt nichts.

GMUTTER: Recht hat er.

ENKELSTIMME: Ich habe immer Recht. Nicht ich, sondern ihr müsst lesen. Nicht ihr, sondern ich denke euch. Lest meine Vorlesung zu Hause nach. Lest meinen Vorgänger Heidegger. Heijeijei

Heidegger. In diesem Schuhkarton liegt eine Abhandlung von ihm.

GMUTTER: Grüße die Studenten von mir.

ENKELSTIMME: Grüße von meiner Großmutter …

GMUTTER: [*feierlich*] Die Wahrheit wird euch frei machen!

ENKELSTIMME: Die Wahrheit wird euch frei machen.

GMUTTER: [*zu den Studenten*] Er hat diesen Satz sogar über den Eingang der Universität schreiben lassen.

ENKELSTIMME: Lest es über dem Eingang der Universität nach. Geht jetzt!

[*Gemurmel der Studenten. Dann Enkel-Schritte, energisch nach draußen. Ende der Vorlesung*]

GMUTTER: Bist du bei den Studenten beliebt?

ENKEL ALS STUDENT: Ja, er ist sehr beliebt.

GMUTTER: Sind seine Vorlesungen immer noch so gut besucht?

STUDENT: Besucht!? Sie sind überlaufen, überfüllt, überragend, überwältigend …

GMUTTER: Das hat er von mir.

STUDENT: Er liest im größten Saal der Universität.

GMUTTER: Ich weiß. Sie haben den Saal noch mal umbauen lassen.

STUDENT: In einem weiteren Saal sitzen und stehen noch mehr Studenten. Dorthin werden seine Vorlesungen über Lautsprecher übertragen.

GMUTTER: Sie werden im Radio übertragen!

ENKEL ALS STUDENTIN: Er ist noch so jung, und schon Professor.

GMUTTER: Jung!? Er ist der jüngste Professor Deutschlands!

STUDENTIN: Der jüngste Europas.

GMUTTER: Er ist Professor. Er ist Doktor. Und er ist MAMA.

STUDENTIN: MAMA?

GMUTTER: [*mit doppeltem Bildungsstolz*] MAMA. Magister Artium. Mit Auszeichnung. Magister = M. A. Mit Auszeichnung = M. A. Macht per Saldo M. A. mal M.A. = MAMA! Er ist Prof. Dr. Dr. MAMA.

STUDENTIN: [*aufgeregt*] Er hat mich aufgerufen. Ich habe mich gemeldet, und er hat *mich* angerufen.

GMUTTER: Die ist wohl in dich verliebt.

ENKELSTIMME: Ja, sie ist in mich verliebt. [*Kussgeräusche*]

GMUTTER: Ist sie denn parkettfähig?

ENKELSTIMME: [*Parkettgeräusche*] Ja, durchaus, bei bestimmten Gelegenheiten.

STUDENTIN: [*Sie seufzt*]

GMUTTER: Was?

ENKELSTIMME: Nichts.

GMUTTER: Ist sie gebildet?

ENKELSTIMME: Sie hört meine Vorlesungen.

GMUTTER: Das kann jeder behaupten. Ihre Eltern?

ENKELSTIMME: Bäcker.

GMUTTER: Bäcker?

ENKELSTIMME: Nein, Banker …

GMUTTER: So, so. Bring sie zum Tee.

ENKEL ALS STUDENTIN: [*enthusiastisch*] Er ist noch so jung. Und er bringt mich zum Lachen. Er hat Humor. Ich schrieb ein Gedicht, das ich ihm zum Lesen geben wollte, und er sagte, er könne dies nicht, weil er nicht lesen könne, weil er Analphabet sei …

GMUTTER: [*heiteres Gelächter*]

ENKELSTIMME: Es gibt Studenten, die nicht einmal Pozzo kennen, und dies stimmt mich nachdenklich.

GMUTTER: Kommst du zum Abendessen nach Hause?

Enkelstimme: Nein.

[*Pause*]

Und doch, ich spüre es, ich höre es, ich höre es über Lautsprecher an ihren Reaktionen oben im Wohnzimmer, und doch schrumpft allmählich ihre Begeisterung für all das, schrumpft ihr Enthusiasmus wie ein Heißluftballon, der durch unzählige Ritzen an Wärme und Größe verliert, der peu à peu in sich zusammenfällt … [*heiteres Gelächter*] – dies war das letzte Mal, dass ich sie lachen hörte, und ich spule diese letzte Heiterkeit immer wieder zurück und höre sie mir an …

Andererseits ist es auch so, dass meine Möglichkeiten fast ausgesprochen scheinen, dass keine Steigerung oder Fortsetzung mehr möglich ist … Ich denke an den großen Schlag …

[*Pause*]

GMutter, oben: Kommt er heute nach Hause?

Enkel als Sekretärin: Nein, er ist in einer Sitzung.

GMutter: Ach so.

Sekretärin: Danach prüft er eine Studentin.

GMutter: Welche Studentin?

Sekretärin: Dann segelt er.

GMutter: Was?

Sekretärin: Yacht auf dem Bodensee. Dann fliegt er … nach New York. Vortrag über den Belgischen Kongo … [*Moskitogeräusche*] Soll ich ihm etwas ausrichten?

GMutter: Nein.

Sekretärin: Rückflug über San Francisco und Sydney, Korallenrifftauchen …

GMutter: Ist er immer noch der jüngste Professor Europas?

Sekretärin: Ja.

[*Pause*]

Enkelstimme: [*Knarrendes Parkett des Vorlesungssaals*] Was ist das für eine Welt, die ich jahrelang gesprochen habe? Ich verabscheue sie. Sie ist mein eigenes Geschwätz, ein schlaftrunkenes Palaver, ein rastloser Zeitvertreib, ohne irgendeine Besserung. Nein, im Gegenteil, sie ist die schleichende Verschlechterung von allem, und ich finde nicht einmal Worte, um mein eigenes Geschwätz beim Namen zu nennen. Die Welt, die ich spreche, die ich täglich fortspinne, sie hat keine Ahnung: keine Ahnung von mir, keine Ahnung von sich selbst oder von irgendetwas anderem. Alles Frühere, Künftige, Andere, Mögliche, Besser- oder Menschenmögliche habe ich ausgelöscht, habe ich überspielt …

GMUTTER: Was?

ENKELSTIMME: Nichts.

[*Pause*]

Nachts liege ich in der Stimme gesprochener Bücher. Eines Abends sprach die Stimme einer jungen Frau. Ihre Sätze begannen zunächst mit *Ich*. Ich fand dies beruhigend. Der Duktus (dieses Wort kommt von ihr), der Duktus ihrer gut verständlichen Sätze war: *Hier bin ich. Und ich sage dir. Und ich erzähle dir.* Sie war eine mir Zusprechende. Ja, sie sprach mir zu:

Du!

Wer?

Du!

Ich?

Ja, Du! Ich und Du!

Ich hatte verstanden. Und so lagen wir einige Zeit schweigend auf meiner Matratze. »Ich wurde im Jahr 1632 in der Stadt York geboren ...«, und ich fühlte mich sofort von dem Klang ihrer Stimme erhört, wurde sogleich in ihr Erlebnis hineingerissen. Sie konnte stundenlang erzählen, und ich hörte ihr gebannt zu. Wenn sie zum Schluss kam, dann machte sie sich nicht einfach davon, sondern stellte weitere Abenteuer in Aussicht: »Davon werde ich künftig in einem anderen Buch berichten.« Und sie hielt Wort: »Also sprach Zarathustra«, sprach sie in den Keller, und sie sprach nun in einem neuen Ton, in einem wütenden Ton. Ihre Wut galt nicht mir. Ihre Wut verbündete sich vielmehr mit meiner eigenen Wut, packte meine Gedanken in eine fulminante Sprache der Kritik, nahm meine bettlägerige Existenz (ihre Worte) bei der Hand und sprach mir zu:

»Ich liebe die, welche nicht zu leben wissen, es sei denn als Untergehende ...«

»Was geliebt werden kann am Menschen, das ist, dass er ein Übergang und ein Untergang ist ...«

»Ich liebe den, welcher seinen Gott züchtigt, weil er seinen Gott liebt: denn er muss am Zorne seines Gottes zugrunde gehen ...«

»Ich liebe den, welcher sich schämt, wenn der Würfel zu seinem Glücke fällt, und der dann fragt: bin ich denn ein falscher Spieler? – denn er will zugrunde gehen.«

Ich verstand, und ich fühlte mich verstanden. Sie sagte, wen sie liebte und wen sie hasste. Sie sprach mit offenem Visier. Sie sagte *Ich*, wo andere *Er* oder *Es* oder *Man* sagen. Fast jeder Satz begann mit *Ich. Ich sage dir! Ich erzähle dir!* Sie sagte und erzählte mir nächtelang. Nächtelang sprach sie mir zu.

Auf jeder Kassette, die ich mir aus der Blindenbücherei geholt habe, ist ihre Stimme zu hören. Sie hat in schnell wechselnden Stimmlagen alle Rollen der Shakespearedramen gesprochen; sie spricht in rumänischem Akzent die Sätze Graf Draculas; sie spricht das Monster in Shelleys *Frankenstein*, wie wenn ich dieses Monster wäre ... Wie schnell und unvermittelt sie in die unterschiedlichsten Rollen schlüpfen kann. Ihre reiche Stimme wechselt von Satz zu Satz, von Romeo zu Julia (als wäre sie Julia selbst), von einem Butler zu seinem Herrn, von Vladimir zu Estragon, von einer schrillen Gouvernante zu dem ruhigen Bass eines Dandys. Ich bin mir sicher, auch sie arbeitet mit Tassen.

Selbst die Werke der Philosophie ergeben in ihrem Mund einen Sinn. Ich hatte versehentlich falsche Kassetten geliehen, der Irrtum zeigte sich schon beim ersten Wort, das sie sprach: *Philosophie* (schadenfreudig gesprochen). Ich wollte den Recorder abstellen, doch ich blieb liegen und hörte weiter. Ihre schöne, wunderschöne Stimme ... Sie las Aristoteles. Selbst dies ergab plötzlich einen Sinn, und auch das Unsinnige, das ich zu hören bekomme, das sie lesen muss, erlebt in der Melodie ihrer Sätze eine fröhliche Färbung. Manchmal stockt sie. Sie verhaspelt sich nicht, nein, sie verhaspelt sich nie, sondern sie zögert, ein bewusstes Zögern. Ich höre dann ihr erstauntes Schlucken, als wollte sie damit sagen: *Hoppla, was schreibt er jetzt wieder für einen Unsinn*, und sie lächelt, und ich lächle mit ihr. Dann holt sie tief Luft und liest weiter, sehr langsam, sehr akzentuiert, den Denkfehler hervorhebend, und zelebriert (wieder ihr Wort, alle Fremdwörter habe ich von ihr) und zelebriert den Unsinn, Wort für Wort. Wenn sie mir Heidegger vorliest, dann schluckt sie fast vor jedem Satz. Dann nimmt sie Anlauf und hüpft in die ersten Worte, als wären sie Pfützen, den Spaß an dem hochspritzenden Schlamm auskostend, um dann mit heiterer Stimme, fast singend, den langen Weg mit mir zum nächsten Punkt hindurchzuwaten. *Keine Angst. Wir sind bald durch. Achtung! Es kommt wieder eine große Pfütze! Du wirst dich totlachen.* Sie weiß genau, was sie liest. Sie weiß genau, ob ein Buch gut oder schlecht ist. Ihr Widerwille ist deutlich zu hören, wenn ein Autor schwerfällig schreibt, sich in umständlichen Formulierungen in ihrem Mund breit macht. Ich spüre deutlich ihre Vorlieben. (Ich spüre, sie hat auch eine Vorliebe für mich.) Wenn ihr ein Buch gefällt, dann ist sie mit der Welt, die sie spricht, völlig vereint, wenn nicht verschmolzen, dann ist sie das Buch, dann ist sie es, und niemand sonst, der nach Liliput reist, der Romeo küsst, der sagt: »Also sprach Zarathustra.« Die großen Werke der Literatur und Philosophie …, wenn ich daran denke, dann höre ich nur ihre Stimme, die Stimme meiner Zusprecherin: Aristoteles, Machiavelli (besonders Machiavelli), Montaigne, Hobbes,

Nietzsche, Vaihinger, Camus, sie alle und viele andere sind für mich nur ein einziger Mensch, diese Frau, die ich fast jede Nacht höre, die mir seit Jahren zuspricht, mit der ich auf meiner Matratze liege. Ich bin in sie verliebt, vom ersten Satz an war ich in sie verliebt, ein Satz, der mit einem *Ich* begann und mit einem *Dir* endete. Alles was ich weiß, weiß ich von ihr. Alles Achtens- und Liebenswerte, das ich weiß, kommt von ihr. Der Rest ist Geschwätz, mein eigenes Geschwätz …

[*Pause*]

Du sollst nicht lügen. Ich ließ einen Freund nach diesem Gebot in der Bibel fahnden … Welcher Freund? Oder: *Mein geliebter Hund, der eines Morgens tot neben meinem Bett lag …* Welcher Hund?

[*Pause*]

Oder: *Unser Haus war einmal das schönste und größte in der ganzen Stadt.* War einmal, denn es ist weder schön noch groß, sondern grotesk und lächerlich und alt, ein ungewaschenes Grau, verfallen, entblättert, verrostet, verwahrlost; an den Fenstern Pappe – die Glaskuppel auf dem Dach ragt wie ein abgestürztes Flugzeug. Es ist nicht nur alt (so alt wie ich), sondern von vornherein falsch: falsch gedacht, falsch gebaut und falsch gesehen. All die Jahre haben wir dieses Haus falsch gesehen, von innen, statt von außen. Wir sahen es nie mit den Augen der Spaziergänger, den angeblichen Bewunderern und

Neidern, die an dem Haus vorbeikamen, sondern mit unseren Augen, oder vielmehr mit unseren Worten. *Es war stadtbekannt, eine Sehenswürdigkeit.* Es war ein stadtbekannter Witz. Es war von Anfang an ein gescheiterter Versuch, eine Missgeburt, ein Blendwerk, eine Wahnvorstellung. Es hat Charakter, ja, den Charakter seiner Bewohner. Es befindet sich im Zerfall. Es regnet ins Wohnzimmer. Es tropfen die Wasserleitungen. Es faulen die Armaturen an den Waschbecken. Es fault das ganze Haus, von unten nach oben. An den feuchten Kellerwänden Schimmel. Ich kann keine zwei Sätze ohne Husten sprechen. Der angebliche Kronleuchter … – wenn ich den Schalter drücke, tut sich nichts. Die meisten Lampen sind kaputt. Die geschwungene Marmortreppe … – ein ergrauter Bluff. Die Glastische im Wohnzimmer – sie sind matt und teils gesprungen. Das sogenannte Haustor klemmt, lässt sich nicht mehr öffnen. Man kann das Haus nur noch über die Terrasse verlassen. Das Telefon ist kaputt – oder nur abgestellt? Sollte auch noch der Strom abgestellt werden, dann wäre dies das Ende meiner Bänder, das Ende unserer Geschichte, das Ende von allem. Die Heizung funktioniert nicht – oder haben wir kein Öl mehr? Es ist bitter kalt. Wir husten. Doch sie möchte von all dem nichts wissen …

[*Pause*]

»Das Lügen ist tatsächlich ein verfluchtes Laster; nur durch das Wort werden wir zum Menschen, nur durch das Wort stehen wir miteinander in Verbindung. Den Hang zum Lügen halte ich für die einzige Anlage, die man energisch bekämpfen muss, schon wenn sie sich zuerst zeigt und dann wenn sie überhand nimmt …« So sprach meine Zusprecherin, als sie mir Montaigne vorlas. Kein Wort davon meinte sie ernst. Ich spürte ihr amüsiertes Lächeln, als wüsste sie genau, wer ich bin, was ich Tag und Nacht mache, und wir lächelten gemeinsam, wie Verbündete …

[*Pause*]

Am liebsten höre ich aus ihrem Mund die Stimmen der Bühnenschurken in den Stücken von Shakespeare und Marlowe: Aaron, Barabas, Edmund, Iago, Richard. Alles geniale Lügner, Lebens- und Lügenkünstler, überschäumende Bösewichte. *Ich bin böse*, hallt es herzhaft durch den Keller.

> Worin habe ich nicht berüchtigt Böses getan,
> Menschen getötet, oder ihren Tod betrieben,
> Jungfrauen geschändet oder Pläne es zu tun ausgeheckt,
> Unschuldige beschuldigt oder Meineide geschworen,
> Tödliche Feindschaft zwischen Freunden gesät,
> Armer Leute Vieh den Hals gebrochen,
> Ihre Scheunen und Heuhaufen nachts angezündet,
> Und deren Besitzer geheißen, sie mit ihren Tränen zu löschen.
> Oft habe ich Tote aus ihren Gräbern gegraben
> Und sie aufrecht gegen ihrer geliebten Freunde Tür gestellt …
> Tötete Kranke, die am Wegrand ächzten.
> Zuweilen geh ich und vergifte Brunnen.

Als junger Mann studierte ich Medizin,
Da rafft ich ein paar Italiener hin.
Ich machte Priester reich durch Leichenreden
Und hielt die Küster immerzu in Trab
Mit Gräberschaufeln und mit Glockenläuten.
Als das vorbei war, wurde ich Wucherer.
Einst in Jerusalem, wo Pilger knieten,
Streut ich ein Pulver auf die Marmorsteine,
Das hat dann ihre Knie so sehr entzündet,
Dass ich laut lachte, da ich sie als Krüppel
Mit Krücken humpeln sah zur Christenheit.
Freute mich sie zu sehen, vom Balkon aus …
Ha, ich habe Tausende abscheuliche Dinge getan,
So mutwillig wie andere Fliegen töten,
Und nichts reut mich tatsächlich von Herzen,
Außer dass ich nicht noch zehntausend mehr getan habe.*

[*Pause*]

Sie spricht mir meine Vorlesungen vor: »*The truth lies in my heart.* Der Satz kann zweierlei bedeuten. Entweder: Die Wahrheit liegt in meinem Herzen. Oder: Die Wahrheit lügt in meinem Herzen. Nichts lügt besser als die Wahrheit. In der Wahrheit stecken unzählige Lügen, so wie die Lügen ein Weg der Wahrheit sind. Kaum eine Wahrheit der Menschheit, die sich nicht zum guten Ende als Fiktion erwiesen hätte, sowie kaum

---

* Verschiedenes aus Shakespeare und Marlowe. Anmerkung des Herausgebers.

eine kühn-dreiste und wagemutige Fiktion, die sich nicht bewahrheitet hat. Genau dies besagt der Begriff Verifikation, lateinisch: *veritatem facere*, zu Deutsch: etwas wahr machen, was noch gar nicht wahr ist, aber wahr werden könnte oder sollte …«

[*Pause*]

Einmal sprach sie den Satz: »Die Wahrheit ist die Erfindung eines Lügners.«

[*Pause*]

Oder: »Der Belogene profitiert mehr als der Lügner …«

[*Pause*]

Ich weiß nicht, ob sie immer nur aus Büchern vorliest, oder ihre eigensten Gedanken ausspricht.

[*Pause*]

Eines Nachts hörte ich den Atem ihrer Stimme ganz nah auf meinem Gesicht und die Worte (heiser geflüstert): »Die Würde des Lügens.«

[*Pause*]

Ich stelle mir vor, wie meine Zusprecherin eines Tages meine Bänder findet, sich dann in *ihr* Bett legt und *mir* nächtelang zuhört. Ich frage mich, was sie von meiner Stimme halten wird … Sie heißt Sylvia.

[*Pause*]

Sie erzählte mir die Geschichte eines Schwerverletzten, der seit Monaten im Lazarett liegt, die Hand auf der Schublade des Nachttisches, in der eine Pistole liegt:

»Ich heiße Theodora«, sagte die neue Krankenschwester und tippte mit ihren langen Fingern auf ihre Brust. Mit diesen Worten begann sie meine Knöchel und Zehen zu massieren – sie fühlten sich an, als ob sie für ein Jahrhundert unter der Erde begraben gelegen hätten. Sie rollte mich hin und her, mit dem wollüstigen Ausdruck eines kleinen Mädchens, das mit seiner Puppe spielt, und als sie sich zu meiner Taille hocharbeitete …, fühlte ich einen ganzen Schwall neu erwachten Lebens in meinen Lenden, fühlte ich, wie neuer Sauerstoff in meine Lungen strömte. Mein Blut begann unter ihren kräftigen Fingern zu strömen. »Und wie steht es damit?«, fragte sie mich schließlich und sie nahm mein Glied in ihre starken Finger und knetete es wie einen Teig für den Herd. »Haben die Ärzte nicht untersucht, ob er noch funktioniert?« Sie war erschreckt und im gleichen Moment entzückt, was sie bereits erreicht hatte, denn mein Glied war in ihren Händen zu der Größe eines Ballons angewachsen und wuchs immer weiter. Ich rief »Aufhören«, doch der Klang meiner Stimme musste mich verraten haben, denn in Wahrheit war es herrlich. Und während sie sich über mich beugte, brachte sie mich zu einem Orgasmus, so stürmisch, dass ich dachte all meine genähten Wunden würden reißen. Nie zuvor hatte ich einen solchen gewaltigen, langsamen Orgasmus erlebt – die Wellen wogten durch meinen ganzen Körper … Er war so intensiv, dass ich anfing zu weinen, und sie beugte sich behutsam über mich und küsste meine Tränen …*

Solche Erlebnisse spricht sie mir zu, und es ist so, als ob ihre langen Hände aus ihren Worten herausgreifen, unter meine Decke gleiten, um meinen eigenen Händen zu folgen, um sie höchstpersönlich zu führen. Ach Sylvia!

[*Pause*]

GMUTTER, OBEN: Was!? Diese Frau willst du heiraten!?

ENKELSTIMME, UNTEN: Ja.

GMUTTER: Das ist ja lachhaft!

[*Pause*]

Ich höre es immer öfter, ich höre es immer deutlicher, dass sie mir nicht mehr richtig zuhört, dass sie in ihrer Glühbirne mit ihren Gedanken woanders ist. Manchmal schaltet sie sogar das Radio aus, selbst wenn ich nur Musik spiele. Ich habe für dieses Verhalten ein Wort geprägt: *Einschaltquote*. Oder besser: *Ausschaltquote*.

---

* Aus Lawrence Durrells *Avignon Quintett, Constance*. Anmerkung des Herausgebers.

[*Pause*]

ENKELSTIMME,
UNTEN: Tor! [*seufzend*] Tor!

[*Pause*]

Ich wühlte heute in der Tiefkühltruhe nach Essen. Nichts, kein Essen mehr. Ich suchte auch nach den vereisten Ampullen mit meinem Blut. Sie sind unauffindbar.

[*Pause*]

Ich höre es, ich spüre es, wie sie mit abwinkenden Handbewegungen in ihrer Glühbirne sitzt …

[*Pause*]

GMUTTER,
OBEN: Wie kannst du es nur wagen!

ENKELSTIMME,
UNTEN: Ich?

GMUTTER: Wie kannst du es wagen!

[*Pause*]

Zum ersten Mal hatte ich meine Großmutter zu einem Thema in meinen Nachrichten gemacht. Nur eine Idee, ein Versuch: Ich verkündigte ihre überraschende Verlobung mit einem Baron. Kaum hatte ich diese Nachricht ausgesprochen, da schrie sie herunter: »Wie kannst du es wagen!«

[*Pause*]

Sie ließ heute das Radio ausgeschaltet, zum ersten Mal seit Jahren …

[*Pause*]

ENKELSTIMME,
UNTEN: Tor! [*seufzend*] Tor!

[*Pause*]

ENKELSTIMME,
UNTEN: Hörst du?

GMUTTER,
OBEN: Was?

ENKELSTIMME: Ich spreche aus der Staatskanzlei.

[*keine Antwort*]

[*Pause*]

Egal was ich vorbringe: eine Blitzkarriere im diplomatischen Dienst, die Staatskanzlei, das Landeshaus, Referent Pfeiffer, der Wahlkampf, meine Hochzeit, ein weiterer Mondflug, ein Höhenflug des Dollars …, mein eigener Tod … Sie hört mir nicht mehr zu …

[*Pause*]

ENKELSTIMME, UNTEN: … und deshalb werde ich die Universität verlassen. Ich möchte Schriftsteller werden.

GMUTTER, OBEN: Schriftsteller?

ENKELSTIMME: Ja, Schriftsteller!

GMUTTER: Und wovon will er leben!?

ENKELSTIMME: Ich könnte einen Preis gewinnen.

GMUTTER: Wie lachhaft. Er kann ja nicht mal schreiben.

[*Pause*]

ENKELSTIMME,
UNTEN: Ich könnte meine Geschichten auf Band sprechen … Ich habe bereits einige Geschichten, die ganze Geschichte auf Band gesprochen. Als Schriftsteller muss man nicht unbedingt lesen und schreiben können. Es genügt völlig, Deutsch zu sprechen, was ich sehr gut kann … Ich könnte so etwas wie Schriftsprecher werden … Oder Sprechsteller … Oder Geschichtenerzähler … Oder Vortragsreisender …

[*Pause*]

Es ist so, als würde sie über mich und meine Nachrichten hinwegsprechen, zu einem Dritten, den sie bei sich vorgibt, während sie von mir nur als einem entfernten *Er* spricht, als wären ich und meine Nachrichten nur Nebengeräusche. Sie nennt ihn Edgar: *Wollen Sie noch etwas Tee, Edgar?* Edgar hier, Edgar da, Edgar meint auch, Edgar hat erzählt … *Aber Edgar.*

[*Pause*]

GMUTTER,
OBEN: [*kichernd*] Aber Edgar!

[*Pause*]

Motorengeräusche, quietschende Räder, Aufprall gegen einen Baum, Enkelschreie, Martinshörner, Trauermusik …

[*Pause*]

ENKELSTIMME, UNTEN: Ich bin tot.

GMUTTER, OBEN: Noch eine Tasse Tee, Edgar?

ENKELSTIMME: Lebendig begraben, eingeklemmt. Ein Autounfall. Hilfe!

[*Pause*]

Edgar, Edgar, Edgar … *Edgar hat Humor. Edgar glaubt dir kein Wort. Edgar hat den Abguss gereinigt. Edgar war einkaufen …* Ohne Edgar, hält sie mir vor, wäre sie längst verhungert.

[*Pause*]

ENKELSTIMME,
UNTEN: Immerhin war ich Professor, der jüngste Europas. Ist das etwa nichts!? Ist das nichts!?

[*keine Antwort*]

Und Wimbledon!? Und mein Hundertmeterlauf in Seoul!?

[*keine Antwort*]

GMUTTER,
OBEN: [*nach unten gesprochen*] Kann Edgar bei dir den Doktor machen?

[*keine Antwort*]

[*Pause*]

ENKELSTIMME,
UNTEN: Bonhof, geht rechts, schööööön, jetzt muss er flanken, jetzt muss er flanken. Müller wartet. Müller schießt. TOOOR! [*seufzend*] Tor!

[*keine Reaktion*]

[*Pause*]

Enkelstimme,
Unten: [*gegen das Mikrophon pochend*] Könnt ihr mich verstehen?

GMutter,
Oben: Nein.

Enkelstimme: Hört ihr? [*gegen das Mikrophon pochend*]

[*Pause*]

Enkelstimme,
Unten: Es gibt eidesstattliche Erklärungen …

GMutter,
Oben: Edgar glaubt dir kein Wort …

Enkelstimme: Eidesstattliche Erklärungen meines Fahrers und meiner Sekretärin … Überdies gebe ich Ihnen mein Ehrenwort …

GMutter: Komm Edgar, wir gehen …

Enkelstimme: Ich wiederhole: Ich gebe Ihnen mein Ehrenwort, dass die gegen mich erhobenen Vorwürfe haltlos sind.

[*Pause*]

Enkelstimme,
Unten: [*Musik*] Manches im letzten Lebensabschnitt dieses hochbefähigten und über lange Zeit verdienten Mannes wird für uns rätselhaft und unerforschlich bleiben.

[*Pause*]

Enkelstimme,
Unten: Ich bin MAMA. Hörst du, MAMA!?

[*von oben doppeltes Gelächter, Großmutter und eine Männerstimme*]

[*Pause*]

Wie kommt sie zu diesem Gelächter?

[*Pause*]

Was würde wohl passieren, wenn ich in einer (letzten) Sondersendung meine privaten Bänder abspielte?

[*Pause*]

GMutter,
Oben: Komm Edgar, wir gehen.

Enkelstimme,
Unten: Wohin willst du denn gehen?

GMutter: Lass uns gehen …

[*Pause*]

Sie hat völlig Recht: Die Welt, die ich gesprochen habe, sie ist nur Geschwätz, das verödete Geschwätz eines Analphabeten. Sie hat sich erledigt, endlich! Ihr Fehler ist nicht, dass sie erlogen oder unglaubwürdig ist. Im Gegenteil: Sie ist nur allzu glaubwürdig. Sie ist von Grund auf glaubwürdig. Ja, sie ist glaubwürdig und bösartig. Es tut gut, dies endlich auszusprechen. Ich könnte zu meiner Verteidigung sagen: Ich hatte nicht genug Zeit. Ich war zu lange alleine im Keller. Mir fehlte die Anregung von außen. Ich war übermüdet. Mir fehlte es an Phantasie … Doch dies sind nur Ausflüchte. Ich hatte Zeit. Ich hatte die Möglichkeiten. Ich hatte alle Möglichkeiten … Nein, die Welt ist meine eigene Bosheit, die mich immer stärker hier unten befiel. Ich lebte diese Bosheit nicht offen aus. Ich drückte sie langsam in den Lauf der Dinge hinein. Ich verbreitete sie im Windschatten ewig guter Nachrichten. Meine Nachrichten wurden immer besser und toller. In ihrem Schwindel öffneten wir Sektflaschen … Überall verstreute ich meinen billigen Süßstoff. Doch unter dem Puder verschlechterte ich die Welt …

Stimme
GMutter: Was sagt er?

Ich sagte, dass ich in Wahrheit verschlechtert habe …

Stimme
GMutter: Er hat den Verstand verloren.

Schau dich doch um. Schau dir an, in welchem Haus wir leben. Es ist doch kein Haus mehr, in dem wir leben. Komm runter in den Keller. Sieh dir an, was ich im Keller mache. Sieh dir an, wie ich aussehe. Ich sehe älter aus als du. Schau dir die verschimmelten Tassen an, in die ich spreche. Höre meine falschen Stimmen. Höre meine falschen Zahlen. Höre meinen Husten. Höre den Vorlesungssaal. Höre meine ahnungslosen Studenten. Höre meine Vorlesungen zur Wahrheit. Die Wahrheit ist nicht immer schlecht. Ich spreche nun die Wahrheit. Hörst du! Die Wahrheit. Von jetzt an sage ich dir nur noch die Wahrheit. Einmal dir die Wahrheit sagen zu dürfen, und ich könnte wieder besser lügen, und ich könnte *richtig* lügen, in Freiheit und mit Liebe lügen. Ich wäre ein freier Lügner. Nur ein freier Lügner ist ein vollendeter Lügner. Man muss die Wahrheit aussprechen und hinnehmen können, um vollendet lügen zu können …

Stimme
GMutter: Er ist völlig irre.

Schau dich um. Schau aus dem Fenster. Geh auf die Straße. Sprich mit unseren Nachbarn, wenn sie überhaupt mit uns sprechen wollen. Ich habe alles verschlechtert. Ich steckte alle Menschenverachtung, die mir in den Sinn kam, in die Menschen hinein. Ich verschlechterte langsam, schleichend, grinsend, schmatzend …

STIMME
GMUTTER: Edgar, hör gar nicht zu.

Ich präsentierte Statistiken und sagte: *So ist es. Dagegen kommt ihr nicht an.* Dagegen kamst auch du nicht an. Ich erließ Gesetze, nicht nur deine Gesetze, sondern Zahlengesetze. Ich überschüttete die Welt mit Zahlen und sagte: *Dies sind keine Sterne, sondern Tatsachen.* Wenn jemand aufmuckte, dann rief ich: *Halts Maul!* Wenn jemand klagte, dann rief ich: *Wir sind so glücklich.* Ich warf einige Millionen auf die Straße und ließ die anderen doppelt soviel arbeiten. Und dies ist nur Anfang. Die Ruhe- und Aussichtspunkte der Vergangenheit – ich löschte sie aus. Ich löschte die Erinnerungen und Alternativen aus. Ich ließ die Menschen nicht mehr zur Ruhe kommen. Ich raubte ihnen den Schlaf und den Verstand. Ich ließ sie sagen: *Das haben wir schon immer gewollt,* und sie haben es so gewollt, weil ich es so wollte, weil sie es so wollten, weil ich es so wollte, und so bis in alle Ewigkeit. *Geht doch nach drüben!* Sie können nicht einmal mehr das. Ich verbreitete Gerüchte, und sie verbreiteten diese Gerüchte in der ganzen Welt, wie die Pest. Sie machten ihre Kinder verrückt, nachdem ich sie verrückt gemacht hatte. Ich buchstabierte das Wort *Arbeit* neu, und sie arbeiteten wie nie zuvor …

STIMME
GMUTTER: Er ist völlig meschugge!

Und dies ist nur der Anfang, und dies ist nur der Anfang … Und sie lachten zunächst über meine Worte, wie über einen schlechten Witz, doch dann machte ich Ernst. Und sie nahmen mich ernst. Sie nahmen mich beim Wort, das Wort eines Analphabeten. Sie plagen sich in der Welt eines Analphabeten. Die Welt ist die Erfindung eines Analphabeten. Hörst du! Hört ihr! Ihr lebt in der Welt eines Analphabeten! – doch sie merken nichts davon und glauben meinen Zahlen und leben mit vollem Ernst. Alles wird schlecht! – und sie merken es nicht einmal und sagen sich: *Alles wird gut, alles ist doch gut,* während ich unmerklich verschlechtere und verschlechtere. Die Unmerklichkeit ist die eigentliche Vollkommenheit meiner Bosheit.

STIMME
GMUTTER: Komm Edgar, wir gehen!

Ich löschte den Verstand und die Kritik. Sie glauben mir jedes Wort. Sie zittern vor Anspannung und Angst, und ich rufe immerzu: *Wir sind so glücklich.* Gegen meine Zahlen kommt ihr nicht an. Dies sind Sachzwänge.

Gegen meinen Wettbewerb habt ihr keine Chance. Es ist ein internationaler Wettbewerb! Ha! Dies sind Weltgesetze. *Arbeit macht frei*, und sie werden nicht mehr frei, ihr ganzes Leben, und ich schicke noch mal einige Millionen auf die Straße. Es gibt nichts Ganzes mehr, sondern nur noch Einzelne. Die Welt besteht nur noch aus Einzelnen. Sie haben es nicht anders gewollt, weil ich so wollte, weil sie es so wollten, weil ich es so wollte, und so bis in alle Ewigkeit. Ich gestaltete alles zum Vorteil einiger Einzelner, besonders zu unserem Vorteil, hörst du, zu unserem Vorteil, und zum Nachteil Vieler. Ich nahm die Welt, die ich gesprochen hatte, beim Wort, bei ihrem eigenen Wort, und machte mich bereit und räusperte mich … Alles, was ich sprach, war und ist nur der Vorwand für mich selbst, für den großen Schlag … Was ist mit meiner Mutter? Wo ist meine Mutter? Was geschah mit meiner Mutter?

[*Pause*]

Mit einem Schlag könnte ich … Nur ein oder zwei Kassetten, und … Zehn Minuten nach links, zehn Minuten nach rechts gesprochen, und die ganze Welt würde sich verändern, in die eine oder andere Richtung, schlagartig. Ich könnte noch einmal von vorne beginnen. Ich könnte vernichten, alles in die Luft sprengen … Ich könnte mit trockener Stimme verkünden: *Das Verteidigungsministerium gibt bekannt* … Oder ich könnte uns alle erlösen …, mit einem einzigen Satz: Vers, Formel, Melodie in einem. Oder ich könnte folgenden

Gedanken äußern: *Wir stehen schon die ganze Zeit im Himmelreich. Es hat nur niemand gemerkt. Es hat sich nur niemand hingesetzt. Hättet ihr mir nur nicht zugehört.* Oder ich könnte, wie bisher, weitersprechen und weitersprechen, bis in alle Ewigkeit …

[*Pause*]

Ich könnte zumindest meine privaten Bänder abspielen …, wenigstens das …

[*Pause*]

Ich liege alleine, schon seit Wochen, in völliger Dunkelheit, die Tonbandgeräte abgestellt. Oben nichts mehr zu hören. Nur Sylvia.

[*Pause*]

Eines Nachts endete Sylvia, meine Zusprecherin, endete Sylvia mit dem Satz: »Ich liebe dich!«

[*Rauschen*]

[*Stop*]

Nachtrag

An einem Samstagmittag klingelte das Telefon.

»Hallo, hier ist Sylvie.«

Sylvie?

»Wie geht es dir?«

»Mir?« Ich antwortete wohl: Danke, mir geht es gut. Sylvie? Ich kannte niemanden namens Sylvie. Andererseits sprach sie so, als müsste ich sie kennen. Doch woher? Vielleicht irgendeine beiläufige Begegnung; zwei, drei Sätze an den Rändern einer Party; eine achtlos gezogene Visitenkarte; vielleicht aber auch einiges mehr? Mein Gedächtnis … Ich gebe zu, dass mein Gedächtnis (nach einigen Vorkommnissen) nicht das Beste ist. Wie viele Menschen mir bereits entfallen sind, nicht nur ihre Namen. Sylvie? Kennen wir uns? Sie würde womöglich aus allen Wolken fallen und sagen: Du kennst mich nicht mehr!? Du kennst mich nicht mehr!? Wie oft bekam ich derartige Vorwürfe zu hören. Eine solche Kränkung wollte ich diesmal vermeiden. Zu häufig habe ich Menschen an diesem Punkt sehr verletzt. Sylvie? Nie gehört. Auch nicht ihre Stimme, eine melodische, freundliche und geradezu freundschaftliche Stimme, voller Vertrautheit, die mir aus dem Hörer entgegenströmte: unvertraut und doch vertraut, vertraut und wiederum unvertraut. Nichts ist verwirrender und irritierender, aber auch betörender. Und dann noch der Anruf einer Frau, einer mir unbekannten Frau, die mich offensichtlich kannte, oder mich kennen wollte. Ich gebe es gerne zu: Auf einen solchen Anruf hatte ich jahrelang gehofft.

»Wie geht es dir?«

Mir ging es gut.

»Geht es dir wirklich gut?«

Als ob sie mich durchschaut hätte und mit wenigen Bewegungen meine Floskeln abstreifen wollte, wie schlecht sitzende Kleider. Sie fragte nicht einmal: »Kennst du mich noch?« Also kannte ich sie offensichtlich und hatte sie, wie so viele Menschen, wieder vergessen. (Wahrscheinlich nicht ohne Grund.) Sie sprach sehr allgemein. Es ergab sich kein Anhaltspunkt. Ich war ratlos. Sie sprach mit der beflissenen Selbstverständlichkeit einer alten Bekannten – oder einer Freundin? Einer Freundin von mir? Oder die Freundin einer Freundin? Ich dachte, ich melde mich mal wieder. So klang ihre Stimme: Ich melde mich mal wieder, nach all den Jahren – oder nach nur wenigen Monaten oder Wochen oder Nächten? Selbst dies schien möglich. Ich dachte an mein schlechtes Gedächtnis, an meine Geistesabwesenheit, an meinen blutleeren Kopf, mit dem ich bisweilen meinen Gesprächspartnern zunicken, ja, zustimmen kann, ohne wirklich zuzuhören. (Neulich fragte mich eine Frau mitten im Gespräch: *Was habe ich gerade gesagt?* Ich wusste es nicht.) Meine benebelte Unaufmerksamkeit, meine Erinnerungslücken, ja, meine Erinnerungsruinen (in privaten Dingen), sie sind berüchtigt. Du kennst mich nicht mehr?! Sie wäre nicht nur verletzt, sondern geradezu entsetzt gewesen, zu Recht. Bei aller Freundlichkeit in ihrer Stimme …, spürte ich doch, dass sie sehr verletzt und auch böse reagieren konnte. Vielleicht waren wir eine lange Zugreise zusammen in einem Abteil gesessen oder gar in einem Hotelzimmer gelegen? Selbst dies schien nun möglich. Du kennst mich nicht mehr!? Sie hätte an meinem Verstand zweifeln können. So jedenfalls hörte sie sich an: Mit mir bestens vertraut und bekannt, und doch unbekannt, eine unbekannte Bekannte plötzlich am Telefon …, eine Stimme, die sich zurückmeldet, aus dem tiefsten Loch meiner löchrigen Erinnerung …

Ich tat so, als würde ich sie kennen und fragte nun sie: »Wie geht es dir?« Es ging ihr gut. Sie sprach einige Sätze, und schon begann es wieder, dass ich nicht richtig zuhörte, dass ich nur reflex- und formelartig reagierte: *wie interessant*, *wie schön* etc. Sie hatte sich verwählt. Plötzlich kam mir der Gedanke, dass sie sich verwählt haben musste. Ein peinliches Missverständnis, das ich nicht offen ansprechen wollte (dazu war es bereits zu spät), sondern zu lüften versuchte, indem ich immer wieder meinen Vor- und Nachnamen in meine Sätze einfügte, damit sie ihr Versehen selbst erkennen konnte. »Neulich kam ein Student zu mir und fragte nach meinem Namen …«, und ich sprach meinen Namen, mehrere Male, laut und deutlich. Immer wieder zitierte ich meinen Namen. Doch sie schien sich nicht zu wundern. Sie blieb am Telefon. Meine umständlichen Formulierungen schienen ihr vertraut, auch mein Gerede über meine Arbeit an der Universität. (Vielleicht eine Studentin von mir?) Sie sprach weiter. Später sprach sie meinen Namen selber aus, hauchend-seufzend, als hätte sie einen Orgasmus: *Joachim.* (Bekitzelter Joachim.) Ich wühlte wie bei einem Lawinenunglück: in den Trümmern meiner Erinnerungsruinen. Ich fand Verletzte und Leichen, jedoch keine Sylvie.

»Ich habe heute Geburtstag.«

Woher hätte ich das wissen sollen.

»Heute ist mein Geburtstag.«

Wir saßen in einer langen Pause, dann gratulierte ich ihr heftig zu ihrem Geburtstag: Glückwünsche. Alles Liebe und Gute! Gesundheit! »Und dass all deine Vorhaben und Wünsche in Erfüllung gehen.«

»Ich gebe heute eine Party. Möchtest du kommen?«

Ich wusste nicht …

»Bitte komm!«

Also sagte ich zu.

Sie wohnte am anderen Ende der Stadt. Wie sollte ich dort hinkommen? Ich hatte kein Auto, und es fuhren auch keine Busse. Und wie sollte ich spätabends wieder nach Hause kommen? Ich hatte auch kein Geschenk für sie. Sie hatte jedoch ihre Antworten parat: Sie wollte kein Geschenk. Sie würde sich so freuen. Sie würde mich mit dem Auto abholen. Und sie würde mich, wenn nötig, wieder zurückfahren … Sie hatte von Anfang an etwas Bestimmendes. Ich sagte also zu, auch um Klarheit zu gewinnen: Wer sie ist? Woher wir uns kennen? Ein Blick, und ich würde mich wieder erinnern, würde ein mühsames *Ach so* herauspressen, ihre Hand schütteln und ihren Geburtstag in einer dunklen Ecke eines Partykellers absitzen, wie so oft, wie so oft …

Ein Auto stand auf dem Hof. Ich öffnete die Tür und setzte mich auf den Beifahrersitz. Sie lächelte verlegen. Sylvie!? Wir schauten uns an. Sie äußerte ein verschämtes »Hallo.« Der Zündschlüssel klimperte in ihrer Hand. So weit so gut. Sie schaute auch nett und adrett, nur dass ich sie nie zuvor gesehen hatte. Ich hatte keine Ahnung, wer sie sein könnte oder sein sollte. Ich versuchte davon abzulenken, indem ich ihr sogleich mein Geburtstagsgeschenk überreichen wollte, Oscar Wildes *Lady Windermere's Fan*, da kam von hinten, von der Rückbank, eine zweite Hand. Es waren zwei Frauen. Ich war völlig ratlos, wer hier wer sein sollte, wer von beiden meine Anruferin war: die hintere oder die vordere (wahrscheinlich die schlichtere von beiden), oder keine von beiden (womöglich saß ich im falschen Auto). Ich hätte sofort »Hallo Sylvie« rufen sollen, um dann zu sehen, wer darauf reagiert. »Schönes Auto«, sagte ich statt dessen, erst jetzt fiel mir auf, dass ich in einem Mercedes der Luxusklasse saß, doch sie antworteten nicht. Für eine Weile saßen wir schweigend. Und dann, als ich mich nach hinten drehte, ein Schock, der schockierende Anblick einer bildschönen Frau, vielleicht 25 Jahre alt, schockierend schön … Und ich sah nur den Anfang. Ich konnte ihrem Anblick nicht standhalten und drehte mich sofort wieder zurück. Wie hätte ich eine solche Frau vergessen können!? Wie hätte ich sie vergessen können!? Schnell überreichte ich Sylvie am Steuer mein Geschenk. »Alles Gute zum Geburtstag.«

Sie blickte verdutzt. Dann spürte ich eine Hand, ihre lange Hand, die sich von hinten auf meine Schulter legte: »Danke!«

Ihre Fingerspitzen berührten meinen Hals …

Ich drehte mich nach hinten: »Sylvie?«

Sie lächelte: »Ja, Sylvie.«

Sylvie!? All dies war ein Traum oder ein Experiment oder ein Wunder oder ein Scherz oder ein großes Missverständnis … oder die Folge eines Unfalls, bei dem ich manches vergessen hatte, selbst die Möglichkeit, dass ich einen Unfall hatte … Ich sprach, während wir in die Nacht zu ihrer Party fuhren, ich sprach mich fieberhaft die vielen Ampeln und Kreuzungen und Straßen und Nebenstraßen hindurch, den ganzen langen Weg zu ihrem Haus. Ich sprach mich kreuz und quer durch mein Leben. Ich erwähnte die Uni, die Schule, meine Urlaubsreisen usw. Ich sprach diese Dinge an, sprunghaft die Themen wechselnd, in der Hoffnung, sie könnte irgendwo ein- oder nachhaken, eine Information preisgeben, vielleicht den Namen eines gemeinsamen Freundes nennen. Doch sie hielt die Dinge in einem Zustand fragloser Selbstverständlichkeit, als wäre sie mit all dem wohlvertraut, wie eine langjährige Gefährtin, die einem bedeutet: Ich weiß, ich weiß, doch bitte sprich weiter. Ich höre dir gerne zu, egal was du sagst, nach all den Jahren … Sie stellte keine Fragen; sie gab keine richtigen Antworten. Sie entspannte vielmehr meine hektischen Sätze, bettete sie in den ruhigen Gleichklang fragloser Gemeinsamkeit.

Du musst dich nicht erklären, noch rechtfertigen, noch sorgen … So oder so ähnlich fühlte sich ihre ruhige Stimme an meinem Hals an. Einzelne Sätze sprach ich auf Englisch: »What a charming day.« Ich hoffte sie würde sagen: Warum sprichst du Englisch? Warst du einmal in England? Doch sie fragte nicht (sie fragte fast nie), sondern antwortete lakonisch in meiner Sprache: »Yes, it is a charming night«, akzentfrei, wie eine Engländerin, als wären wir ein englisches Paar auf einer Reise durch Deutschland. Sie antwortete immerzu in meiner Sprache, egal was ich ansprach oder sagte, und gerade deshalb waren ihre Antworten keine richtigen Antworten, sondern vielmehr Fortsetzungen einer längst beschlossenen Zusammengehörigkeit. Unsere Fahrerin, die kein Wort mehr sagte, sie war, je länger ich darüber nachdachte, nicht mehr als eine Fahrerin, keine Freundin oder Begleiterin, sondern eine Chauffeurin.

Wir bogen in eine Straße, und ich sah ein hell erleuchtetes Haus mit großen Fenstern, mehr als nur Fenster: durchgehende Glasfronten, die sich um das ganze Haus zogen; dahinter die Schatten unzähliger Menschen, die offensichtlich tanzten: Die Party schon mitten im Gange. Vor dem Haus standen viele Autos. Ich suchte beim Hineingehen nach einem Türschild, nach einem Nachnamen (ich kenne nicht einmal ihren Nachnamen), doch ich sah nirgendwo ein Namensschild, auch nicht auf der Haustür, die viel größer wirkte als alle Haustüren, die ich bis dahin gesehen hatte, eher ein Haustor … Ihre Eltern waren sicher reich, sehr reich. Andererseits wirkte das Haus auf eine merkwürdige Art verfallen, ergraut und entblättert, in die Jahre gekommen, am Ende seiner Zeit. Die Wände und Fenster zeigten Risse. Innen drin tobte die Party wie ein letztes Aufbäumen eines schleichenden Untergangs.

Und dann stand ich plötzlich alleine. Sie tat es wie der *Great Gatsby*: lud an die hundert Gäste zu einer rauschenden Party, ihrer Geburtstagsparty, wo es an nichts fehlte. Von allem das Beste und Teuerste. Ein Buffet voller exotischer Meeresfrüchte. Kistenweise Wein und Champagner … Dann eine gewaltige Tonanlage, nicht irgendeine private Stereoanlage, sondern das Equipment einer ganzen Diskothek, mit meterhohen Boxen. Auf einem erhöhten Podest ein blinkendes Mischpult, dahinter eine weißgekleidete Figur, die Techno-Musik spielte … Dann, je länger ich durch diese Party irrte, an stampfend-zerhackten Körpern auf der Tanzfläche vorbei, einen Korridor entlanggehend: ein Badezimmer, der Boden aus ergrautem Marmor, die ramponierte Badewanne so groß wie ein Whirlpool, und in diesem Badezimmer unzählige Leute, die sich aus einem Medizinschränkchen bedienten, sich Pillen einwarfen und dann wieder auf die Tanzfläche gingen. Schon allein wegen dieses Schränkchens waren ihre Partys ein Begriff. Ich hörte dies von Menschen, die ich nie zuvor gesehen hatte, die alles hätten sein können: Studenten, Bankbeamte, Journalisten …, alles Gäste und wohl auch Bewunderer von Sylvie. Wer von ihnen machte sich keine Hoffnungen!? Wer von ihnen war nicht in sie verliebt!? Sylvie!? Doch sie war nirgendwo zu sehen. Und niemand schien sich darüber zu wundern. Sie tat es wie der *Great Gatsby*: lud all diese Menschen zu sich (Menschen, wie ich, voller bizarrer Hoffnungen), um sie dann sich selbst zu überlassen …

All dies stand in einem merkwürdigen Kontrast zu dem stillen Gleichklang und der Behutsamkeit unseres Zusammenseins im Auto. Ich fragte nach ihr. »Oh, she is absolutely fantastic«, rief mein Nebensitzer, offensichtlich ein Amerikaner. Später erwähnte ich das Wort Geburtstagsparty. Niemand wusste etwas von einer Geburtstagsparty. »Oh, hat sie heute Geburtstag«, als wäre dies das Allerneueste, das allerneueste Gerücht um Sylvie. Ich war anscheinend nur auf einer von vielen Partys, die hier regelmäßig stattfanden. Und in der Tat: Je länger ich mich umschaute, umso mehr fiel mir auf, dass sich in diesem Haus kaum etwas Privates befand, nichts, was man für eine bestimmte Party zur Seite geräumt hätte. Das Haus wirkte wie ein ständiges öffentliches Fest, ein Volksfest. »Oh, she is absolutely fantastic.« Ich fragte nach ihren Eltern … Sie hatte keine Eltern. Sie lebte alleine. Oder auch nicht. Wer weiß …

Mir fiel auf: Hier waren fast nur Männer, alles Verliebte und Enttäuschte, die auf der Tanzfläche aufeinander herumtrampelten oder zynisch geworden herumstanden und über Sylvie sprachen, nein, über sie mutmaßten, voller hyperbolischer Bewunderung, aber auch voller Verbitterung. Was ich in dieser Nacht nicht alles über sie zu hören bekam: Sie sei völlig abgedreht und verrückt, aber charmant und großzügig, geradezu verschwenderisch … Und: Eine wunderbare Tänzerin oder Schauspielerin … Und doch keine Tänzerin und Schauspielerin. Auch keine Studentin. Ein Mensch ohne Beruf, ein Mensch ohne Identität, nur schön, bildschön … Sie hätte einen Tick mit ihrem Alter, würde sich viel älter machen als sie wirklich sei, um sich wichtig zu machen, nein, um sich die Männer vom Leib zu halten. Als hätten die Männer keine Augen … Sie lebe in ihrer eigenen Welt, in einer mysteriösen Vergangenheit … Sie stelle und beantworte keine Fragen … Sie sei ein Phänomen, mit allen Wassern gewaschen, eine fatale Frau, aber bildschön, zu schön um wahr zu sein, weitgereist und weit gekommen, plötzlich an diesem Ort, aus dem Nichts erschienen, oder schon immer hier gewesen, wer weiß, jedenfalls unnahbar und unerreichbar, und dann plötzlich wieder zärtlich, anschmiegsam, anhänglich … Und: Sie würde wahllos Männer anrufen und zu ihren Partys einladen …, und sie würden alle wiederkommen, auch ich …

Ich stellte mir vor, wie sie in dem Telefonbuch auf ihrem Schoß herumblätterte, ihr Finger auf meinen Namen stieß, sie meine Nummer wählte und sagte: »Hallo, hier ist Sylvie.«

Sylvie?

»Wie geht es dir?«

Immerhin, sie hieß noch Sylvie.

Sylvie!? Ach, Sylvie!? Ich war schon auf dem Weg nach draußen, zu dem Taxi, das ich gerufen hatte, da hörte ich meinen Namen. Sie stand im Garten, unter einem Baum. »Bitte nicht. Bitte geh nicht.« Sie trug eine dunkelblaue Marinejacke mit goldenen Streifen und einem großen goldenen Stern am Ärmel. Das passte zu ihr. Sie ist eine nordisch-maritime Erscheinung. Alles an ihr erinnert an das Meer: ihre blauen Augen, ihr weißer und doch gebräunter Körper, ihre Sommersprossen, ihr windgepeitschtes Haar mit sonnengebleichten Streifen und Spitzen. Als würde sie ihre Zeit auf dem Meer verbringen, auf dem Nordmeer, auf dem wellenumspülten Bug einer Yacht, auf nach Thule … »Heute ist der kürzeste Tag im Jahr«, sagte sie plötzlich. »Mein Geburtstag.« Dies klang unendlich traurig. Sie zitterte. Ich sah, dass sie unter ihrer Marinejacke nur ein T-Shirt trug. Sie streckte ihre Hand nach mir aus, sehr langsam und bedächtig, ein wenig tastend, als wäre sie blind und wollte nach Hilfe greifen, und als sie schließlich meine Hand umfasste, sagte sie: »Ich habe dich gerufen, nicht nur wegen deines Namens …«, und sie zog meine Hand in ihre Jacke. »Du erinnerst mich, du erinnerst mich an …« Ich verstand sie kaum, war zu sehr mit ihrem Anblick beschäftigt. Später standen wir in ihrer geöffneten Jacke, Brust an Brust (ihre Brust, ich spürte ihre Brust), standen wir in einer wiegenden Umarmung, im Wind, in ihrem Garten, unter einem Baum. Der Wind trieb ihr Haar wie eine flatternde Fahne in mein Gesicht, umwickelte meinen Kopf, eine zweite duftende Umarmung. Wir standen so dicht, dass wir das Gleichgewicht verloren und auf den Boden fielen. Sie küsste meinen Hals. Als ich ihren Mund küssen wollte, drehte sie sich weg und sagte: »Nicht meinen Mund.« Sie bestimmte. Sie zog meine Hand plötzlich auf ihre Brust. Ich sollte sie berühren, ich sollte sie streicheln, doch ihre Hose war tabu. Sie bestimmte. Manchmal wirkte sie in ihren Gesten und Anweisungen wie ein Kutscher, der einen übergroßen Karren in einen Hinterhof einweist: Weiter, weiter, stopp! Sie bestimmte, und ich folgte, und ich folgte gerne.

Sie führte mich eine Treppe hinab, öffnete eine Stahltür, und wir gelangten in eine kleine Kellerwohnung. Von der Party über uns war nichts zu hören.

»Hier wohnst du?«

»Hier wohne ich.«

Sie zeigte auf ihr Bett, auf dem mein Geschenk lag, *Lady Windermere's Fan*, und plötzlich sagte sie: »Woher hast du das gewusst? Woher hast du das gewusst?« (das erste Mal, dass sie eine Frage stellte), und sie umarmte mich heftig, als würde mein Geschenk, das ich wahllos aus meinem Bücherregal gezogen hatte, als würde dieses Buch etwas Entscheidendes berühren. Ich fragte, was es mit diesem Buch auf sich habe, doch sie winkte ab und flüsterte: »Es ist nichts.« Wir saßen im Bad, auf dem Boden, an die Wand gelehnt; auf einem silbernen Tablett zwischen uns bunte Pillen, die sie mir reichte, als handle es sich um Teegebäck. Wir schluckten sie mit Champagner herunter. So feierten wir ihren Geburtstag. »Ich habe dich nicht wahllos angerufen. Ich bin kein wahlloser Mensch«, sagte sie nach einiger Zeit. »Ich wollte besonders dich zu meinem Geburtstag.«

Mich, warum gerade mich?

Ich glaubte ihr kein Wort, doch alles was sie sagte wirkte …

Ich versuchte sie nun auszufragen: Wer sie eigentlich ist? Woher sie kommt? Der Grund ihrer Partys?

»Keine Fragen!«

Was sie macht?

»Ich mache nichts. Ich telefoniere. Ich lese. Ich tanze. Ich vergesse. Ich feiere. Ich feiere meinen Geburtstag.«

Und sie feierte ihn mit mir. Warum gerade mit mir?

Ich fragte nach den Leuten oben: Freunde? Bekannte? Unbekannte?

Sie zuckte mit ihren Schultern.

Ich fragte nach ihren Eltern.

»Keine Fragen!«

Ob sie einen Freund habe?

»Don't be absurd.«

Manchmal antwortete sie: »Es ist so einerlei.«

Es war ihr wichtig, dass das Radio, das auf dem Badezimmerboden stand, die ganze Nacht lief.

Ich bin mir sicher, hätte ich ihr gesagt, wie sehr ich in sie verliebt war, sie hätte geantwortet: »Bitte nicht.«

Plötzlich sagte sie: »Belüg' mich!«

»Wie bitte?«

»Belüg' mich!«

Wie sollte ich das tun?

»Ich bin eine Blutsaugerin«, und sie küsste saugend meinen Hals.

Sie hätte mich gerne bis aufs Blut aussaugen können, liebend gerne.

»Ich bin Protestant.«

Sie verstand nicht …

»Ich bin Protestant. Dies ist eine Lüge.«

Sie lächelte.

Ich fragte sie: »Werden wir uns wiedersehen?«

Sie antwortete nicht.

In manchen Momenten wirkte sie erschöpft und traurig.

Wir sprachen und saßen die ganze Nacht. Sie berührte mich und wollte auch von mir berührt sein. Unsere Berührungen hatten etwas Unbeholfenes und Ungeheuerliches, nicht nur weil ich es war, der an ihrer Seite sitzen durfte, ausgerechnet ich. Ich sah uns im Spiegel, wie wir händchenhaltend dasaßen – welch ein Kontrast: Hier der wohlbekannte Schmerz meines schiefen Gesichts, daneben die reine, fast schon stählerne Schönheit und Jugend Sylvies, der Höhepunkt meines Lebens. Sie war sicherlich nicht in mich verliebt. Wohl auch deshalb hielt sie unsere Berührungen, hielt sie meine Hände in klar definierten Grenzen, doch immer kurz davor, kurz vor dem üblichen Akt, auch kurz vor meinem Orgasmus. Stundenlang saß ich kurz vor einem Orgasmus, und sie ahnte es, und sie lächelte und küsste meinen Hals … Schließlich reichte sie mir ein Taschentuch und schickte mich aufs Klo …

Ich weiß nicht, ob ich im Rausch dieser unglaublichen Nacht richtig hörte, als ich auf ihren Geburtstag anstieß und ich sie fragte, wie alt sie eigentlich sei, und sie mir antwortete: »92 Jahre.« Und sie fügte hinzu: »Ich könnte deine Großmutter sein.« Ich glaube wir fielen uns lachend in die Arme. Sie drückte mein Gesicht auf ihre Brust. Ich erinnere mich auch, wie ich diese haarsträubende Koketterie mit ihrem Alter aufnahm und sie nach ihrem Gebiss fragte, und sie zeigte mir ihre strahlend weißen Zähne (und wir küssten uns). Dann zog sie sich aus, und ich umschlang ihr Alter, ihr rüstiges, schlankes, pralles, gebräuntes, durchtrainiertes Alter. *Alter vor Schönheit, Schönheit vor Alter*, riefen wir einander zu. Wir waren völlig betrunken und verrückt. Wir liebten uns wie Verrückte. Als ich wieder aufwachte, fragte ich sie, wie sie sich so jung halten konnte. Sie antwortete: »Durch guten Glauben und viele schöne Lügen.« Zuweilen sprach sie mit der Weisheit der großen Philosophen. Ich erinnere mich auch an den Moment, an den furchtbaren Moment, den ich immer wieder hinauszögern wollte, als sie mich morgens aus dem Haus führte und ich sie – auf ihr Alter zurückkommend – mit dem Wort Großmutter ansprach. Und sie mir antwortete: »Mein alles geliebter Enkel.« Für einen Moment sah sie so aus, als wäre das ihr voller Ernst. Dann umarmten wir uns und ich ging.

Dies geschah vor einigen Jahren, kurz vor Weihnachten, am 21. Dezember, in weniger als 24 Stunden, umschleiert von immer neuen Vermutungen und Widerlegungen, auch durch den Rausch von Alkohol und Drogen, und nicht zuletzt durch Sylvie selbst.

Ich erzähle dies gewissermaßen als Vorwort zu einem Nachwort – oder vielleicht auch als Nachgeschichte zu einer Vorgeschichte? Natürlich wollte ich sie wiedersehen. Natürlich! Ich wartete auf einen Anruf. Es kam kein Anruf. Ich recherchierte nach ihrem Nachnamen. Ohne Erfolg. Erst Jahre später hatte ich den Mut, zu ihrem Haus zu gehen. Ich erkannte es kaum wieder. Das Haus war dunkel. Es stand wie zum Verkauf. Mehr noch: Es stand zum Abriss bereit. Sylvie!? Ich habe sie nie mehr gesehen. Ich kenne nicht einmal ihren Nachnamen. Ich kann sie nicht vergessen. Wie könnte ich sie vergessen, trotz meiner Vergesslichkeit …

Man sollte das Haus unter Denkmalschutz stellen, nicht nur wegen seiner bizarr-hässlichen Architektur. Ich habe mich in diesem Haus umgeschaut. Es sieht so aus, als wären seine Bewohner nicht wirklich ausgezogen, sondern dort langsam verendet. Überall stehen noch Möbel, zerschlagene und zersplitterte Möbel. Keine Spur mehr von den Resten einer Party; vielmehr die Reste eines Lebens. In den Schränken liegen Kleider, jedoch nicht Sylvies Kleider, sondern Kleidungsstücke einer anderen Generation, einer anderen Zeit. Keine Spur von Sylvie. Als wäre Sylvie nie dort gewesen. Oder nach ihr ganz andere Menschen an diesem Ort gewesen. Ich durchsuchte, nein, ich studierte das ganze Haus, von oben bis unten. Zu meiner Überraschung fand ich im Keller außer einer Tonanlage ein altes Mischpult, Tonbandgeräte und eine Kiste mit Tonbändern, die ich mitnahm und mir daheim anhörte, mir immer wieder anhörte.

Die Bänder erzählen die Geschichte zweier Menschen, einer Großmutter und ihres Enkel, und einiges mehr, nicht zuletzt die Geschichte dieses Landes, vielleicht sogar eine Art alternativer Weltgeschichte. Historiker würden sagen: Man muss Teile der Geschichte umschreiben oder neu schreiben. Ich fing an diese Geschichte abzuschreiben, die Bänder Wort für Wort zu transkribieren. Die Bänder sind hier abgedruckt. Die Interpunktion ist von mir, auch die runden und eckigen Klammern und ähnliche typographischtontechnische Einzelheiten, auch die Widmung, einige Zitate und der Titel, über den man sich streiten kann. Auch andere Titel wären denkbar: *Die Welt ist die Erfindung eines Analphabeten.* Oder: *Der Enkel.* Oder: *Ein Witzleben.* Oder einfach nur *Lügen.* Manche Bandsequenzen waren zerstört oder unverständlich. Einzelne Sätze und Passagen musste ich deshalb frei rekonstruieren, auf gut Deutsch: erfinden. Ich bin kein Historiker. Auch in editionsphilologischen Fragen bin ich nicht versiert. Es ist durchaus möglich, dass noch weitere Bänder existieren, die ich nicht gefunden habe. Einige Längen und heikle Stellen der vorhandenen Bänder habe ich ausgelassen (die Niederschrift wäre ohne diese Auslassungen gut 100 Seiten länger). Ich folgte damit der Anweisung eines Lektors, der noch viel mehr streichen wollte, auch diesen Nachtrag: *zu ausschweifend-persönlich-unglaubwürdig; für einen Herausgeber zu schriftstellerisch, für einen Schriftsteller zu herausgeberisch …*, so seine Kritik. Schließlich teilte er mir mit, dass eine Veröffentlichung (trotz immer krasserer Kürzungen) doch nicht in Frage kommt: *kein Werturteil, sondern nur eine programmtechnische Entscheidung.* Über die Art und den Klang der Stimmen auf den

Bändern möchte ich nichts sagen, nur soviel: Es spricht hier ein Mensch! Alle Verlage, denen ich meine Niederschrift angeboten habe, lehnten eine Veröffentlichung ab.

Vielleicht erzählen die Bänder (irgendwie oder anderswie) Sylvies Geschichte. Oder wenigstens eine Geschichte, die sie entfernt erlebt oder gehört hat, oder deren Aufzeichnungen sie irgendwo gefunden und verwahrt hat – oder gar selbst gemacht hat? Vielleicht erzählen die Bänder aber auch eine andere Geschichte. Wer weiß. Vielleicht erzählen sie nicht zuletzt meine eigene Geschichte. Wer weiß.

J. Z.